"¿Podría salir con...

Tino saltó al muell[...] tomarla por la cintura [...] que la mano de Tino s[...] a su cintura.

"¿Y por qué no? Ya no somos desconocidos precisamente." El hombre se estaba volviendo aventurero, desprendiéndose de su reserva, para coquetear con ella. Kiki quedó sorprendida, un momento más tarde, por la suavidad con que él se inclinó hacia ella, para robarle un tierno beso de su boca.

Juguetonamente, Kiki lo incitó. "Bésame como la besarías a ella, la peligrosa, si de veras fuera una mujer como las demás."

"Así *es* como yo la besaría a ella. Y así es como he estado queriendo *besarte* toda la noche ..."

"Can I come out with you again sometime?"

Tino stepped onto the pier first, turning to lift her off the boat. Kiki noticed his hands made themselves comfortable, resting on her waist.

"Why not? We're not exactly strangers anymore." The man was getting adventurous, shedding his reserved armor to flirt with her. She was struck by the tenderness, a moment later, of him leaning hesitantly closer to her, coaxing a soft kiss from her mouth.

Playfully, she prompted him, "Kiss me the way you'd kiss her. The Dangerous One, if she was a woman on two legs."

"That *is* the way I'd kiss her. And this is the way I've wanted to kiss *you* all night ..."

BOOK YOUR PLACE ON OUR WEBSITE AND MAKE THE READING CONNECTION!

We've created a customized website just for our very special readers, where you can get the inside scoop on everything that's going on with Zebra, Pinnacle and Kensington books.

When you come online, you'll have the exciting opportunity to:

- View covers of upcoming books
- Read sample chapters
- Learn about our future publishing schedule (listed by publication month *and author*)
- Find out when your favorite authors will be visiting a city near you
- Search for and order backlist books from our online catalog
- Check out author bios and background information
- Send e-mail to your favorite authors
- Meet the Kensington staff online
- Join us in weekly chats with authors, readers and other guests
- Get writing guidelines
- AND MUCH MORE!

**Visit our website at
http://www.pinnaclebooks.com**

LA SIRENA

SEA SIREN

Consuelo Vazquez

Traducción por
Ramón Soto

Pinnacle Books
Kensington Publishing Corp.
http://www.pinnaclebooks.com

Para Lillian Gossage
Una gran persona y mi abuela en corazón.

Con agradecimiento a Laurence Benson,
un pescador y amigo; y con apreciación
a mi editora, Diane Stockwell.

CAPÍTULO 1

A Tino Suárez se le ocurrió que comenzaría por disfrutar de un beso con la misma gula que si fuera un bocado.

Si pudiera controlarse, trataría de no tocarla mientras durara el beso. Su único contacto físico sería el de su lengua que exploraría la de ella, el de su boca apretándose contra los obsequiosos labios de ella. A ninguno de los dos les importaría salir a la superficie para volver a tomar aire porque, de veras, habría cosas más importantes que aspirar oxígeno.

Además, según las leyendas, una sirena podía pasarse largos períodos sin subir de las profundidades marinas para buscar aire. La sirena que estaba sentada al borde de la fuente, del otro lado de la Avenida Mariner, podría sobrevivir a un beso requetebueno, ¿verdad?

Pero no es una sirena de veras, se recordó a sí mismo. *Es una mujer disfrazada de sirena. Y tú eres un cabrón patético por dejarte llevar por una fantasía.*

En lugar de la boca de la sirena, lo que le tocó los labios fue el borde de su vaso, del cual tomó sorbos de vodka y gaseosa que le humedecieron la garganta. Por decencia, Tino apartó la vista mientras pudo, fingiendo estar interesado en las fotos de barcos de pesca comercial que estaban pegadas con cinta adhesiva al espejo de atrás de la barra. En torno suyo, el bar *Atlantic Sea Breeze* estaba a toda marcha de noche de viernes, repleto de personas, en su mayoría pescadores, todos bebiendo y listos a contar algún relato.

Estaba más interesado en echarle otra mirada a la mujer que repartía folletos de propaganda. La fuente y ella quedaban enmarcadas por la ventana del bar que, con sus sucios vidrios, producía un efecto que hacía recordar alguna pintura olvidada y obsesionante.

Luego la besaría en el cuello. Y aquellos hombros al descubierto también parecían pedir besos. Eran hombros redondos y suaves, del mismo tono atezado que su rostro. Dios mio, qué hermosa era, con su belleza exótica.

Besarle el cuello, besarle los hombros. Por último, perdería el control y la tocaría. Le rodearía su menuda cintura con los brazos, y ella le echaría los suyos al cuello y le murmuraría al oído, para decirle que hiciera con ella lo que él quisiera. Cualquier cosa que su cuerpo y su deseo le pidieran.

—Ey, ¡no sé qué vende esa dama, pero lo compro!

Esto lo irritó tanto, que él mismo se sorprendió. Se sintió verdaderamente molesto al ver que su ensueño fue interrumpido por uno de los hombres del otro extremo de la barra, quien había proferido sin más lo mismo que él estaba sintiendo. Tino lo reconoció: era uno de los hombres que había servido como tripulante en el *Wind Voyager* hacía algún tiempo. Los que lo rodeaban se rieron, a excepción de su novia, quien no se desprendía de su lado y le lanzó una mirada feroz.

—¿Se puede saber qué vende?

—Es nueva por estos alrededores. Nunca antes la había visto.

—Compró la vieja fonda de *Jefferson Place.* ¿Se acuerdan de la fonda? La está convirtiendo en restaurante. De comida hispana, creo.

—¿Oyó eso, senõr Suárez? Seguro que le interesa. Es de su gente.

Esta vez sintió que el trago le raspaba el esófago. Con tono inocente, preguntó: —¿Quién es 'de mi gente'?

Sandy, la camarera rubia platinada con rostro de querubín, produjo un chasquido con la lengua.

—No nos vas a decir que no te has percatado de la diosa marina que está al otro lado de la calle —lo acusó con tono juguetón—. Sí, ésa, la que has estado ojeando por veinte minutos o más.

Las cejas se le fruncieron un instante, pero logró mantener su apariencia indiferente.

—Sí, la veo. Y soy español. Ella tiene cara de haber venido nadando desde el Caribe. Pero, sí... se puede decir que es 'de mi gente'.

—Bah, España, el Caribe... —Hugh Rodgers, propietario de uno de los barcos de fiestas en alta mar, sacudió una mano en el aire—. Está desperdiciando su tiempo con esos detalles. Además, señor pescador, el tiempo no pasa en vano y usted sigue soltero. ¿Por qué no se acerca a esa sirenita, se presenta y le dice que le construirá un acuario en su patio?

—Porque tengo tan mala suerte, que seguro que de todos modos se escurriría al océano antes del amanecer.

Enseguida se cambió el tema de conversación, como solía ocurrir los viernes por las noches en el *Atlantic Sea Breeze*. Agradecido, Tino no tuvo a mal dejar de ser el centro de la atención, que pasó a los más recientes chismes locales. Apuró lo que quedaba de su trago, dejó una generosa propina en el mostrador para Sandy y se levantó de su asiento.

¿Qué había sido aquello de que el tiempo no pasaba en vano? Le molestó ese comentario, a pesar de que había conseguido mantenerse imperturbable ante ella. A sus treinta y seis años, no era un viejo ni mucho menos, a pesar de que a veces sentía efectivamente que ya habían pasado sus tiempos mejores. Aún, ahora le iba mejor que dos años antes, cuando le habían hecho trizas el corazón frente a una multitud en la iglesia.

Su negocio era lo que le había permitido sobrevivir a ese duro período. El negocio de la pesca, el cual ahora le ocupaban más tiempo que nunca antes.

La profesión que había sido la vida de su padre y de su abuelo antes que él, y que ahora era como un tapiz en el que se reflejaba su propia vida. Definitivamente no era la ocupación más elegante, y a menudo estaba llena de frustraciones, amén de que tenía que enfrentar el peligro de la mar, tan bella, pero tan impredecible y mortífera.

Tenía mucho sentido que así fuera, ahora que lo pensaba. ¿No se hablaba del océano como si fuera femenino? Y era justo que así fuera. La mar era una mujer impresionante, hipnotizante y eterna, con una mística sobrenatural. Si bien la mar lo satisfacía tanto como una amante, podía traicionar la adoración del marino... y así lo había hecho miles de veces por los siglos de los siglos, con su malévolo carácter destructivo.

Eso la hacía casi tan peligrosa como una mujer de carne y hueso.

Como la que se veía a través del ventanal, tomando la forma de la chica de los sueños de un pescador. Tino sabía bien que no debía volver a mirarla, pero sus ojos lo desobedecieron, como si tuvieran voluntad propia, y volvieron a encontrarla.

¿En qué estaba pensando?

Deseaba ver qué deliciosas sorpresas se camuflaban bajo aquel atrevido disfraz. Le interesaban en especial los senos, delineados por la parte de arriba del disfraz, cuyo escote parecía incitarlo a asomarse de repente. Dejaría que sus manos se encargaran de la primera inspección; en su imaginación, podía tocarle un pecho y sentir el calor que emanaba de su cuerpo a través del tejido y las lentejuelas verde oscuros. Sus senos guardaban proporción con el resto de su esbelto cuerpo, y le cabrían en sus manos cual si fueran guantes.

Está sonriendo. No oculta secretos, y me mira directamente a los ojos.

Ella quería observar cada momento mientras se estuvieran haciendo el amor. Con su voz de sirena, murmuraba su nombre entre un resuello y otro de excitación, mientras él la despojaba de su disfraz. Lo fue bajando por todo su cuerpo, cada vez más rápido a medida que se le escapaba el control de sí mismo debido a la urgencia de sus besos.

Entonces, por algún motivo, ella alzó una mano. Movió los dedos para saludarlo y enseguida se sintió una explosión de risas detrás de él.

—¡Miren eso! Ey, Suárez... ¡de veras le gustas a tu sirenita!

—¿Te percataste de la sonrisa que te lanzó? Se me hace que esa sonrisa quería decir 'no me vuelvo al océano sin verte antes, marinero'.

—Tal vez quiere hablarte sobre ese acuario que le vas a construir en tu patio. O, mejor aun, en tu recámara.

Que escándalo se había armado por una simple sonrisa de una coqueta mujer-sirena. Ya se imaginaba el alboroto que formarían los clientes habituales del bar si pudieran ver las atrevidas escenas que él se estaba imaginando.

—Supongo que será en otra ocasión —farfulló antes de irse—. Tengo que prepararme para el viaje. No hay tiempo para sirenas.

Hizo caso omiso de las exclamaciones de desilusión que se oyeron tras él, pero sí pudo escuchar cuando Sandy le dijo: —Siempre hay tiempo para sirenas, Suárez. Si no lo tienes, lo deberías buscar.

Ahora la vería con más claridad. Sin el efecto oscurecedor del vidrio de la ventana del bar, que le acentuaba la apariencia, su fantasía comenzó a desvanecerse. No era más que una mujer con un disfraz la que había conseguido poner a todo tren sus pensamientos y su adrenalina. Le echaría otro vistazo y se marcharía, para no buscarse problemas.

No fue así como así, pues ella le devolvió la mirada fijamente. Y la maldita fantasía de ensueño no terminaba de desvanecerse ante la realidad. Ella se veía magnífica con la cabeza ladeada, la piel oscura

como la oliva y el pelo castaño, casi negro. Sus
mechones sueltos al viento caían como una cascada
sobre uno de sus hombros desnudos, en gruesos
rizos que formaban espirales. Era bella, pero no
como las modelos de revistas; su estilo y su belleza
eran indómitos y no se atenían a las normas. Era el
tipo de apariencia que había que mirar durante un
rato para apreciarla bien.

Afortunadamente, los separaba una avenida con
tráfico en ambos sentidos y, mientras él se resistiera a
cruzarla, no tendría problemas. De cualquier modo,
ya estaba anocheciendo. El cielo ya estaba del todo
cubierto por las nubes que durante todo el día
habían amenazado con desencadenar una tormenta
de verano, así que tenía que apurarse en llegar a casa
si no quería empaparse.

Ya nos veremos, sirenita. Me gustó hacerte el amor,
aunque sólo fuera en mi imaginación.

El tráfico de automóviles por la avenida había
amainado un poco, lo cual era otra indicación de
que se acercaba la noche. La mayor parte de los
establecimientos que se encontraban a lo largo de la
vía (tiendas de carnadas y avíos de pesca, negocios de
alquiler de botes y alguna que otra iglesia) ya habían
cerrado sus puertas. A excepción, por supuesto, de
los bares. Aquellas puertas se mantendrían abiertas
casi hasta el amanecer, para darles a los locales la
oportunidad de tomarse unos tragos y de quejarse de
la intensa semana de trabajo.

En especial, los hombres. Algunos bebían tanto en
sus rondas, que se ponían insolentes y salían a buscar
a alguna sirena sensual.

Una sirena incauta y sensual. Tino aminoró el
paso y volvió a mirar por encima de su hombro. Era
cierto que la sirena hispana estaba en una parte tranquila de la ciudad, en el final del puerto, pero estaba
sola de todos modos, y ya se estaba haciendo tarde.
El parque se encontraba directamente detrás de la
fuente, y por lo general era seguro, a menos que lo

ocupara algún tropel de jóvenes embrutecidos por la cerveza y por sus hormonas.

Seguramente alguien regresaría a buscarla. Quienquiera que la hubiera depositado en aquel lugar, pues era evidente que semejante cola de pez le impedía caminar, regresaría por ella. Él no tenía por qué convertirse en su ángel guardián.

Para eso estaba la policía. Generalmente, recorrían la avenida los autos patrulleros. Sin embargo, como si el destino lo hubiera querido así, Tino no encontraba ningún policía a la vista.

Un camión de cama descubierta que iba en rumbo norte aminoró la marcha al pasar junto a la fuente. Su conductor, un barbudo de mal aspecto, sacó la cabeza por la ventanilla.

—¡Ey, mami rica! ¿Nadas en mi rumbo?

Tino se detuvo en seco, y puso los ojos en blanco. La joven le hizo un saludo titubeante al camionero, y se le cayeron algunos folletos.

—¿Quieres que te lleve? —le propuso el camionero—. Te daré una vuelta. ¡Te puedo llevar adonde tu jefe... Neptuno!

Ella sacudió la cabeza y dejó de sonreír. La sirena estaba a punto de verse en problemas.

Y a ti que te importa. No la conoces.

Pero era su deber hacerlo. No debía seguir alejándose, no debía esperar que un patrullero apareciera como por milagro.

Y también él fue incauto, pues se dejó llevar por un primitivo instinto masculino de protección que le impedía abandonar a una dama en peligro. Sin que importara la cruel bofetada que, en sentido figurado, otra dama le había dado.

—¡Vamos, nena, que va a llover! —el desagradable barbudo arrimó el camión al bordillo y dio marcha atrás—. Caray, aunque sepas nadar, es mejor que no te mojes, ¿no te parece?

Tino se apresuró para cruzar la calle y se fue llenando de ira. Había que ser un microbio y no un ser humano para aprovecharse de una mujer que se encontraba en semejante situación.

—¡Amorcito... disculpa que haya llegado tarde! —gritó lo más alto que pudo para que lo oyeran antes de llegar al otro lado del camión—. No te hice esperar mucho, ¿verdad?

En un inicio, la joven se sintió confundida, pero luego comprendió y le siguió el juego. Se puso las manos en la cadera, con lo que se le cayeron más folletos. El camionero observaba perplejo.

—¡No me venga usted con eso de amorcito, señor! —la voz de la sirena tenía un toque citadino que complementaba su imagen—. ¡Llevo más de media hora aquí, esperándote!

—Perdóname, mamita —sin poder apenas contener la risa, se sentó junto a ella.

—Está bien, papito, te perdono.

No tuvo tiempo de percatarse de aquellos femeninos brazos que de repente le rodearon el cuello. Igual de rápido fue el beso... húmedo, dulce y entusiasta, que le llenó la boca de calor. Trató de convencerse de que aquel beso era el de una mujer mortal, real y de carne y hueso, que no más tenía la facilidad de besar como una imagen de leyenda.

¿Hasta qué punto tendría que refrenarse un caballero?

Oyó, como si vinieran de lejos, las ásperas maldiciones que profería el desilusionado camionero, el ruido del motor al arrancar y el patinar de los neumáticos en el pavimento.

—Ya se fue. Me, ah... me puede soltar ya.

¿Qué dice, *que la suelte*? ¿En qué momento le habían rodeado la cintura sus brazos? Desde las abultadas nubes que se cernían sobre ellos con el peso de la lluvia por caer, se sentía tronar con suficiente fuerza como para hacerlo regresar al presente.

Tino retiró sus brazos y se apartó un poco de ella junto a la fuente.

—Ah, discúlpame.

—No, no tienes por qué disculparte. Me rescataste. Si no hubiera sido por ti, no sé de qué hubiera sido capaz ese asqueroso.

—Sí, bueno... —Tino se aclaró la garganta y apartó la mirada—. Lo importante es que no llegó a sucederte nada.

A *ella* no le sucedió nada. Pero, ¿qué le pasaba a él? No estaba muy convencida de que no habría problemas con él. Especialmente al recordar que ella ya se había imaginado que le daba muchos besos, mientras se estuvieron observando mutuamente. Sin controlar sus impulsos, la chica llevó a la práctica sus caprichosos pensamientos y, con un sonoro beso, adornó la aventura que comenzaba.

—Ese... ese hombre me puso un poco nerviosa, ¿sabes? Normalmente no beso a los extraños... a hombres que no conozco.

—Nah, claro que no. Sé bien por qué lo hiciste.

¡Al menos uno de los dos comprende lo que está pasando!, pensó ella y se las arregló para sonreír. Él se estaba comportando como todo un caballero. Pero, eso sí, seguro que luego alardearía ante sus amigos del bar sobre la mujer envuelta en un brillante disfraz de sirena, que estaba sacándole fiesta y luego lo sorprendió con un beso.

Además, él había disfrutado el beso. De la misma manera que lo había hecho en la excitante escena que se había desenvuelto en los pensamientos de ella mientras lo observaba desde el otro lado de la calle. Con la única diferencia de que, en la escena imaginaria, no había sentido el sabor del licor.

—¿Cómo te llamas? ¿O tenemos que seguir llamándonos mamita y papito?

La muchacha soltó una carcajada nerviosa. —Kiki Figueroa.

—¿Kiki?

—Sí. En sí realidad me llamo Teresa, pero hace siglos que nadie me llama así. Kiki es el sobrenombre que me dio mi familia... y se me ha quedado.

—Ah, me llamo Tino Suárez. Encantado de... conocerte.

—Lo mismo digo. ¿Tino es tu nombre completo?

—No, es Augustino —se ladeó la gorra de béisbol, como para disimular su turbación—. Me pusieron ese nombre por el santo.

—¿*San Agustín*? ¿De veras? —de algún modo, el hombre que estaba delante de ella no le sugería imágenes de angelitos con arpas de oro, y rodeando por las nubes. En el breve instante en que lo besó, pudo oler el mar en su cabello, que salía por debajo de su gorra de los Mariner de Miami, con mechones de canas prematuras entremezclados con su pelo color azabache.

Se quedó admirando el perfil de Tino cuando él echó atrás la cabeza para examinar las nubes al sentir que volvía a tronar.

—Oiga, me parece que ya debe irse a casa, señorita... Kiki —le recomendó.

—Eso quería desde hace rato. Mi amiga y mi cuñada tenían que haber pasado a buscarme hace media hora.

—Ah, ¿entonces alguien viene de veras a buscarte? —después de todo, tendré un respiro, pensó Tino. De pronto, su alivio se vio interrumpido por un inesperado destello de desilusión—. ¿Tal vez algo las retrasó?

—Eso pienso. Me temo que no planificamos bien este encuentro. Aún tenemos detalles que resolver y mañana es la inauguración. Cuando me fui, todavía mi hermano estaba haciendo reparaciones eléctricas de último minuto en el lugar.

Entonces se acordó de por qué estaba allí, sacó un folleto y se lo extendió.

—¡Por esto es el alboroto! —dijo ella sonriendo y radiante de orgullo—. El restaurante La Sirena. Lo mejor de la cocina puertorriqueña en *Long Island*. Irás, ¿verdad? Hay de todo en el menú. Chuletas, arroz con gandules, mariscos, bistec en salsa...

A Kiki se le ensombreció el rostro al ver que él repasaba el folleto sin prestar mucha atención y luego lo doblaba y se lo guardaba en el bolsillo de la camisa.

—Será... será todo un gran éxito —dijo ella.

—Claro que lo será. Pero, éste... ¿quieres que llame a tu cuñada y tu amiga para que vengan a buscarte? Porque, ya sé que no es asunto mío, pero éste no es un lugar precisamente seguro a estas horas de la noche. Además, en cualquier momento va a caer un aguacero.

Ah, magnífico. Aquel hombre que le parecía más guapo mientras más cerca estaba de ella, no eran más que un ciudadano involucrado. Un ciudadano reservado y preocupado, que trataba de distanciarse de ella en aquella fuente. De cualquier modo, ya ella lo había tachado de su libro al verlo bebiendo. No le importaba si era un bebedor ocasional o si estaba en camino al próximo bar para seguir emborrachándose. Lo vio por primera vez en un bar, con un vaso en la mano y, evidentemente, lo que había en el vaso no era Coca Cola. Eso le bastaba como advertencia.

No obstante, si a él le agradaba su compañía, y si su trago hubiera sido un refresco, un café o cualquier cosa que no fuera una bebida alcohólica, entonces la media hora más que habían pasado en la avenida no habría sido un desperdicio.

—Muy atento de tu parte, pero no sería fácil llamarlas.

Tino se cruzó de brazos. —¿Por qué no sería fácil?

—Tenemos problemas con la línea telefónica. Está conectada y se pueden hacer llamadas, pero en este momento no se pueden recibir llamadas.

—¡Ajá! —Tino apartó la mirada, puso los ojos en blanco y murmuró para sí mismo: ¿Qué clase de gente es ésta? No les funciona el teléfono, se les olvida que ella está aquí...

—¿Qué dijiste? —la pregunta, que reclamaba respuesta, estuvo acompañada por un impúdico

movimiento de los hombros. Aquella mujer con sonrisa de vendedora, exquisitos ojos verdes y un
poderoso beso capaz de causar sensación, no carecía
de actitud.

Una sirena con actitud.

—Nada. Estaba pensando en voz alta.

—Estabas pensando en criticar a mi familia, eso es
lo que estabas pensando. Y no se olvidaron de mí.
Para que sepas, el auto de Ceci está en el taller y la
camioneta está en las últimas. Seguro que a Debby y
a Miriam les está costando trabajo hacerla arrancar.

Y el restaurante se inauguraría al día siguiente con
problemas eléctricos y telefónicos. Menuda manera
la de aquella sirena y el resto de su camada de
comenzar su pequeño negocio, con el cual esperaban tener pronto un gran éxito. Las primeras gotas
de la tormenta de agosto que se avecinaba le refres-
caron la piel del cuello a Tino.

—Mira, no estaba criticando a tu familia. Es que
tengo que irme a casa, y no puedo dejarte sola aquí.
Ya viste lo que sucedió con aquel camionero.

—Sí, y te comportaste como un auténtico
caballero al acudir en mi ayuda como lo hiciste.
¡Pero eso no quiere decir que puedes criticar a mi
familia! —respiró hondo al darse cuenta que estaba
un tanto exaltada—. Nunca hemos hecho esto, todo
este asunto es nuevo para nosotros. Ni siquiera llevamos tanto tiempo viviendo en la isla.

—¿No? ¿Dónde vivían antes?

—En la ciudad. En la calle ciento dieciséis. En
Spanish Harlem.

—Eso está muy lejos de aquí.

—Mucho más de lo que te imaginas.

El tamaño y la intensidad de las gotas de lluvia
iban en aumento, y le restaban atractivo a los folletas
y a su disfraz. En realidad, el disfraz no era suyo, sino
que lo había alquilado en un negocio de *Blue Point*,
que había sido descubierto por su mejor amiga,
Debby Wilcox. Había sido idea de Debby (una estra-

tagema comercial, según ella misma) hacer que una sirena verdadera anunciara la inauguración de un restaurante llamado La Sirena. Habían pasado inútilmente todo un día buscando el disfraz perfecto, pues casi todos los vestidos les parecían chabacanos o mal diseñados, adecuados para las fiestas de Halloween pero no para nada más serio. La búsqueda de Debby rindió frutos en el último lugar que visitó aunque, entre Debby, Miriam y Kiki, sólo Kiki cabía en aquella apretada talla siete.

En un instante, la tormenta se transformó en un diluvio, y la lluvia caía como gruesas cortinas. Kiki bajó la mirada al satén y las lentejuelas verde oscuro. Se le iba a arruinar el disfraz. Otra cuenta que tendría que pagar, además de las que ya tenía esperando por ella detrás del mostrador del restaurante.

Se había imaginado que tendrían contratiempos. Todas lo sabían. Pero no esperaban que sucedieran tan pronto, un día antes de que naciera su sueño. En el momento en que todo comenzaba a avanzar, después de la promesa que se había hecho a sí misma. La promesa de que se negaría a seguir aceptando menos de lo que esperaba, fuese de la vida o de sí misma. La promesa de que lucharía por la medalla de oro, aunque los obstáculos vinieran al encuentro suyo y de su familia como dardos de acero.

—El restaurante está en la calle *Jefferson Place*, ¿no es cierto? —Tino alzó la voz para que ella lo pudiera escuchar por encima del ruido de los truenos y del viento.

—Así es, está en *Jefferson Place*. Pero yo estoy aquí todavía, y tú no tienes por qué quedarte.

—No tengo intención de quedarme.

Con rápidos movimientos, Tino se puso de pie, la tomó firmemente por la cintura y la alzó del borde de la fuente para ponerla de pie.

—¿Qué estás haciendo?

Como no tenía tiempo para dar explicaciones ni ponerse a discutir, se inclinó hacia delante, rodeó la exagerada cola de pez con sus brazos y se echó al hombro unos cincuenta kilogramos de sirena. A Kiki se le cayeron todos los folletos que le quedaban, y cubrieron la acera tras ellos.

—*¿Qué estás haciendo?* —repitió de modo enfático.

—Te llevo de regreso a Neptuno, que ya debe estar preguntándose dónde andarás.

Kiki se quedó boquiabierta. En aquella posición, tenía una vista muy estimulante de sus fuertes y masculinas piernas y de su firme trasero. Debajo de sí, podía sentir cada uno de sus rápidos pasos, y el corazón dejó de latirle por un instante mientras se abrazaba con fuerza de los hombros de Tino para acomodar su peso sobre el cuerpo de él. Exhaló un quejido de sorpresa al sentir que una mano de Tino agarró con brusquedad parte de la cola de pez para situarla mejor.

—¡Ése es mi trasero, sabes!

—Ah, disculpa. Es que no sé dónde termina el disfraz y dónde comienzas tú. Sólo quería asegurarme de que no te cayeras.

Kiki se apartó el pelo que le colgaba en la cara y se lo acomodó detrás de las orejas. La lluvia lo había vuelto más rizado, más suelto y más rebelde que de costumbre. Tino Suárez y ella tenían que ser menudo espectáculo mientras doblaban por la esquina de *Jefferson Place* para recorrer las tres cuadras que les quedaban hasta el restaurante. Un hombre con una sirena al hombro. Serían la comidilla de los habituales del bar *Atlantic Sea Breeze* y de todos los pescadores del pueblo.

Qué manera de comenzar un nuevo negocio.

—Espero que haya sido en broma lo que dijiste de Neptuno —Kiki hizo todo lo posible porque no se le notara el pánico en la voz—. No me vas a llevar hasta el muelle y lanzarme al agua ni nada de eso, ¿verdad?

—¿Es que te parece que te estoy llevando al muelle?

—No —Kiki tragó en seco, temerosa de decir lo que pensaba. *Eres un desconocido. Te besé sin saber quién eras e incluso pensé cómo sería hacer el amor contigo. Pero no sé nada de ti*—. Es que estoy un poco aterrorizada... del agua. Desde niña.

—¡No! No serías una buena sirena. Por cierto, estaba pensando en contratarte para uno de mis barcos. Les podrías cantar a los muchachos en el Wind Voyager.

Kiki se relajó un poco. —¿Tú también eres pescador?

—Ajá. Creo que mi padre me sacó a navegar desde que comencé a andar. Ahora me dedico más bien a contratar a otros pescadores y a administrar mis barcos. El *Costa del Sol* y el *Wind Voyager*. Todavía salgo de pesca de vez en cuando. Creo que llevo agua salada en las venas.

Kiki sintió que Tino apretaba el paso. Se aguantó con más fuerza por temor de su vida, agarrándose de su cinturón con una mano, y rodeándole los músculos de la espalda con la otra. Llevarla al hombro tenía que ser una tarea agotadora para él; aunque era cierto que Kiki no pesaba mucho, pues ella y su hermano, Cecil, eran delgados por naturaleza como todos los Figueroa. Sin embargo, su estatura y su estructura ósea debían ser difíciles, además de la velocidad a la que él iba y del viento que soplaba en contra durante todo el trayecto.

Tino no parecía tener problemas. No había jadeado ni una vez. Ella hubiera preferido ir en una posición menos desgarbada, tal vez en sus brazos, en lugar de ser transportada por encima del hombro como si fuera un saco de patatas.

Sí, ésa hubiera sido la forma romántica de llevarla. Este hombre no parecía muy romántico ni hábil con las mujeres, lo cual era una pena, teniendo en cuenta lo atractivo que era, a su modo de marinero.

Caballeroso, tal vez. ¿Pero, romántico? Sólo en las fantasías de Kiki, las primeras fantasías a las que se había entregado con libertad después de su matrimonio fallido y de haber pasado dos años tratando de convencerse de que podía vivir sin prestarle atención a los deseos.

—Esa agua salada que llevas en la sangre —le preguntó—. ¿De dónde vino?

—De España. Pero de segunda generación. Nací en la Florida, pero he viajado a España varias veces. Y tú, sirenita, ¿eres puertorriqueña?

—¿De dónde podría ser, si no de Puerto Rico? De segunda generación, igual que tú. Pero nunca he estado allí.

—¿No? Tienes que ir. Es muy lindo. Y la pesca no tiene comparación.

Kiki exhaló un suspiro. En otras palabras, era un hombre que criticaba los actos de sus familiares y alababa a su patria. Conociendo a Ceci como lo conocía, sabía que su hermano no le daría la oportunidad de hacer una cosa ni la otra, y que se limitaría a agradecer a Tino por haberla traído a casa, con tono de "aquí no ha pasado nada". Era su único hermano, dos años más joven que ella, y se había vuelto cada vez más protector de ella desde los últimos meses de su matrimonio.

Poco sabía su hermano de que no tenía ningún motivo de preocupación respecto de Tino Suárez. Ella le había coqueteado, y él había hecho de caballero galante, al salvarla de una fea escena con otro desconocido, y llevarla a casa en una pieza antes de que la lluvia terminara de destruir por completo el disfraz alquilado.

Sin embargo, mientras duró aquel beso robado, el pescador español la había hecho sentirse como si fuera la sirena que él anhelaba encontrarse en uno de sus muchos viajes por el océano.

CAPÍTULO 2

—Ciento cincuenta dólares en el auto de Ceci —Inez Figueroa iba repasando artículos, como de una lista mental—. Ochocientos en una transmisión nueva para la camioneta destartalada de Debby... ah, y quince dólares por el taxi de anoche, cuando Miriam y Debby recorrieron todo el pueblo como maniáticas en busca de su sirena.

Kiki sabía adónde se dirigía su hermana mayor con aquella conversación. Pero esta vez sí que no mordería el anzuelo. Hasta ahora, Inez siempre conseguía tocarle los puntos débiles y obligarla a reconocer la derrota.

Eso no sucedería esta vez. Es más, en los tres días que su hermana Inez llevaba de visita en su casa, Kiki no había dejado que la afectaran su negatividad ni su manera quisquillosa.

A pesar de que se mantenía reservada, su temperamento controlado y su estoica paciencia estaban enloqueciendo a Inez.

—No te olvides de la visita del plomero ayer, Titi Inez —dijo Jasmine, la pequeña de Ceci y Miriam, inmiscuyéndose en la conversación de los adultos—. Y Titi Debby salió a comprar comida para los clientes, mucha comida, y ni siquiera tenemos clientes para que la coman.

Kiki se reprimió el impulso de soltar una carcajada y fingió que estaba muy interesada en hojear el montón de solicitudes de empleo de camarera que había sobre el mostrador. Con actitud infantil, Inez acogió con entusiasmo el clavo que la pequeña de seis años acababa de poner en el ataúd de La Sirena.

—¡Eso es lo que digo, Jazzy, eso mismo! —tomó asiento a una de las mesas vacías, que estaba muy bien decorada con manteles de lino y velas votivas—. Eso mismo les estoy diciendo a mami y a papi y a Titi Kiki, pero nadie me hace caso. En este lugar se gasta más de lo que se gana.

Sólo media hora. Eso era todo lo que faltaba hasta que Kiki llevara a Inez en el auto de Ceci a la estación del ferrocarril de *Long Island,* donde la dejaría con su nube ominosa. Bien sabía el Señor que Kiki y los demás copropietarios del restaurante ya tenían suficientes desgracias propias, pues sus cuentas bancarias iban en descenso.

Kiki sabía que comenzar un negocio podía hacérseles cuesta arriba, pero lo que tenían delante de sí era el equivalente culinario del monte Everest.

—Tuvimos algunos clientes el día de la inauguración —se aventuró a decir para defenderse—. Ayer también vinieron un par de clientes...

—¿Sí? ¿Y cuáles fueron los ingresos? ¿Veinte dólares, si acaso? —Inez soltó una risotada triunfal mientras extraía unos cosméticos de su bolso—. Los que vinieron, pidieron café, cigarrillos y pasteles. Se los dije antes de que se fueran de casa, que este lugar era un gran error.

—Llevamos largo rato hablando de este asunto, Inez. Era sólo cuestión de tiempo hasta que nos lanzáramos a hacerlo de una vez. A veces hay que arriesgarse, ¿sabes? Hay que hacer lo que dicta el corazón.

—Ah, ¿De veras? ¿Y todavía confías en lo que te dice tu corazón? ¿Después de tantas cosas mal pensadas que te ha dicho que hagas?

Kiki alzó la mirada y observó a Jazzy. Parecía toda una mujercita, volviendo a colocar en las mesas las velas y las flores y los portadores de sobres de azúcar. A su corta edad, tenía un parecido extraordinario con su Titi Kiki y era una muchacha espigada con sus rizos de pelo color cacao, domeñados en dos gruesas colas de caballo. Jazzy había llamado a su puerta muy temprano esa mañana, para preguntarle si, antes de abrir el restaurante, podían ir corriendo a la marina para ver cómo los barcos salían a navegar.

Ven conmigo, Titi. Su tía adormecida aceptó de buena gana la invitación pues, tarde o temprano, pasaría la novedad, además de que su dulce sobrina no sería una niña eternamente.

—No es el momento para esta conversación —le respondió con tono adusto a Inez—. No delante de Jazzy. Pero, para responderte a la pregunta, sí. Sigo confiando en mi corazón; confío mucho en él.

Como no era de las que se rendía con facilidad, Inez alzó la vista de su espejo compacto, dispuesta a usar las últimas municiones que le quedaban.

—Dime una cosa, Kiki. ¿Qué cualificación tiene ninguno de ustedes para administrar un restaurante? Lo de Debby está bien, lo entiendo. Fue a la universidad y estudió administración de negocios. ¿Pero tú, Ceci y Miriam? De lo único que sabe Ceci es de construcción. Miriam tenía un buen empleo en Manhattan pero, de todos modos, no era más que una secretaria. Y tú. Eres la mejor... —bajó la voz con tono sarcástico—. ¿Qué? Has trabajado de camarera desde los dieciséis años, ¿y crees que por eso puedes ser la jefa?

No valía la pena ponerse a discutir. Lo que le había dicho su hermana, podría tomarlo como un insulto y sentirse herida, y Kiki se sintió tentada de agarrarse del dolor y devolverle el insulto. A cambio, decidió seguir sus instintos, pues sabía precisamente cuál era el punto débil de su hermana, y que no era todo lo difícil que daba la impresión de ser.

—Tienes razón —reconoció con tono suave mientras avanzaba hacia las ventanas del restaurante—. No he sido más que eso: una camarera con poca educación. No fui a la universidad, y a duras penas logré terminar el liceo. Así que tienes razón. Tal vez yo sea la que menos aporta a este lugar.

Abrió de golpe los visillos verticales y dejó que el sol de la tarde iluminara el salón, mientras observaba a Inez con el rabillo del ojo. Su hermana mayor frunció el ceño con expresión de incredulidad, y se quedó con el delineador alzado en la mano.

—Yo no dije que tú fueras la que menos aportaba a este lugar —respondió irritada—. Me interpretaste mal, como de costumbre.

—No creo que te interpreté tan mal, Inez.

—Eso no fue lo que quise decir. Lo que... lo que te falta de experiencia y de enseñanza, Kiki, siempre lo has compensado con tu entusiasmo. Además, eres muy trabajadora. Y eres terca... ¡Dios mío, qué terca eres! Nunca te das por vencida...

Inez se detuvo. Se puso más y más sonrojada al ver la sonrisa maldita de Kiki.

—Gracias, Inez, gracias por tener fe en mí. Eso significa mucho para mí.

Las puertas de la cocina se abrieron de par en par, lo cual le impidió a Inez lanzar una respuesta indignada al ver que su hermana había sido más lista que ella. Hizo su entrada al salón Miriam, la esposa de Ceci. La seguía el sabroso aroma de toda una mañana de ajetreo en la cocina, lo cual era triste para los clientes no existentes de La Sirena. Miriam se echó su bolso al hombro e hizo sonar unas llaves en su mano.

—¡Vamos, vamos, Inez! —le ordenó con voz animada—. No te estoy botando, pero necesitamos tiempo para llegar a la estación, comprar tu boleto y todo lo demás.

Inez entornó los ojos para mirarla. —Pensé que Kiki...

—Kiki te iba a llevar. Pero necesito apartarme un rato de esa cocina. Me vienen bien un paseo en coche y un poco de aire fresco —se dirigió a su hija—. ¿Quieres dar una vuelta, mamita?

—No, mami, quiero quedarme para ayudar a Titi con los clientes.

Inez soltó una carcajada y se levantó de su asiento.

—Ah, sí... y mira que exigen esos clientes —batió los brazos en dirección a las mesas y las sillas vacías—. Regreso enseguida. Tengo que despedirme de mi hermanito.

Kiki esperó hasta que las puertas de la cocina se cerraron tras ella, y se acercó más a Miriam.

—¿Así que tú eres la que necesitas un descanso?

—De cierto modo, las dos lo necesitamos —su cuñada se alisó su corto cabello con los dedos—. A Inez hay que tomarla en dosis pequeñas, y ya tú estás a punto de tener una sobredosis. Que sean para mí los últimos ataques antes de que se vaya.

—No pasará nada, porque le caes bien —Kiki se percató demasiado tarde de que la pequeña chismosa estaba al acecho de nuevo—. Y claro, yo también le caigo bien.

—¿Ya Debby regresó del mercado de pescadores?

—Todavía no.

—¡Esa cobarde!

La despedida que Inez le dio a Kiki fue definitivamente más fría que la que le dio a Jazzy. El abrazo de rigor, el beso a regañadientes en la mejilla y nada de última mirada melancólica antes de seguir a Miriam a la calle. Las emociones que quedaron sin expresarse herían más que lo que antes la hubieran herido las lágrimas de enojo.

—¿Por qué te trata tan mal Titi Inez? ¿Es que no te quiere?

Kiki se sentó a una de las mesas y le indicó a Jazzy que se le acercara.

—¿Sabes lo que es, mi niña? —le dijo con franqueza—. Titi Inez es de las personas que, por mucho que te quiera, no le es fácil demostrarlo.

Jazzy se escurrió a la silla que quedaba frente a su tía. —A mí sí me lo demuestra. Es agradable con todos los demás. También con Titi Debby. ¿Por qué no contigo?

Su tía respiró profundamente. No podría hacerlo. No podía mentirle a Jazzy ni andarse por las ramas con ella, que le recordaba a la hija que hubiera querido tener, si su matrimonio hubiera sobrevivido.

—Bueno, ¿recuerdas cuando tu papá te dijo que Titi Inez prácticamente nos había criado porque abuela tenía dos trabajos y abuelo estaba enfermo? Tu papá siempre le hacía caso a Inez, y Titi Leidi también le hacía caso. Yo me portaba mal a veces, y no siempre hacía lo que Titi Inez quería que hiciera. Así que supongo que se acostumbró a ser más estricta conmigo que con los demás.

Jazzy abrió los ojos. —¿Te portabas mal? ¿Robabas o algo así?

—¡No, no... tranquila! No me portaba tan mal — Kiki se rió entre dientes—. Es que yo era la segunda mayor, y no... no me gustaba que mi hermana mayor estuviera mandándome. No llegaba a casa a la hora que ella decía, siempre llegaba más tarde. Sacaba malas notas en la escuela y no quería hacer mi tarea. Y... no le presté atención a sus consejos y me casé, a pesar de que ella insistía en que no lo hiciera.

—¿Porque tío Xavier era malo?

—No, no. Tío Xavier no era malo —extendió la mano desde su lado de la mesa y le apretó la manita a Jazzy—. Titi Inez se dio cuenta desde el principio de que tío Xavier tenía un problema. Y, después que nos casamos, se emborrachaba cada vez más a menudo. Yo siempre me reconciliaba con él, y Titi Inez se sentía frustrada conmigo por eso. Ella me quería, por eso se enojaba tanto conmigo. ¿Entiendes ahora?

Jazzy asintió con seriedad, pero luego sacudió la cabeza.

—No importa, nena. Algún día llegarás a comprenderlo. Pero da igual de todas formas, porque las cosas tienen que mejorar a partir de ahora.

Como Jazzy no era más que una niña, se fue apagando su interés en ese tema, y pasó al siguiente asunto que le interesaba.

—¿Ese hombre era un príncipe? ¿El que te trajo a casa la otra noche?

Kiki no pudo disimular una sonrisa. —¿Por qué? ¿Te pareció que era un príncipe?

—¡Ajá! Como si fuera un príncipe y lo está ocultando. Y tú eras como una princesa sirena.

—Mmm —Kiki se reclinó en su asiento, disfrutando de su sana imaginación de niña—. ¿Te pareció que era apuesto, como un príncipe? ¿Te gustó?

La pequeña apoyó el mentón en sus manitas y continuó con el bochinche, como luego le confesaría a su madre. —A ti sí te gustó.

—¿Que si me gustó? Me pareció... me pareció simpático.

Completamente chévere, para ser más precisa. Y le había perdurado su recuerdo durante aquellos dos días, a pesar de que no se habían vuelto a cruzar en el camino. Kiki dio por sentado que se volverían a encontrar, puesto que vivían en un pequeño pueblo de la costa, pero lo mejor sería que tal encuentro no condujera a nada.

—¡Te gustó! —la importunó Jazzy, moviendo un dedo frente a su cara—. Y tú también le gustaste. Lo vi mirándote.

—Sí, a esa hora. De veras tendré que hablar con tu mami y tu papi para que te manden a dormir más temprano, a una hora razonable, como... las cinco de la tarde o algo por el estilo.

Se abrió la puerta delantera. Como esperaba ver a Debby, Kiki se dio vuelta en su asiento, pero se vio frente a una grata sorpresa.

Ocho hombres entraron en tropel. El más joven tenía poco más de veinte años y el más viejo, poco menos de setenta. Llevaban señas evidentes de haber pasado medio día de pesca: tenían abiertas sus chaquetas marineras, las caras quemadas por el sol, dos

de los mayores llevaban señuelos de pesca engancha-
dos a sus gorras, y sus ropas olían a sudor y a pescado.

Eran ciertamente un grupo destartalado, pero se
veían maravillosos al entrar de repente por los por-
tales de *La Sirena* como su primer gran grupo de
clientes. De la emoción, Kiki se puso de pie en un
santiamén.

—¡Hola! Bienvenidos a *La Sirena* —los saludó.

—¿Ya ves? Son clientes. Hice bien en no dejarte
sola —le susurró Jazzy a sus espaldas.

—¡Hola! —repitió un hombre sesentón y se quitó la
gorra para dejar al descubierto su perfecta calva—.
Díganos el menú en inglés, jovencita, y condúzcanos
a nuestras mesas. ¡Lo único que pido es que me
siente lejos de ese hombre que está allí!

Señaló a otro hombre mayor, un regordete que
llevaba puesta una camiseta de los Jets de Nueva
York. El comentario hizo que sus compañeros
rompieran a reír.

—No le haga ningún caso a él, señorita —le dijo el
hombre grueso a Kiki—. Es que está frustrado
porque yo pesqué un montón y a él no le picó ni un
solo pez. Casi siempre pasa igual.

Con una sonrisa, Kiki tomó las riendas de la
situación.

—Pueden sentarse donde quieran. ¡Cerca o lejos
de sus rivales de pesca! Y el menú viene en inglés y en
español. Anotaré lo que quieren de tomar y les
conseguiremos los menús.

Se dio vuelta y le dijo en voz baja a Jazzy: —Nena,
dile a tu papá que tenemos clientes. Muchísimos
clientes. Luego trae todos los menús que puedas y
repártelos.

—Está bien, Titi —encantada de tener al fin una
oportunidad de trabajar, la niña dio una vuelta sobre
sus talones y atravesó como un bólido la puerta de la
cocina.

Mientras los hombres tomaban asiento, Kiki pasó al centro de la sala y anunció: —El especial de hoy es chuletas de cerdo, y vienen con ensalada y tostones. Pueden escoger entre papas o arroz con gandules. Tenemos además una deliciosa sopa de vegetales que Miriam, una de nuestras cocineras, le ha puesto de nombre "sorpresa boricua".

—Mejor que pidamos de eso, llámese como se llame, mientras podemos —se oyó a uno de los más jóvenes decirle a su compañero de mesa.

—No se preocupen, hay más que suficiente para todos.

—Hay más que suficiente ahora —le dijo otro cliente—. Vienen más personas de otro barco de fiestas que debe estar atracando ya.

—¿De veras?

A través de la ventana que daba al poniente, Kiki vio varios vehículos que se aparcaban en los pocos espacios que quedaban en el modesto estacionamiento.

—¿De dónde ha salido tanta gente? —dijo Kiki en voz alta, y rápidamente añadió—: ¡Esto es... magnífico!

—Bueno, es que el dueño y los tripulantes del *Wind Voyager* les están contando a todo el mundo de lo bueno que es este lugar —le explicó otro hombre mientras le sonreía a Jazzy por haberle entregado un menú—. Veamos si *La Sirena* está a la altura de su reputación.

—Claro que sí, ya lo verán.

Apenas tuvo tiempo de sacar del mostrador una libreta de recibos antes de que entraran varios hombres, mujeres y unos cuantos niños. Jazzy se apretó contra ella, riéndose para sus adentros, con un montón de menús en las manos.

Debby Wilcox llegó unos momentos después, con un paquete de víveres en cada brazo. La diminuta morena de pelo muy corto se veía agotada cuando se bajó del taxi. Repasó la sala de un extremo a otro con la vista y se quedó boquiabierta.

—¡Aleluya! —exclamó—. ¡Te dije que el traje de sirena lograría maravillas!

—No fue por el traje, Debra. Alguien hizo una labor de relaciones públicas gratuitamente por nosotros —Kiki la ayudó a cargar uno de los bolsos y la tomó por un brazo para llevarla adonde los clientes no pudieran escucharlas—. Escoge tú. ¿Quieres apuntar sus pedidos, buscarles las bebidas o ayudar a Ceci en la cocina?

—¿Miriam no está?

—No, pero no debe demorarse mucho. Al menos eso espero.

—¿De qué relaciones públicas estabas hablando?

—Luego te lo explico.

—De acuerdo —suspiró Debby—. Yo apuntaré sus pedidos y tú serás la cantinera.

El *Wind Voyager*. A Kiki le tomó un instante recordar el nombre de la embarcación y relacionarlo con Tino Suárez. Fue apresuradamente tras el mostrador, puso hielo en los vasos y comenzó a colar varias jarras de café para la repentina bonanza.

Irónicamente, la llegada de los clientes no tuvo lugar antes, mientras su hermana todavía se encontraba allí. Inez, que era tan mala perdedora, no habría sabido cómo reaccionar al verse derrotada ante el éxito no esperado del restaurante, aunque sólo fuera en una ocasión. Con todo, a Kiki le parecía que, en última instancia, su hermana se habría sentido feliz por la suerte de los propietarios de La Sirena, pues habría entendido que así ella también ganaba.

Además, no importaba quién tuviera la razón, siempre que el lugar se llenara de vida. Aquel sitio le pertenecía a ella, a su familia y a su más cercana amiga, pues en el se alojaba su sueño común. No era más que un edificio de ladrillos de ochenta y tantos años, con su propia idiosincrasia y su tejado de estaño aún sin reparar. Kiki miró hacia atrás y tuvo un atisbo de la prosperidad al notar el repentino ajetreo y al ver cómo Debby bromeaba con sus primeros clientes verdaderos y cómo Jazzy, llena de júbilo, participaba del revuelo.

Parecía increíble, pero Tino Suárez había desempeñado su papel en aquella tarde excepcional. ¿Por qué motivo? ¿Por bondad? El propio Tino no había vuelto al restaurante, porque ella estaba allí todos los días y lo habría reconocido si lo hubiera visto. Él tenía algo que lo hacía inolvidable, aunque era difícil definirlo.

En una pausa tras tomar los pedidos de café y de refrescos que Debby traía, Kiki tomó nota mental de que debía agradecerle, personalmente, al príncipe de incógnito.

Por los siglos de los siglos, según David Suárez, la sirena había sido una criatura desgraciada y poco comprendida, que no se merecía la mala reputación que se le echaba debido a las leyendas de los marineros.

Tino Suárez se sentía ahora más inclinado que nunca a diferir con su padre. El hombre que había reinado como un patriarca sobre su camada de cuatro hijos hasta que una apoplejía le puso fin a su vida, siempre estuvo fascinado con los seres míticos. Para ser un hombre que aseguraba carecer de superstición, no dejaba de narrarles a sus hijos los cuentos que su propio padre le había hecho. En aquel entonces, cuando Tino aún era niño, le parecía que su padre le hablaba de las sirenas como si fueran reales, y no sólo las bellas sirenas creadas por la imaginación y la lujuria de los hombres de mar.

Aquel aficionado a las sirenas lo había instruido sobre las señoras del océano. Sus relatos le parecían seductores, pero consideraba que no eran más que leyendas. Mientras recogía sus efectos para desembarcar del *Wind Voyager,* le volvieron a la mente los "hechos" que le había contado aquel ingenioso español.

La sirena era fruto de la imaginación de diversas culturas, incluidas la de la antigua Grecia y la de los celtas. Según tenía entendido Tino, la sirena era en parte como una niña en la flor de la juventud, en parte como una muchacha del valle, y llevaba una existencia idílica en el reino de Poseidón. A pesar de que su vida tenía una duración sobrenatural, su aspecto era eternamente juvenil y, en algún momento, su existencia tocaría a su fin.

No obstante, antes de que eso sucediera, la zorrilla tendría tiempo suficiente para jugarles unas cuantas malas pasadas a los marineros. Porque, cada cierto tiempo, esa espectacular criatura, mitad mujer y mitad pez, que poseía poderes mágicos y cierta facilidad para predecir el futuro, subía a la superficie. Buscaba una roca donde sentarse, se peinaba sus largos rizos y comenzaba a cantar una canción como toda una diva.

¿Qué hombre se podía resistir a eso? Sin embargo, pobres de los ojos que se posaran en ella, pues el desgraciado marinero que así lo hiciera, estaba condenado. Verla era de mal agüero; la muchacha sólo traía desgracias, pues estaba decidida a llevarse al hombre a las profundidades del mar.

Pero no porque la sirena es mala, le había explicado su padre una y otra vez. No, ella se enamora del marinero con un amor tan desesperado, que no puede imaginarse estar separada de él.

O sea, en otras palabras, la sirena no era malvada, sino que estaba equivocada. Su atracción era verdaderamente fatal. Tal vez su padre tenía la intención de pintarle una imagen menos sórdida de la sirena a su hijo pequeño, quien vacilaba antes de volver a subirse a otra embarcación. No obstante, el mensaje que Tino había extraído del relato era: "si ves a una linda muchacha de pelo largo y escamas que se pone a coquetear contigo, pon pies en polvorosa".

Se le hacía difícil huir de ella, puesto que su imagen se le aparecía por todas partes. No tenía sentido, debía ser su imaginación calenturienta, pero a menudo había visto sirenas en los dos días que transcurrieron después de su encuentro con la que estaba sentada al borde de la fuente. Eran tonterías: un tatuaje de sirena en el brazo de un tripulante; una imagen en una caja de cerillas en el *Atlantic Sea Breeze;* un fragmento de la película "La sirena del millón de dólares" con la actriz estadounidense Esther Williams, en el canal de películas antiguas.

Pura coincidencia. Eso era.

Se le hizo más difícil aun huir de ella cuando tomó forma de mujer por completo y venía por el muelle en dirección a su embarcación.

Tal vez él era un marinero desdichado, pero ella iba a tener que librar la batalla más grande de su larguísima vida.

—¡Ajoy, capitán! —le dirigió un saludo—. ¡Solicito permiso para abordar, señor!

La sirena imaginaria no sólo tenía piernas humanas, sino que aquellas extremidades cubiertas por pantalones cortos y ceñidos eran del tipo que recibiría silbidos de los hombres al pasar por una intersección concurrida.

Ya él se había dejado atraer antes por piernas como aquéllas. Había aprendido la lección y ahora no iba a caer en la trampa así como así.

—Permiso concedido.

La mujer, que confesó su temor al océano, se aproximó con torpeza al barco. Se asió de un cable, pasó una pierna a cubierta y luego la otra, y sus pies con calzado deportivo se bambolearon hasta que se adaptaron al suave vaivén de la embarcación sobre el agua.

—Me atrapaste —dijo él—. Me estaba preparando para irme.

—Ah, no importa. No te demoraré. Me dijeron que podía encontrarte aquí, así que vine a agradecerte en persona.

—¿Agradecerme por...?

—¿Por qué crees? Por recomendarnos a la gente —le respondió ella entrecerrando los ojos—. No muchos vinieron a la inauguración. Supongo que la gente sigue pensando que ya no hay ningún restaurante en _Jefferson Place,_ así que tuvimos un par de días casi sin negocio. Pero tú... tú volviste a acudir en nuestra ayuda. De veras te lo agradecemos.

Tino se pasó los dedos por el cabello y trató de no mirarla a los ojos. —En realidad, no fue mucho lo que hice. Simplemente sé lo difícil que es administrar un negocio y ya me conozco las caras de los que vienen a los viajes de pesca, así que... sólo hice correr la voz sobre el restaurante. Nada más.

Kiki se apoyaba alternativamente en una u otra pierna. Tenía su largo cabello recogido en una cola de caballo que se sacudía detrás de ella con cada movimiento que hacía.

—Eso significó mucho para mis socios —replicó ella suavemente—. Y para mí. Además, no estabas obligado a hacerlo.

—Pero, como acabo de decirte, yo también he pasado por eso. Cuando mis clientes desembarcan, vienen cansados y desean almorzar algo. ¿Por qué no enviarlos a que prueben el nuevo restaurante del pueblo?

—¡Verdad! —Kiki se encogió de hombros y volvió a agarrarse del cable—. Ey, capitán. Otra cosa.

—¿De qué se trata?

—Yo no le simpatizo mucho, ¿no es cierto? ¿Por qué es eso?

Tino alzó la mirada de repente desde la cubierta y examinó la expresión del rostro de Kiki. No parecía estar retándolo; se veía seriamente confundida.

—¿Será que te crees superior por ser español y me ves a mí como una simple puertorriqueña de Nueva York...? —conjeturó ella.

—¡Toma ya! Resulta que soy un héroe porque le recomendé tu restaurante a la gente pero, al mismo tiempo, "me creo superior por ser español". ¿Te parece que eso tiene sentido?

—No, pero lo que tampoco tiene sentido es que hagas algo tan lindo como lo que hiciste y luego te comportes con la frialdad de un pez cuando vengo a agradecerte —Kiki volvió a subir a cubierta y esbozó una sonrisa—. ¿O será que te comportas con frialdad con todo el mundo y yo me lo he tomado personalmente? ¿Es eso?

—Mujer, ¿qué querías que dijera?

—"De nada", por ejemplo. Eso habría estado bien, Tino. O "contento de ayudar a otros hispanos porque sé que, si le va bien a un restaurante de mariscos, entonces me irá bien a mí, que soy pescador". Pero hubiera sido suficiente con que dijeras "de nada".

Tino asintió cortésmente con la cabeza y accedió:
—De nada, señorita puertorriqueña de Nueva York.

—Gracias.

—De nada... otra vez. Y, por cierto, no soy frío como un pez.

Una ráfaga de viento que vino desde el mar le sacudió su pelo entrecano. Se veía distinto ahora que la noche en que se habían conocido, pues no llevaba puesta la gorra de béisbol y su barba incipiente le oscurecía el rostro. El marino se había puesto previsoramente una chaqueta ligera, con el cuello hacia arriba, para protegerse del fresco de la noche. Ella llevaba la misma blusa de mangas cortas que le había parecido adecuada para el húmedo y caluroso día, pero ahora se abrazaba a sí misma para contrarrestar la frialdad.

—Bueno, tal vez me...

—En serio, no soy frío como un pez. Puede que dé esa impresión, pero soy... —aspiró profundamente—. Me paso el tiempo trabajando duro. A veces salgo de pesca con los muchachos y nos pasamos días en el mar, así que... en eso es en lo que tengo la cabeza. No es que sea frío ni indiferente, ni que sea un tipo poco sociable. Es más, me parece que en realidad soy lo contrario.

¿Qué significaba el destello que le vio en los ojos? ¿Que se sentía herido? Kiki tenía una impresión muy clara de que él había recurrido antes a ese mismo tipo de defensa.

—No tienes por qué darme explicaciones, Tino. Sólo quería saber si había algo de mí, personalmente, que... olvídalo.

—Kiki, ¿Qué me podría disgustar de ti? Eres amistosa, eres... simpática.

—¿De veras? Bueno, tú también me pareces simpático. Muy simpático. Y sabes besar muy bien.

Lo dijo en broma. Su única intención era darle un toque de humor a la conversación y hacerlo reír. Eso hizo Tino, como por obligación, mientras trataba de no concentrarse en el recuerdo de aquel beso. Le parecía que Jamila nunca lo había besado así o, si lo había hecho, fue mucho antes de que el otro se interpusiera entre ellos.

Además, su ex prometida tampoco era tan directa y franca como esta mujer con corazón de sirena coqueta. Jamila era más bien como él, reservada y seria.

Más bien como yo. Qué cómico. Ella había ocultado muy bien su lado engañoso, junto con el lado fogoso y apasionado que había reservado para otro.

—¿Qué estabas haciendo antes de que yo te interrumpiera con tanta descortesía? —le preguntó Kiki al percatarse de que el silencio que se había suscitado entre ellos se debía a que él se sentía incómodo.

—Las cosas de rutina que se hacen cuando el barco sale de las reparaciones y se prepara para un viaje. Estaba revisando los indicadores, el motor, el radio, el equipo de pesca; anotando lo que la tripulación necesitará para el viaje. Estoy seguro de que nada de eso sería interesante para ti.

—¿Así que estás seguro? Si apenas me conoces. Eres el primer pescador que conozco. Es decir... el primero que veo que se gana la vida pescando. Debes tener muchas cosas que contar que seguro me interesarían. Por ejemplo... —se inclinó hacia él—. Cuando termina la jornada y el barco queda amarrado en el muelle, ¿qué hace el capitán para divertirse?

CAPÍTULO 3

Los pescadores estaban bendecidos con el recuerdo de un mamífero no acuático, el elefante.

En circunstancias normales, Tino se hubiera mantenido alejado del *Atlantic Sea Breeze,* en especial si estaba acompañado por la sirena del pueblo. Además, éstas no eran circunstancias normales. No había previsto que pasaría por el bar esa noche. Por una vez, el trabajo no estaba en el programa del día. Como estaba agotado, hubiera deseado reposar la cabeza en la almohada a una hora decente.

Era un misterio cómo se había dejado convencer para tener un encuentro con una mujer. Tal vez no era una cita oficial y, con toda certeza, no era un encuentro planeado. En teoría, no podía ser una cita de verdad. Sin embargo, en su mente, pasar un rato con una mujer y comprarle un trago era una cita. Ni oficial ni planeada, y la primera desde la boda que no llegó a consumarse pero, de todos modos, era una cita.

Para mortificarlo aun más, ésa misma era la impresión que tenían los habituales del *Atlantic Sea Breeze* con respecto a que él estuviera allí con una joven.

—Esta ronda va por la casa, ¿de acuerdo? —dijo la camarera de pelo rubio encendido, mientras le servía a él otro vodka Absolut con hielo y un ginger ale a ella—. Cortesía de la cantinera. Dijo que era para que pudieran 'brindar por su acogedor acuario doméstico', aunque no sé qué significa eso.

Kiki miró hacia el bar. Él temía hacer lo mismo, viendo con desagrado que Sandy estaba en la barra, y sonreía con picardía en dirección a ellos. El corro de hombres y mujeres que la rodeaban levantaron sus vasos en dirección a él y a la mujer que lo acompañaba, cantando a coro y fuera de tono unos versos de "Desconocidos en la Noche". Como casi ninguno se sabía bien la letra, terminaron tarareando y las voces se apagaron gradualmente.

La mujer de su supuesta "cita" le estaba echando leña al fuego, pues alzaba los brazos para aplaudirles y se reía junto con ellos.

—¡Parece un grupo divertido! Si quieres, no tengo nada en contra de que vayamos a unirnos a tus amigos.

Otro indicio más de lo extraña que era la situación. Tino alzó la vista para mirar a la mujer del otro lado de la mesa, cuyos ojos verdes atrapaban la luz de la parpadeante vela que estaba en el centro. Era sincera con respecto a no tener problemas en juntarse con personas que no conocía, sencillamente porque eran "amigos" de él. Era sociable, gregaria, no tenía ni una pizca de timidez.

No era el tipo de mujer que le había atraído en el pasado.

—No, me encuentro bien aquí. Yo no... 'ando' con ellos, solamente están aquí cuando yo estoy.

—Ah. ¿Y vienes a beber solo?

Él llevó el vaso a sus labios, y tomó un largo trago.

—Sí. Para relajar después de un día de duro trabajo. Dos tragos, tal vez tres. No necesito compañía mientras me los tomo, soy un lobo solitario.

Pareció desilusionada. Por fin. Algo que la desalentaba, porque durante la primera ronda, le pareció que había visto el inicio de algo cálido y afectivo en la expresión de ella.

Soy un solitario. Tú eres la señorita Simpatía. No tenemos ningún futuro, cariño.

—¿Sabes qué? Hay otras maneras de relajarse —ella mantuvo su tono ligero—, de aliviar las tensiones del día. Como ver películas o leer un buen libro. Eso es algo que nunca hice cuando era más joven, pero estoy descubriendo lo mucho que me gusta leer, ahora que soy una vieja de veintiocho años.

No consiguió reprimirse su reacción. —¡Ah, sí; eres viejísima! ¿Qué es para ti un buen libro? ¿Una novelita rosa?

Kiki se echó para delante en el asiento, y cruzó los brazos en la mesa. —Ésas son como los chocolates, que no se puede negar que son deliciosos. No leía en la secundaria porque te obligaban a hacerlo, ¿sabes? Y te daban dos semanas o un mes para terminar un libro, y nunca parecía ser suficiente el tiempo. Ahora leo cualquier libro y, si me gusta, me obsesiono con la lectura. Lo termino en dos días. Un mes leo una novela actual, al siguiente, leo una clásica. Steinbeck, Joyce, Hemingway... ¿Conoces a Hemingway, verdad? ¿'El Lobo Solitario y el Mar'?

Señalándola con el dedo, le dijo: —Ésa la leí. Se llama 'El Viejo y el Mar'.

—Es lo mismo, créeme —su risa era muy atrayente, pero sin intención. Tomó un sorbo de su refresco antes de proseguir—. Pero volvamos a los métodos de relajación. Ninguno es mejor que escuchar música. Buscar un lugar cómodo... para mí lo mejor es en los escalones en el frente del portal... ponerme los audífonos para no molestar a nadie, y desconectarme. Me encanta la música. Es mucho mejor que beber.

—Ajá. ¿Y la música que te gusta sería... Víctor Manuelle? ¿La Banda Loca?

Ella se rió al mencionarse la música latina. —¿Ah, así que los conoces? 'La Dueña de mis Amores'. ¡Ésa me encanta! Seguro. ¿Por qué no algo alegre? En esta vida tan corta, nos merecemos eso al menos. También pudiéramos usar algo que calme. Algo que despierte el alma. Como 'Nessun Dorma'. Turandot compuso piezas bellas. Y no sé exactamente quién la escribió, pero... me gusta 'La Granada'.

Esa belleza clásica, originaria de su España, fue dicha a propósito. Ella quería distraerlo del hecho de

que le estaba predicando. Ninguna prédica (y
mucho menos las lágrimas ni el llanto) cambiaron
algo alguna vez durante su matrimonio, pero para
ella era importante intentarlo. Tal vez Tino no se
había dado cuenta.

—¿Te gusta 'La Granada'? Era una de las favoritas
de mi padre. Lo recuerdo... disfrutando un vaso de
Oporto mientras la escuchaba. Él combinaba tu
manera de relajar con la mía. Pero tú tienes algún
problema con la bebida, ¿no?

La había sorprendido en el púlpito. —No, no
tengo ningún... bueno, está bien. La bebida arruinó
mi matrimonio. Lo siento, sé que eso no tiene nada
que ver contigo, pero si alguna vez viste a alguna
persona amada hacerse daño, una y otra vez, eso es
imposible de olvidar.

Kiki se preparó para lo inevitable. Poco antes de
que la Administración de Pequeños Negocios le
aprobara la solicitud, había perdido tres a uno en la
cuestión de si servir o no bebidas alcohólicas en La
Sirena. Ceci, Debby, e incluso Miriam, que sabían los
detalles que su cuñada había mantenido en secreto
de su hermano y su mejor amiga, habían estado
todas a favor de contratar un cantinero para los
clientes. El costo de sacar una licencia para las
bebidas alcohólicas decidió la discusión.

No todo el que bebe es un alcohólico, Kiki. Las palabras
de Ceci iban ahora a ser repetidas por Tino Suárez.
Por alguna razón, viniendo de él, el tono burlón iba
a doler mucho más.

—¿Estuviste casada? —le preguntó sorprendido.

—Sí. Con el mismo hombre con el que salía desde
la secundaria. Lo conocí durante mucho tiempo.
Antes de que bebiera.

—Y cuando, eh... cuando bebía, él no... él
nunca...

—No, no físicamente —esa pregunta se la habían
hecho antes, muchas veces. La mayoría de las veces,

venía de un hermano que juraba que iba a apalear a
su esposo, si nada más se atrevía a levantarle la mano.

—En cambio, me lastimó con la desilusión. Con
las promesas rotas. Con la preocupación. Porque
entraba y salía de rehabilitación constantemente,
porque no lograba mantener ningún empleo,
porque se desaparecía durante días sin decirme
dónde estaba. Pero tú no tienes por qué escuchar
todo esto.

Tino se humedeció los labios y se inclinó hacia
delante. —¿Quién… lo terminó?

Ella hizo una pausa. —Yo tenía que hacerlo,
porque nada iba a cambiar. Como es natural, mi
familia siempre me lo decía, mi mejor amiga también me lo decía, pero yo seguí aguantando. Hasta
que me di cuenta de que mi amor no era suficiente
para él.

—Sí, conozco ese sentimiento —murmuró él con
el vaso junto a los labios, echó hacia atrás la cabeza y
lo vació—. ¿Dónde está esa camarera?

El número tres, ya viene. Iba por su tercer trago.
Kiki se preguntó cuántos hacían falta para embo-
rrachar al capitán. No quería quedarse para
averiguarlo. Comenzó a deslizarse para salir del
puesto.

—Oye, se está haciendo tarde, así que mejor que
me…

—Ey, no te culpo por salirte de ésa —se detuvo
para llamar la camarera—. Él estaba en el infierno, y
te estaba hundiendo junto con él. Tenías todo el
derecho a dejarlo. Pero decirle a un hombre que lo
amas, y saber que él te ama más que a su propia vida,
y entonces abandonarlo y humillarlo…

—¿Cómo? —ella volvió a su asiento—. ¿Tú estás
divorciado, Tino?

Ella notó que se le fruncía el ceño. —Eso es un
asunto personal.

—¿Lo es de verdad? Ah, así que está bien que tú escuches las confesiones sobre mi vida, ¿pero las tuyas qué son? ¿Propiedad de la CIA?

—Se suponía que habláramos de pescar. ¿Te acuerdas de lo interesada que estabas en que te contara de mi profesión?

—Y todavía quiero que me cuentes de ella. Pero tú me preguntaste quién fue el que abandonó mi matrimonio. Eso también es personal, pero yo lo contesté. Pienso que eso es más entrometido que una pregunta sencilla como, '¿estás divorciado?'

Ahora se acordaba de por qué prefería beber a solas. Lamentó haber pedido ese tercer trago, pero la camarera ya se lo traía en ese momento. Se maldijo por no pagar la cuenta y salir de allí, terminar la cita en la que había sido metido por una espumante mujer que, irónicamente, le recordaba una botella de champán rosado.

No, tenía que continuar y pedir otro trago. Para espantarla. Para desalentarla. Y para desalentarse.

—No estoy divorciado. Ya, ¿contenta? Nunca me casé. Llegué hasta el altar, pero la novia no apareció. Gracioso, ¿no? No hubo boda, así que tampoco hubo matrimonio. Como no hubo matrimonio, no hubo divorcio.

—¿Te dejaron plantado en el altar?

—Sí. La joven decidió que no deseaba ser mi esposa después de todo. Nunca se tomó el trabajo de decírmelo. Sin embargo, no todo se perdió. Oí decir que pasó un buen rato en nuestra luna de miel con el hombre de sus sueños, que no era yo.

Tino Suárez vestido de esmoquin negro. Con una fajín negro alrededor de aquella esbelta cintura. Con el pelo peinado hacia atrás. Con la adoración por su novia reflejada en su rostro, haciéndolo aun más guapo. Kiki se frotó los brazos otra vez, esta vez no por el frío, sino por los temblores que le recorrían la piel. Se le había olvidado que todavía llevaba puesto el abrigo de él, que él le había colocado sobre los hombros cuando salían del barco.

—Y no me tienes que mirar de esa manera —le advirtió.

—¿De qué manera?

—Como que me quité un peso de encima al no aparecer Jamila para la boda. Fue vergonzoso, delante de doscientas personas. Por lo demás, resultó para bien. Ella logró lo que quería, un importante y poderoso ejecutivo por marido. Y yo también estoy mejor así, al descubrir que el amor de un pescador no era suficiente para ella antes de que intercambiáramos los anillos.

—Es cierto, estás mejor así —la mano de ella se cerró firmemente alrededor de la de él, impidiéndole levantar su vaso—. Pero no estoy tan segura de que eso fuera lo mejor para ella. Desperdiciar el amor de un pescador me parece una gran tontería.

En el momento en que ella soltó su mano, procedió a tomarse la mitad del trago. Fue una acción forzada, lo cual se echó a ver en la mueca que hizo después. Ella prefería la manera en que se veía sobre la cubierta de su barco, o al comienzo de la velada, a su entrada en el *Atlantic Sea Breeze,* cuando había logrado que él hablara de su línea de trabajo.

Entonces no se había comportado con la frialdad de un pez. Era capaz de sentir pasión, una capacidad que iba más allá de su trabajo y que la estimulaba. La manera que tenía de mirarle a los ojos cuando se hablaban, aumentaba la intimidad de la conversación entre ellos.

Pero él estaba tratando de demostrar algo. Al menos, eso deducía ella. Kiki no sabía qué era lo que él quería demostrar con tanta testarudez. Ella no arriesgaba nada interrumpiendo cualquiera que fuera el juego que él se traía.

—Me tengo que ir. Hay que llegar temprano al trabajo. Bueno, conoces las reglas para manejar tu propio negocio —resueltamente, se levantó de la mesa—. Espero que no te moleste. No esperaba estar fuera hasta tan tarde.

Ese fue el peor vodka con hielo que Tino había tomado en su vida. Estaba acostumbrado a alargar sus tragos, no a empujárselos por la garganta, para que el vodka se abriera paso por sí solo quemando por todo el camino hasta el fondo del estómago. Un precio aceptable, si tenía en cuenta que ella se iba. Ya había conseguido la meta de desalentarla.

Debería haberse quedado contando su buena estrella, y no atorarse con las palabras. —Espera un segundo, Kiki, voy a pagar la cuenta y te acompaño de regreso...

—No es necesario. No es tan lejos.

—Pero es tarde.

—Ah, pero por eso es que adopté la forma de mujer. Estas piernas son mucho más eficientes que una cola, en lo que respecta a alejarse corriendo de un problema —sonrió y se inclinó para darle un beso en la mejilla. Un beso inocente, cálido y tierno—. Buenas noches, Capitán. Recuerde a La Sirena en sus viajes.

Después que ella se fue, Tino le dedicó toda su atención a la última mitad de su trago. O casi toda su atención. Su querido padre y sus locos relatos infiltraban el cubículo, bloqueando el barullo de la turba nocturna que se estaba divirtiendo esa noche en el *Atlantic Sea Breeze*.

Cuándo toma la sirena la forma de una mujer de carne y hueso, es un secreto. Nadie lo sabe. Los únicos que lo saben son la sirena y el marinero.

Lo que había estado sentado del otro lado del cubículo era una mujer de carne y hueso. Una mujer que había sobrevivido a un matrimonio lleno de dolor, que no era la cabecihueca de piernas largas que en un inicio él supuso que era. Ella había logrado contar esa parte de su vida sin seña de amargura. Había tenido la oportunidad de usar cuanto insulto hay para referirse al borracho de su marido, pero se mantuvo por encima de eso.

Como toda una dama. Una dama que creció en el *Spanish Harlem*, que se había convertido en una lectora ávida y (curiosamente, igual que las heroínas de los relatos de su padre) amaba la música.

No obstante, de todas maneras, merecía que se la ahuyentara. A pesar de lo mucho que había pasado la mujer, ¿qué se creía, que podía interrogarlo sobre su novia escapada y sus tragos después de hora? En ese aspecto, ser soltero tenía sus virtudes. Iba y venía como le diera la gana, disfrutaba de un modo de vida impredecible, pero honesto, que lo satisfacía, sin rendirle cuentas a nadie.

Tan pronto como salió por la puerta, el aire fresco de la noche le golpeó la cara. El último trago le había provocado una reacción que ni necesitaba ni quería. Era el trago para desilusionar a la sirena.

Estúpido.

Todavía alcanzaba a verla, caminando rumbo a *Jefferson Place*. Estaba de espaldas a él, con su abundante cabello saltando de un lado a otro del collar de su abrigo, y con la cabeza mantenida en alto. Sí que era orgullosa.

Bueno, él también lo era. Tuvo que hacer un esfuerzo para no salir corriendo tras ella, reconocer que no le había revelado todo, y persuadirla de que se quedara un poco más en su presencia.

Tino caminó las cuatro cuadras hasta su hogar, tratando de no hacerle caso a la sensación ardiente que tenía por dentro, la cual no estaba relacionada en lo más mínimo con el vodka.

El centro de la ciudad. De alguna manera ella se había montado en el tren A, para regresar tarde a casa después de trabajar de camarera en Allie's. El momento era surrealista y vívido al mismo tiempo.

Ya no trabajaba en Allie's. ¿A dónde iba? ¿De regreso al apartamiento que trató de convertir en un hogar para Xavier? ¿Al viejo lugar donde Leidi, la nena de la familia, seguía viviendo con Mami?

La situación era ridícula. En cuanto el tren se detuviera, si por fin se detenía, necesitaba tomar el ferrocarril de Long Island de regreso.

Al hogar de su nueva vida.

Las luces en el coche vacío del metro parpadeaban mientras el tren iba a toda marcha por el túnel subterráneo. A través de las ventanas, vio aparecer la estación de la calle catorce. El tren se detuvo con un chirrido estrepitoso, las puertas corredizas se deslizaron, y ella se apresuró a salir a la plataforma.

Esto era un sueño. El hedor de combustible y humedad y Dios sabe de qué más flotaba en el aire, pero nada de esto estaba realmente sucediendo. Se dirigió sin dilación a un extremo de la plataforma, y pasó junto a la única otra persona que la ocupaba. Era una mujer destituida con un viejo abrigo gris, sentada sobre una pila de periódicos. Parecía un personaje salido de "Los Miserables", y alzó lentamente su avejentada cara en dirección a ella.

Sin detenerse, ella subió las escaleras. Las paredes estaban llenas de grafitos y carteles de propaganda política, lo cual era demasiado parecido a la vida real.

No le importó. Tan pronto llegara al final de las escaleras, el sueño se terminaría. Estaba subiendo las escaleras, saliendo de su sueño, cuando encontró una playa desierta.

La ciudad había desaparecido. El tren no la había dejado en la Calle catorce, ni en Long Island, ni en ningún lugar que ella pudiera reconocer. Solamente veía un deprimente trecho de arena, un cielo gris pizarra, la marea golpeando en los rompeolas a lo lejos, y un largo puente de madera.

—¿*Va pa' Long Island?*

La voz provino de un adolescente en bicicleta, un muchacho norteamericano de largo pelo castaño, que apareció de

la nada. Pedaleó al lado de ella y volvió a preguntarle:
—*Va pa' Long Island, ¿verdad?*
—*Eso intento.*
—*Igual que yo. Está del otro lado del puente. Pero apúrese, que ya viene la marea alta.*

Fue entonces que la escena tomó un aspecto demasiado conocido.

El joven ciclista se alejó y desapareció por el puente. Ya ella había estado allí antes; aunque el contexto había sido distinto. Había pasado mucho tiempo desde su última visita, pero sabía lo que vendría a continuación.

Tal vez podía volver a bajar las escaleras, tomar otro tren, y pensar qué hacer a continuación. Al menos así se alejaría de cualquier daño. Sin embargo, cuando se dio vuelta, la estación del metro se había esfumado en el aire.

Sólo podía escoger entre la playa y el puente. No había alternativas.

Cruzar un puente de Manhattan y llegar al condado de Suffolk. Eso era tan absurdo, que tenía que ser un sueño. De todas maneras lo hizo, y echó a andar a paso rápido, escuchando sus tacones sonar contra los tablones de madera que pisaba.

Muy, muy lentamente, el océano iba subiendo bajo el puente.

Del otro lado esperaba la tierra firme, hermosa y gloriosa. Varios cientos de metros más allá. Aceleró el paso mientras las olas golpeaban contra el costado del puente, que se sacudía traicioneramente bajo ella.

Ahora tuvo que echarse a correr. Podía escuchar las fuertes olas a ambos lados de ella, que cobraban altura y fuerza, el quejido de las vigas que soportaban el puente, su corazón que latía con furia.

Entonces Kiki abrió los ojos.

Se sentó en la cama, y consultó el reloj despertador que tenía sobre la mesa de noche. Eran las cinco y doce. Se le habían malogrado los últimos veinte minutos aproximadamente de sueño por el teatralismo de su subconsciente. Además, para colmo, era un sueño reestreno.

No estaba asustada, sino molesta más bien. Como sabía que ya tendría que levantarse de una vez, saltó de la cama y tomó su bata de casa, que alguna vez fue blanca, y que se había tornado amarillenta por tanto que la había lavado. Decidió tomar su dosis de cafeína antes de la ducha y se encaminó a la cocina.

Su cocina. Aunque fuera pequeña, era parte de su apartamiento. No estaba bajo el techo de sus padres, ni el de su esposo, sino en el primer lugar que podía llamar suyo.

La cocina de la casa de un solo dormitorio tenía vista hacia el patio que la separaba de la casa principal, que ahora era el hogar de su hermano y la familia de él. La compra de la propiedad había sido un regalo del cielo, adquirido en una venta de propiedades de una herencia, que puso fin a la búsqueda de Ceci y Miriam de un hogar desde hacía ya un año. Estaba cerca del restaurante, en una calle sin salida, y lo mejor había sido la casita en el traspatio, utilizada como alojamiento para huéspedes por los dueños originales. Parecía hecha a la medida para Kiki, que aún no estaba lista para empeñarse en una hipoteca, lo cual les convenía a Ceci y a Miriam, a quienes el alquiler de ella les servía para completar sus mensualidades.

Revolvió el azúcar en su taza de café, se colocó en la mesa para dos, y quedó mirando hacia el patio. A ambos lados del estrecho sendero de adoquines había unos melocotoneros que fueron plantados por los antiguos propietarios. Había espacio para un jardín de flores a un lado y algunas plantas de tomates y fresas al otro lado. El próximo año. Al principio de la estación, haría algún tiempo para la jardinería y la horticultura. Siempre había querido probar esas labores, pero se lo había impedido el vivir en un apartamento en la ciudad.

La jardinería era solamente uno de los grandes planes que tenía para su pequeño rincón en el mundo. En el armario del pasillo de entrada esperaban los rollos de papel de pared, las latas de pintura y los listones de molduras de madera. No necesitaba mucho más que su propia creatividad para hacer que el lugar centelleara de calidez y personalidad.

Si al menos pudiera encaminar esa creatividad para producir algún nuevo material para sus sueños. El viaje de la noche anterior por un territorio conocido no era más que un rezago del pasado, se dijo a sí misma. De niña, había tenido esos sueños recurrentes de un mar turbulento, lleno de enormes olas. Aunque aquellos sueños misteriosos casi habían cesado cuando llegó a la edad adulta, no por eso habían dejado de impactarla.

El mar nunca podría ganar su confianza. Un día en la playa era placentero, eso sí, y se sumergía hasta las caderas, pero por nada en el mundo se abandonaría a la merced del océano.

Le gustó el otro sueño de la noche pasada, si es que se le podía llamar sueño. Mientras se encontraba en el islote de conciencia que separa el estado de vigilia y el de sueño, se había imaginado a Tino Suárez en la cama con ella. Después de sacar las sábanas del colchón, él había cubierto el cuerpo desnudo de ella con el suyo. Él la deseaba y la llenaba de besos urgentes y exigentes.

Antes de ir a la cama, Kiki había colocado el abrigo de él sobre la otra silla en la cocina. Lo tomó y lo examinó con los sentidos de la vista, el tacto y el olfato, en especial este último.

Olía tan bien. Igual que él.

No es bueno, muchacha. No es más que otro señor Equivocado.

Tal vez. O tal vez era el señor Adecuado, de incógnito, protegiéndose.

Del bolsillo de la derecha extrajo un juego de llaves que colgaba de un anillo de metal. Unida al anillo había una pieza redonda de plástico negro, con las palabras ROYAL BOAT WORKS en dorado.

Bajo las palabras, estaba el emblema de una corona dorada.

Algo que un príncipe disfrazado ocultaría.

Y en las manos de ella, estaban las llaves de su reino.

CAPÍTULO 4

¿Cómo podía un hombre ser tan tonto y perder una esposa como esa mujer? ¿Y todo por el alcoholismo? Tino Suárez pensaba que hacerle el amor a ella sería suficientemente adictivo como para durar toda una vida.

Suspiró para sus adentros, e intercambió un saludo formal con un hombre y una mujer que entraban al restaurante, uno del brazo del otro.

Estaba volviendo a hacer lo mismo: observar a Teresa Figueroa, también conocida como Kiki, a través del vidrio de una ventana. En este caso no era un vidrio oscurecido y no estaba en un bar, sino en un restaurante. El restaurante de ella, ni más ni menos. Todo parecía indicar que el negocio estaba progresando de veras. Varios clientes ocupaban algunas mesas y cubículos, y había autos en el estacionamiento, incluido su Pontiac Grand Am azul.

Pero él no estaba allí porque le interesara la prosperidad de La Sirena. A decir verdad, no debería estar allí en absoluto. Si no hubiera contratado de antemano a Jesse Cochoran, pudiera haber capitaneado él mismo el Wind Voyager. Partió exactamente a las cuatro y media esa mañana, como estaba programado, gracias a que tenía un juego extra de llaves. Era productivo, y se metía de lleno en el trabajo, en vez de estar nadando directamente hacia la tentación.

Hasta el momento, ella no se había percatado de su presencia, atisbando a través del ventanal y de la puerta de vidrio. Así estaba, debatiendo consigo mismo si debía olvidarse o no del asunto de las llaves del barco. Poco le importaba la chaqueta. Ciertamente reemplazar las llaves no lo iba a llevar a la ruina. Y no era probable que Kiki, quien había reconocido que el océano le provocaba pavor, fuera capaz de secuestrar la embarcación para dar un paseo.

No, los motivos de su presencia en el restaurante eran aun más complicados. Su motivación tenía que ver con una cuestión de orgullo… con cuestiones del corazón.

De modo intermitente, la veía pasar, pero pronto desaparecía detrás del mostrador o entraba a la cocina. Reconoció que la otra mujer, la que estaba a cargo de la caja registradora, era la amiga de ella de la primera noche que él había estado allí. La niña que entregaba los menús y rellenaba los saleros y pimenteros, ¿estaba también aquella noche? Tino no se acordaba bien. Sin embargo, sus rasgos eran extraordinariamente similares a los de Kiki; era como una versión en tamaño infantil de la mujer.

¿Sería su hija? Ella no había mencionado que tuviera una hija de su matrimonio fracasado, pero tampoco tenía por qué hablar de eso.

Con todo, si ésa era su hija, ello constituía otra prueba de que su ex esposo estaba desquiciado, además de ser alcohólico. Era fácil ver que el hombre había estado casado con una joya de esposa. Su afecto era sutil, pero no le faltaba. En la interacción entre ella y su amiga. En la manera cariñosa con que acariciaba la cola de caballo de la niña cuando se cruzaban. Le sonreía con calidez genuina a un cliente, lo cual le dolió un poco a Tino, al saber que esa sonrisa no era para él.

En ese momento, dos ancianos latinos salieron del restaurante. En los últimos años, más y más latinos se habían mudado al condado de *Suffolk*, procedentes de los distritos urbanos de *Brooklyn*, *Queens* y el *Bronx*. Como se había sentido un poco fuera de lugar a su llegada al condado, Tino acogía con satisfacción la nueva oleada de hispanos.

—¿Pensando en entrar? —le preguntó el anciano.

Tino se aflojó la corbata, pues estaba convencido de que le cortaba la circulación del cuello.

—Eh, sí señor. Estoy pensando en comer aquí —esa declaración no estaba muy lejos de la verdad.

—Se lo recomiendo. ¿Verdad, corazón? —colocó la mano de su esposa, cubierta de manchas por la edad, sobre su brazo—. ¿Te gustó este lugar?

—¡Sí, bastante! —respondió sonriente la mujer de pelo cano—. La comida es bien rica; el servicio, muy agradable.

Otras frases corteses se intercambiaron entre él y la pareja de viejos enamorados antes de que partieran, caminando lentamente por *Jefferson Place*. Los elogios de ellos con respecto al almuerzo en La Sirena le produjeron una sorpresiva sensación de orgullo.

Les iba bien a ella y a sus compañeros de negocio. Lo único malo era que ya ella no necesitaba ninguna ayuda de él.

—¿Esperas que te enviemos una invitación personal?

¡Lo habían atrapado! Y eso que él creyó que había hecho un trabajo excelente frente a la ventana y a la puerta. Era evidente que no le convendría renunciar a su trabajo para convertirse en espía.

Tino se pasó la mano por el pelo y se volvió para hacerle frente a Kiki, que se asomaba por la puerta. Ella le estaba sonriendo, radiante, con aquella falda tan corta y sandalias gruesas de tacón alto.

—De hecho —dijo él— estaba a punto de entrar.

—Mmmm, hmmm. Como tú digas. A propósito, te vez muy guapo con ese traje. Estás por todo lo alto, Valentino.

Él titubeó, con la mano en el picaporte de la puerta. —Me llamo Augustino. Pero me parece que me gusta más Valentino.

—Sí, eres más Valentino que santo. Pase adelante. Creo que tengo algo que te pertenece.

¿Qué podría ser? Se moría por preguntar. *¿Tal vez se refiere a mi corazón?*

Pasó al salón del comedor, la observó deslizarse a través de las puertas de la cocina, y su esbeltas caderas lo impresionaron con su acompasado vaivén de izquierda a derecha. El pelo ondulado, recogido muy arriba en una oscilante cola de caballo, y el bajo escote de su suéter, le permitieron ver una delicada marca de nacimiento en la parte de atrás del cuello. Parecía incitarlo a darle un beso en ese preciso sitio.

Llevaba suficiente tiempo viviendo en el pueblo como para recordar que aquel establecimiento había sido antes una cafetería. El lugar se remontaba a los años cincuenta, y la especialidad de la casa había sido un fabuloso emparedado de bistec con queso. Sentados junto a la antigua fuente de gaseosa, los clientes sorbían la tradicional crema de huevo neoyorquina, de vainilla o de chocolate.

La música servía de fondo al sonido de las conversaciones y de los cubiertos que tintineaban contra los platos a la hora del almuerzo. Se escuchaba un concierto de piano clásico, el cual impartía al lugar una tranquila elegancia. En una pared se exhibía un grande y colorido mapa de la patria de la dama, con la bandera puertorriqueña encima de la capital, San Juan. Tino escogió una mesa que se encontraba cerca de la pared opuesta, la cual estaba decorada con un óleo de un solitario faro sobre un acantilado, por encima de un apacible mar de noche, con la luz de la luna reflejándose suavemente sobre las rompientes. Curiosamente, la firma artística en la esquina inferior derecha decía Leidiana Figueroa.

—Hola. Gracias por venir a La Sirena. ¿Desea un menú?

Parada a su izquierda estaba la pequeñuela, saludándolo con una sonrisa y una postura infantil. Vestida en pantalones de dril rojo, con una camiseta de los *BackStreet Boys* y un par de zapatillas deportivas altas, se la veía más cómoda que como se sentía él, atrapado en aquel traje.

Con sólo pensar en cómo sus hermanos, y otros hombres que trataban de abrirse paso en el mundo empresarial, vestían de traje todos los días de la semana, se sentía apasionadamente agradecido por su profesión, la cual le permitía vivir prácticamente vestido de dril.

—Gracias, jovencita —asintió, y aceptó el menú.

Ella era encantadora. Con las manos enlazadas a la espalda y meciéndose hacia delante y atrás sobre sus delgadas piernas, recitó: —Nuestro especial de hoy es pargo asado. O sea, pescado.

—Mmm, sí, me parece que lo he oído mencionar —cruzó sus manos sobre el menú, y concentró toda su atención a ella—. Ya he estado aquí, justo antes de la gran inauguración. Pero no recuerdo haberte visto. Yo soy Tino Suárez.

—Ajá. Tú cargaste a Titi Kiki a casa esa noche, cuando se vistió de sirena. Yo me acuerdo de ti —Extendió su mano como una adulta—. Yo soy Jazzy. Encantada de conocerte.

—Jazzy. Ah. Encantado —divertido, tomó la pequeña mano de ella en la suya callosa, besando ligeramente las puntas de sus dedos—. Siempre es agradable conocer a una jovencita tan madura.

Su dulce anfitriona parpadeó un par de veces ante su gesto, y entonces una risita burbujeó desde sus labios.

—¡Yo lo sabía, yo lo sabía!

—¿Qué sabías?

La niña se dio media vuelta y fue saltando hasta la cocina. En el camino, gritó: —¡Titi Kiki, apúrate! ¡Tu príncipe está esperando su almuerzo... y es tan bello!

Los clientes reaccionaron con curiosidad y la miraron primero a ella y luego a él. Él era el primero en reconocer que no tenía ni idea de cómo tratar a los niños. Eso sí, le gustaban, a pesar de su limitada experiencia con ellos. Aparte de sus propios sobrinos, a quienes solamente veía un par de veces al año, no se encontraba preparado para interpretar el comentario de su pequeña anfitriona.

Además, no había tiempo para pensar en eso, con aquel hombre en la ventana de la cocina, que lo repasaba de pies a cabeza con una mirada crítica. Es el hermano, recordó Tino. Cecil, o "Ceci", como lo había llamado Kiki cuando se lo presentó. Tenía la misma tez que su hermana, los mismos rasgos acentuados, la misma constitución esbelta. Era un tipo bien parecido, pero la buena apariencia parecía ser un rasgo hereditario en la familia Figueroa. Al darse cuenta de que Tino lo estaba mirando a su vez, esbozó a duras penas una sonrisa.

Tino saludó con la cabeza, más bien para sí mismo. En su opinión particular, los latinos habían sido los inventores exclusivos de la institución del hermano protector. La expresión del rostro de Ceci parecía gruñir a las claras: *Mira a ver cómo tratas a mi hermana, socio.* Él respetaba esa posición, aunque nunca hubo una hermana en toda la gran familia de los Suárez. Más aun lo respetaba al saber que provenía de un hombre que ya antes había visto cómo lastimaban a su hermana.

—Yo pensaba que nosotros pasábamos trabajo —decía Kiki al volver de la cocina, con la chaqueta de él doblada bajo el brazo— porque nos levantamos temprano para los clientes del desayuno. Pero parece que no me levanté suficientemente temprano. Pasé por la marina en camino al trabajo para dejarte la chaqueta, y tu barco ya había salido.

—Bueno, fue muy considerado de tu parte intentar... —se sentía tímido y sonrió cuando ella sacó su llavero del bolsillo del abrigo y lo dejó colgar entre los dedos—. Sí, lo sé. Se me olvidó por completo que ahí estaban las llaves. Te puedes quedar con ellas si quieres. Puedes llevar a la familia a hacer un crucero cuando haya una tarde soleada.

Ella se rió. —Te equivocaste de muchacha. El único barco en que he estado es el *Ferry de Staten Island,* y me dio espanto. ¿Ya decidiste qué vas a comer?

—¿Qué? Ah… voy a necesitar unos minutos. Y… —Tino apoyó los codos en el borde de la mesa, frotándose las manos y mirándola a los ojos.

Mientras más pronto se lo sacara del pecho, mejor se sentiría.

—¿Y?

—Y quiero disculparme por lo de la otra noche… en el bar. De veras me porté como un cretino.

Kiki enarcó una ceja. —No estoy segura de lo que quieres decir, Tino.

—Quiero decir que no vine a buscar mi chaqueta, ni mis llaves; ni siquiera vine a almorzar… aunque, sí me gustaría almorzar aquí, por cierto. Así veo cómo está tu lugar —respiró hondo—. Vine porque te dejé con una impresión errónea de mí. Un impresión que no tiene nada que ver conmigo, en realidad. Y no quiero que esa sea la impresión de mí que se te quede en la mente.

Sin perder la compostura, ella preguntó: —¿Tiene importancia lo que yo piense de ti?

Era una pregunta sencilla y directa. Kiki estaba mostrando su tendencia, adquirida en la ciudad, de no suavizar los golpes.

—Claro que tiene importancia, porque no quiero que pienses que soy alguien que no soy. No soy un tipo que bebe mucho, ni estoy amargado por una relación que se echó a perder. No quiero parecerte ese tipo de hombre. Creo que tal vez me percibiste de esa manera.

Ella tuvo que sonreír para contener la risa. Se cruzó de brazos y le comunicó: —No te preocupes, no me creí nada de eso.

—¿No… te lo creíste?

—Bueno, está bien. A lo mejor me lo creí por un minuto. Pero tal vez deba ser yo la que se disculpe, por haberme puesto a predicar. Debí ocuparme de mis asuntos y dejarte tomar tu trago en paz.

—Pero te entiendo. Después de lo que tuviste que pasar...

—Eso quedó en el pasado. Eso es lo que tengo que recordarme, ¿sabes? Tengo que recuperarme, porque hay que seguir adelante. Y me gusta eso... eso de que te interese lo que yo pienso. Ahora dime, Valentino. ¿Qué impresión tienes tú de mí?

¡Maldición! La mujer sabía cómo ponerlo en apuros. ¿Cuál parte quería ella oír primero? ¿Cuál parte podía él decir primero sin alentarla ni alentarse a sí mismo? ¿Que su impresión de ella era de una mujer por la que cualquier hombre en su sano juicio habría luchado contra cielo e infierno para mantenerla, y mucho más contra un vicio cruel? ¿De una joven, la primera en largo tiempo, a quien hubiera querido llevar a su cama?

O la de una bella alma que había surgido de las profundidades del mar o incluso del tiempo, como si el deseo de ella hubiera estado esperando por el de él.

—La impresión que tengo de ti es de una buena mujer, una mujer inteligente e interesante, cuya opinión de mí sí me interesa.

Transcurrió un momento mientras ella digería esas palabras, dichas con tal suavidad y sinceridad.

—Bueno, llevo toda la mañana en esa cocina. Estoy desfallecida de hambre. Creo que voy a tomar un receso para almorzar. ¿Traigo... un plato para ti, también?

—Por favor. Y siéntate aquí conmigo, Kiki.

—¿Y tú vas a comer...?

—Lo mismo que tú vayas a comer debe ser bueno para mí —sus ojos bailaron hacia ella—. También estoy desfallecido de hambre. Me apetece algo puertorriqueño.

Levantando juguetonamente una ceja en dirección a él, se dio vuelta, y disfrutó el sonido de aquella risa masculina detrás de ella.

—Veinte minutos —le dijo a su cuñada, mientras servía arroz con gandules en dos platos—. Eso es todo lo que me voy a demorar. Tal vez menos.

Miriam se inclinó hacia ella y se limpió las manos en una toalla. —¿A quién le quieres hacer creer eso, a mí? Sé que te vas a demorar más que eso.

—No, no. Veinte minutos —Colocando a un lado el cucharón de servir arroz, inspeccionó el contenido de los otros calderos y sartenes.

—Bistecs en salsa. ¿Cómo le puedes servir a un príncipe algo menos que bistec? —A Miriam la divertía importunarla—. Por cierto, todos los demás ya comimos, nena. De cualquier modo, la clientela del almuerzo ya está aflojando, así que tú eres la jefa ahora. Te puedes tomar todo el tiempo que quieras para almorzar.

—Recuérdame después contarte lo que él me dijo.

—¿Por qué no se lo dices ahora?

Las dos mujeres miraron a Ceci, quien las miraba por encima del hombro mientras preparaba más recaíto.

—¿Qué cosa bonita te dijo este tipo que no quieres que yo oiga? —su hermano la estaba retando, pero lo hacía como en tono de broma—. Que no se te olvide, nena, que un tipo puede volverse todo miel, pero lo que tiene en mente es otra cosa.

—¡Absolutamente! Te dio resultado a ti conmigo, ¿no es cierto? —Miriam resaltó sus palabras tocándolo por el asiento de sus pantalones.

Kiki se rió con ella a costa de su hermano, agarrando firmemente ambos platos llenos y empujando la puerta de la cocina con la espalda.

La impresión que tengo de ti es de una buena mujer, una mujer inteligente e interesante, cuya opinión de mí sí me interesa.

Palabras bonitas. Sí que lo eran. Tan dulces, tan amables. Le alimentaban su autoestima, aspecto en el que había mejorado mucho desde sus años jóvenes y el divorcio. La hora del día, el estar en el restaurante y las voces alrededor de ella le hacían interferencia y no le permitían pensar en esas palabras, como una maravillosa meditación.

Qué diferencia desde la última vez que lo había visto. ¿Qué había motivado el cambio? Tal vez era mejor no reflexionar demasiado sobre eso, y disfrutar el momento tal y como era.

—¿Hay una artista en la familia, o el apellido es una coincidencia?

Ella acababa de colocar los platos en la mesa y se sentó. Miró hacia la pintura y respondió con orgullo:

—Sí, hay una artista en la familia. Es mi hermana menor, Leidi. Pero esa obra no la hizo expresamente para el restaurante. La pintó hace dos años, cuando estaba en segundo año en la escuela secundaria, para un concurso de arte. Ganó el primer lugar.

—¿Esa obra es de una adolescente? —Tino hizo una pausa para observar otra vez la pintura y la señaló con su tenedor.

—Sí, una adolescente con mucho talento. Se va a especializar en arte cuando llegue a la universidad, si por fin decide a cuál va a ir. Tres escuelas ya la han aceptado. Leidi es el genio de la familia, y la primera que va a la universidad.

—¿La primera entre tú, Ceci, y el bebé de la familia?

—Mmm... hay otra hermana, —respondió ella, después de la sorpresa inicial ante la buena memoria de él al recordar el nombre de su hermano—. Inez. Ninguno de nosotros tres continuó su educación. Inez trabajó principalmente en oficinas, Ceci tomó el primer trabajo que se le presentó y descubrió que era bueno en la construcción, y yo... no hubiera terminado la escuela secundaria si no fuera por esa dama que ves allá.

Tino siguió el gesto de su cabeza en dirección a la mejor amiga de ella, quien conversaba brevemente con los clientes mientras les tomaba el pedido.

—¿Debby te convenció de que te quedaras en la escuela?

—¿Que si me convenció? Hasta me peleó para que lo hiciera. Lloró, suplicó, hasta que cedí.

Sentados a la mesa detrás de ellos estaban tres hombres de mediana edad, inmersos en una conversación en alta voz. Eran tipos ejecutivos que habían salido de la oficina a almorzar, y le hacían recordar a sus hermanos, aunque el señor ligeramente obeso que dominaba la discusión carecía de distinción para parecerse a ellos.

—...y le digo al muy imbécil —su voz se elevó— que me importa un pepino si ya planificó sus malditas vacaciones y sus niños están entusiasmados para ir a *Disney World*. Le digo que tiene que presentarse aquí este fin de semana, y con eso basta. Vamos, que tiene la obligación de hacerlo, ¿no es así? Su obligación es con la compañía en primer lugar, el muy holgazán...

Kiki alzó la vista a tiempo para ver cómo Tino sacudía la cabeza, y se percató de su irritación. ¿Sería por algo que había dicho ella? ¿O por el señor escandaloso vestido de traje que estaba detrás de ellos?

—Parece que Debby se ha portado como una buena amiga contigo —le dijo Tino, tras recuperar la compostura.

—Siempre. Además, es buena para los negocios. Debby estudió negocios y mercadeo. Yo tengo un título de... camarera —titubeó y dejó entrever cierta vergüenza en su risa.

—Eso no tiene nada de malo. Todo el mundo tiene que empezar desde algún lugar. Yo tengo algo en común con tu hermana Leidi.

—¿Qué? ¿Tú también fuiste el único de tu familia que estudió en la universidad?

—No, al contrario. Soy el único de mis hermanos que no fue a la universidad. No es necesario un título para atrapar peces ni para timonear dos barcos comerciales en un mal tiempo...

—*¡Un cabrón informe!* Eso fue todo lo que pedí. Esa flaca cabrona no tiene ni hostia de trabajo que hacer, de todos modos. Es una carga. Debió haberse marchado hace mucho tiempo...

Tino soltó su tenedor y se pasó la mano por el pelo. —¿Me excusas por un segundo?

—Seguro.

La curiosidad de ella fue satisfecha de inmediato, al ver que el pescador se viraba en su asiento para tocar en el hombro al pomposo hombre de negocios. El señor murmuró un "Sí, ¿qué se le ofrece?", destilando arrogancia en cada palabra.

—Lamento interrumpir su comida, pero, eh... ¿es posible que se exprese un poco más como un caballero?

El ejecutivo lo miró de soslayo, sin comprender. O no estaba acostumbrado a que cuestionaran su autoridad, o era pura estupidez lo que estaba hablando por él.

—¿De qué habla?

—Hablo de que, cuando hay damas presentes, y una niña, que además son sus anfitrionas, un caballero no usa palabrotas groseras, sino que muestra un poco de respeto y cuida su lenguaje.

Kiki observaba a Tino, de perfil. Hablaba tranquilamente, sin tratar de denigrar al hombre delante de sus colegas, pero transmitiendo firmemente su idea. El abusivo hombre de negocios, cuya personalidad era idéntica a la del antiguo patrono de ella, ciertamente iba a tener un enfrentamiento con él, allí mismo en el restaurante.

Para su alivio, el hombre de negocios parpadeó primero y luego murmuró sarcásticamente: —Ah, bien, le pido perdón —y se aclaró la garganta fuertemente en cobarde protesta, mientras se volvía de nuevo hacia sus asombrados colegas.

Al parecer, Tino no había bajado la voz lo suficiente, y fue escuchado por un trío de mujeres en una mesa cercana. Ya habían terminado de almorzar y se demoraban con el café. Le demostraron al pescador su agradecimiento con una fuerte ronda de aplausos, y la del cigarrillo colgando de los labios lo vitoreó.

—Esto sólo se ve en Nueva York, ¿no? —murmuró Kiki, divertida al ver que Tino estaba sonrojado—. Y tú. ¿Siempre eres el capitán, no? En tierra y en el mar.

Tino manoseó su corbata nuevamente. —Tal vez sea arcaico. Creo que es mi crianza. No seré el mejor caballero del mundo, pero no pienso que tú, ni ninguna de ellas, ni Jazzy, tienen por qué escuchar eso. Y en caso que te estés preguntando, no. Tampoco le permitiría a ninguno de mis hombres soltar un montón de obscenidades delante de una mujer.

Ella extendió las manos por encima de la mesa y le aflojó la corbata. —Pienso que eres un caballero. No sé si eres el mejor, pero… eres un caballero. ¿Ibas en camino de una reunión o algo, engalanado de esa manera?

Para no tener que responder de inmediato, tomó otro buen bocado de su bistec en salsa. No podía así como así reconocer que se había puesto su mejor ropa para ella. Si lo hacía, se pondría en una posición más vulnerable que en la que ya se encontraba.

—En realidad, hoy es uno de mis días libres. También tengo libre… la noche. Estaba pensando en sacar el Wind Voyager por una hora o algo por el estilo. ¿Alguna vez has visto el océano de noche, Kiki? Es bello.

—Lo he visto. Generalmente de noche —se puso en guardia, temiendo lo que venía a continuación.

—Pero no desde un barco, ¿verdad? ¿Quisieras salir a navegar con un caballero?

Le respondió con una sonrisa nerviosa. —No sé...

—No me has dicho por qué le tienes miedo al mar. ¿Tuviste alguna mala experiencia? Generalmente eso es lo que sucede. Quedar atrapado en la resaca cuando niño, ese tipo de cosas.

—No, no es eso. En realidad es una tontería —sonrió al empujar su plato—. Nunca he tenido la experiencia de estar a punto de ahogarme, pero me imagino que debe ser aterradora. No, lo que me pasa es... que tengo sueños extraños. Eran más frecuentes cuando era pequeña, no ocurren mucho ahora. Pero eran muy impresionantes.

Tino hizo a un lado su propio plato y le habló con suavidad. —Sólo son sueños. No puedes dejar que los sueños te roben de tus experiencias en la vida real. No quiero presionarte, pero solamente estaríamos una hora en el barco. No muy lejos de la costa. Va a ser una bella noche, y el agua está tan tranquila como en una bañera.

¿Qué efecto le estaba haciendo él a Kiki? Una ola de emociones pasaron por ella, de las cuales las más fuertes eran la aprensión y la excitación. La emoción de hacer algo que ella se había privado de hacer, por un miedo irracional. Aun más emocionante por la compañía en que estaría mientras tuviera lugar la experiencia.

—¿Solamente una hora? —repitió—. ¿Y cerca de la costa, sí?

—Una hora. Cerca de la costa. Vamos a hacer como si fuera el *Ferry de Staten Island*.

CAPÍTULO 5

Incluso en una noche tan húmeda como aquélla, hacía frialdad mar afuera. El Wind Voyager cortaba la corriente a paso veloz y, debido a la espuma del mar y la brisa, hacía más frío en la cubierta de lo que hizo junto a la costa.

Kiki se abotonó el ligero suéter que llevaba puesto sobre un ondulante vestido veraniego. Aquél no era precisamente el atuendo más adecuado para navegar. Kiki estaba temblando, tal vez no sólo por la frialdad, mientras apretaba con una mano la baranda de acero. Por momentos la respiración se le entrecortaba en la garganta.

¿Qué diablos estoy haciendo aquí?

Unas horas antes, estaba en tierra firme, trabajando con Debby y Miriam en la cocina de La Sirena. Ahora estaba presenciando algo que nunca pensó que vería. La ensenada de Long Island se extendía ante ella, como si fuera un desierto de aguas oscuras. Todavía quedaba suficiente luz para alcanzar a ver la orilla, mientras el sol se tomaba su tiempo en disolverse en el horizonte. Hubiera podido ser en otro país.

Me pregunto cuán profundo será el mar aquí. Kiki ahuyentó la idea. En toda su vida no había estado en aguas, dulces o saladas, más profundas que aquéllas. Como nunca había aprendido a nadar, se ahogaría incluso en menos de dos metros de agua, de modo que no tenía sentido que se preocupara por tanta profundidad.

Kiki oía las olas pequeñas e inofensivas que golpeaban contra el casco. Podía oír el motor del barco mientras se apagaba y su corazón, que latía furiosamente. También oía al capitán del barco, el hombre que la había traído hasta este punto, bajando las escaleras de la timonera.

—Es bello, ¿no es cierto? —le preguntó Tino con una sonrisa—. ¿La estás pasando bien?

—¡De lo mejor!

Kiki se mordió el labio y miró hacia el agua nuevamente. Qué tonto e irracional era su miedo. Cualquier otra persona que durante años no hubiera tenido pesadillas en las que enormes y terribles olas la tragaban viva, hubiera disfrutado el viaje. ¡Cuánto hubiera querido ella poder disfrutarlo también!

—¿Estás segura de que te gusta? —Tino vino por detrás suyo y le colocó una mano sobre la cintura—. Porque, si no te sientes segura, sólo tienes que decírmelo para que cambie el rumbo y te regrese a tierra.

Kiki se dio vuelta para mirar a Tino y notó la preocupación en sus ojos. Sintió que el corazón se le calmaba por un momento.

—Tengo miedo pero, ¿no dicen que una debe enfrentarse a sus temores para superarlos?

—Eso es cierto. Pero, si llega a ser demasiado, dímelo. Quiero que lo disfrutes, no que sientas más miedo del mar.

—No te preocupes, que estoy bien.

Nadie había venido con ellos en aquel viaje. Kiki pasó por alto decirle a Ceci adónde iría esa noche, pues sabía bien lo que él diría. Además, a ella misma le habría resultado difícil enfrentarse a sus objeciones.

¡En qué posición tan vulnerable se había puesto a sí misma! A kilómetros de la orilla, en un barco, sola con un hombre que había conocido hacía poco tiempo. A su misericordia. Podía pasar cualquier cosa. Que la forzara, que la lanzara por la borda, sacrificándola a 'su amante', o sea, a las aguas del Atlántico Norte.

Con todo, parecía más posible que aquella celosa amante se tornara contra ella de forma exclusiva, antes de que él traicionara su confianza.

Tino no había retirado la mano de la cintura de Kiki, lo cual la hacía sentirse más tranquila.

—Sé que es una pregunta loca, Tino.

—¿Hmm?

—Pero... ¿vamos en piloto automático o algo así?

Tino parecía divertido. —Eché el ancla, así que el barco no está avanzando en absoluto.

—¡Ah! —Kiki tragó, e hizo la siguiente pregunta con reticencia—. ¿Hay alguna posibilidad de que el ancla se atasque en el fondo o algo por el estilo?

—No me ha sucedido nunca.

—No, claro que no. Es tonto —Kiki se asió con fuerza del pasamanos—. ¿Qué fue eso?

—¿Ese sonido? Ballenas.

—¿Ballenas?

Tino asintió y, por cortesía, se reprimió la risa. —Sí, ballenas. Por lo general, se las encuentra más mar adentro de lo que estamos, así que nos pusimos de suerte.

—Seguro. ¡Menuda suerte!

—¿Las has oído cantar?

Kiki no contestó, pero se inclinó para oír. No era posible ver las ballenas, pues estaba a lo lejos en algún lugar, en sus dominios marinos, alzando sus voces a la atmósfera. Era un sonido que hacía despertar el alma y que se imponía a los silbidos del viento al pasar por los cables, y al suave y arrullador ruido del casco al subir y bajar en el agua. No se parecía a nada que ella hubiese oído antes.

El miedo que sentía se aplacó un poco, aunque sin desaparecer del todo.

—¿Qué tipo de ballenas dirías tú que son éstas?

Tino se encogió de hombros. —Ballenas, no más. Tal vez sean ballenas jorobadas. No sé si las ballenas azules pasarían por aquí. Siempre he querido ver una de ésas; son los animales más grandes del planeta. Además, son familiares, de modo que viene todo el clan con ellas.

Ballenas azules. Ése era de seguro el tipo de ballena que estaba expuesto en el Museo de Historia Natural. Le vino a la mente el recuerdo del salón en el cual había estado numerosas veces, donde una réplica de una ballena azul estaba colgada del falso techo. El falso techo era muy largo y la réplica ocupaba un espacio enorme. Era extraña e inmensa, de dimensiones que aumentaban en su mente; era verdaderamente el animal más grande conocido por el hombre.

Una ballena grande y un barco pequeño: un desastre de proporciones bíblicas.

—¿Sería posible que, eh... una ballena se dejara llevar por el entusiasmo? Quiero decir, por ejemplo, que se ponga debajo del barco, pensando que es un compañero de juegos, y lo voltee.

—Nunca ha pasado —repitió el—. Pero bueno, siempre hay una primera vez para todo, ¿no?

Ante la mera sugerencia de la posibilidad, Kiki sintió que se le encogía el estómago. Pero sólo fue hasta que levantó la cabeza y sorprendió a Tino guiñando un ojo, lo cual disipó un poco su miedo y la hizo reír.

—¿Porqué te pones a pensar así? —Tino se rió a carcajadas y le tocó la frente con la mano—. Hay que ver que tienes una imaginación increíble. Anclas que se atascan en el fondo del mar... ballenas azules gigantes que nos hacen zozobrar. ¿Qué más? ¿Un huracán de categoría cinco enviado desde el infierno?

Kiki echó la cabeza hacia atrás, se liberó un poco de la tensión y se rió de sí misma.

—Kiki, tú te estás haciendo esto a ti misma —Tino prosiguió con tono serio—. Tienes metido en la mente que algo va a salir mal, que va a pasar una catástrofe. Todo lo que logras es impresionarte hasta que tengas pánico.

—Lo sé. ¿Pudiera intentar otra vez?

—¿Intentar qué otra vez?

—Escuchar a las ballenas. O hablemos de otra cosa. ¿En qué piensan tus marineros cuando vienen aquí?

—Bueno, lo mejor es que piensan en el trabajo. En la pesca. En hacer que el viaje sea provechoso, pues es muy costoso.

Eso no era lo que ella necesitaba oír. Tino se percató y agregó—: Pero hay momentos como éste, cuando todo está en silencio. Estoy seguro de que ellos hacen lo que yo he hecho de vez en cuando.

—¿Lo cual es?

—Hago que mi imaginación descanse, y asimilo por completo este otro mundo aparte del que vemos todos los días. Es como si pudiera tocarlo.

Kiki asintió y se quedó mirando al rostro de Tino, pero después apartó la vista y miró hacia el mar. Tino se sintió atraído por el toque de inocencia que notaba en su expresión concentrada.

En realidad, ¿qué no sería atractivo en ella?

Durante ese lapso en la conversación, la cual surgía tan fácilmente entre ellos, los dos se pusieron a escuchar a las ballenas a lo lejos. Tino se cuestionó su buen juicio al traerla mar afuera, por seguir un impulso que le había surgido horas antes en el restaurante.

Traer a una mujer mar afuera en el barco y estar con ella en semejante soledad no era la mejor manera de desalentar los sentimientos aún no expresados de ella, ni los de él. Además de que raras veces él hacía semejantes excursiones por su cuenta. Tanto el *Costa del Sol* como el *Wind Voyager* eran bestias de trabajo. Él era propietario de otro barco, un bote de siete metros de eslora, una nave de paseo con alrededor de veinte años, y ésa era la que él usaba para ciertos paseos.

Aquí la situación era distinta. Era imposible engañarse a sí mismo. Tino quería pasar tiempo con ella, conocerla, ver qué había tras aquella belleza física. Pero menuda la estaba haciendo hasta el momento. Como no era mujeriego, nunca había sido muy hábil con el sexo opuesto.

Al principio, traerla en el barco le pareció buena idea, pues él estaría en su verdadero elemento. Ella todavía estaba tímida, tal vez traumatizada, aunque tenía que reconocer que era una buena interlocutora. ¡Si hasta había logrado hacerlo hablar de ballenas!

Por último, Kiki habló sin mirarlo. —¿Sabes qué?, esto es realmente como si fuera otro mundo.

—Es cierto. Kiki, escúchame, voy a bajar un minuto y enseguida regreso.

¿Estaría ella tratando de ser complaciente con él, al hacer ese comentario? ¿Sería simple cortesía? Tino bajó apurado al camarote para tomar la botella que había puesto en el refrigerador antes de que Kiki llegara al muelle. Frunció el ceño al ver los dos vasos que estaban en el estante, que había tenido que traerlos de su casa.

La pura verdad era que, después de tanto tiempo, le habría convenido anotarse unos puntos creando una atmósfera romántica, pero no tenía ninguna copa lujosa para champaña. Lo que tenía eran vasos comunes para beber, cortos y gruesos. Irónicamente, eran de los que se usaban para servir agua y whisky. Tino sabía que a la mayoría de las mujeres les encantarían las copas de champaña, si él hubiera tenido tiempo para encontrar alguna.

En realidad, a esta mujer no le interesaba mucho la champaña. Además, si ella era capaz de reírse de sí misma con tanta sinceridad, probablemente su sentido del humor se pondría de parte de él.

Para no hacerse esperar por una dama, Tino subió a toda prisa las escaleras. Fue recibido por el espectáculo de una caprichosa brisa que le levantaba la falda del vestido a Kiki hasta la cintura. Aquel viento lo incitó, al darle la oportunidad de echar una rápida mirada a aquellas tremendas piernas y a la ropa interior azul que ocultaba otra parte de su cuerpo que, según su conocimiento, no tenía nada en común con las sirenas.

Kiki lo vio y se rió mientras trataba frenéticamente de mantener abajo el vestido, y luchaba con otra ráfaga de fuerte viento. En secreto, él deseaba que el viento ganara la pelea.

—Vaya, eso estuvo divertido —admitió él, riéndose junto con ella—. ¿Deseas un poco de champaña? No tiene alcohol, así que no te achispará, pero el muchacho de la licorera me aseguró que sabe bastante parecido a la auténtica.

—¿Sin alcohol? ¿La buscaste especialmente para mí? —Kiki sostuvo los vasos mientras él abría la botella—. ¡Qué dulce eres!

Otra ráfaga de viento barrió la cubierta, y esta vez despeinó a Tino. Por un momento, Kiki olvidó sus temores, y se puso a observarlo con fascinación, mientras él luchaba con el sacacorchos para abrir la botella.

¿Qué sería lo que había en él, que la hacía querer besarlo? Sobre todo como estaba él ahora, con la cabeza inclinada hacia un lado, las mangas de la camisa medio subidas, exponiendo sus brazos musculosos por el trabajo duro y una media sonrisa triste en los labios.

—Incluso le han puesto a esta champaña falsa un nombre francés —se mofó él—: *"Vin de la Vide"*. La traducción es: 'si puede abrir esta botella, se gana un viaje a París'.

—¿Todo eso quiere decir *"Vin de la Vide"*? —Kiki se rió—. Apuesto a que has estado en París, además de Madrid.

—Sí, he estado en la Ciudad Luz. Es un sitio increíble —el corcho salió despedido con una explosión, y la burbujeante bebida salió hecha una espuma blanca. Tino sostuvo la botella apartada de Kiki, y dejó que borboteara sobre la baranda hasta que pudo llenar los vasos por la mitad—. También he estado en Hawai. Me gusta viajar. Aunque no logro hacerlo tanto como quisiera, pues tengo que ocuparme de los dos barcos constantemente.

—Eso es algo que yo quiero hacer algún día. Creo que lo haré. Ahora que tenemos La Sirena, y que he ayudado a hacerla una realidad, me siento a veces como si no hubiera puertas cerradas para mí.

—Te expresas de una manera muy bonita —la idea la había tenido antes y ahora encontraba salida en su voz—. ¿Te gusta la poesía?

Ella se encogió de hombros, y se tomó un tiempo para disfrutar cómo él pronunciaba el español. Su acento regresaba cada vez que hablaba, mientras que su inglés estaba sazonado por los diferentes lugares en los que había vivido.

—Sólo lo que leí en la escuela —contestó ella—. Sabes, tú eres la primera persona que me dice eso sobre cómo me expreso. ¿Y qué hay de ti? ¿Te gusta la poesía?

—Me encanta. Me gusta leerla cuando estoy mar afuera y... en otros momentos.

Como antes de hacer el amor con una mujer.

—¿Tienes un libro a bordo? ¿Quieres leerme algo? —su sonrisa era tímida—. Me gustaría.

—¿Que te leyera algo? —Tino respiró profundamente.

Para él, eso sería meterse en terreno peligroso. ¿Cómo iba a leerle versos de poesía romántica y no querer tocar cada parte de su femenino cuerpo?

Una sacudida hizo que los dos volvieran a la realidad. Sintieron un golpe seco por debajo del casco, seguido de un pronunciado balanceo de izquierda a derecha de la nave. Sorprendida, Kiki se abalanzó hacia delante y tuvo que apoyarse con un brazo sobre los anchos hombros de Tino. Él la sostuvo, tomándola con sus brazos por el talle. El balanceo fue disminuyendo.

—¿Qué fue eso? —la voz de ella salió en un apretado susurro.

Tino sentía que, al tenerla tan cerca, se encendían sus emociones. Aquello no había sido una actuación de Kiki, pues el violento movimiento del barco la había asustado, de modo que el temblor de su cuerpo era real. Tino levantó la mano de su talle para acariciarle el pelo, tratando de tranquilizarla, pero se sintió tan torpe que la bajó de nuevo.

Tino atisbó sobre el pasamanos para investigar la causa del balanceo del barco.

—Para todo hay una primera ocasión —respondió él, señalando hacia el agua—. ¡Mira!

Un segundo más y Kiki se lo hubiera perdido. Una figura gris en el agua, imposible de distinguir a no ser por la enorme y magnífica cola que aleteaba en el aire antes de hundirse bajo la superficie.

—Ésa es una ballena jorobada. Supongo que tuvimos suerte de que no fuera una azul.

Porque un animal mayor hubiera puesto el Wind Voyager en problemas. Tino no lo dijo, pero ella captó la idea. Kiki se rió nerviosamente y sorbió las gotas de champaña que, con el balanceo, se le habían derramado en la mano.

—¿Esta es la primera vez que te pasa esto, con todo el tiempo que llevas saliendo al mar? Bueno, supongo que tengo suerte. A mí me pasa la primera vez que salgo.

Él se rió con su sardónica declaracion. Kiki estaba temblando todavía, tal vez anhelando el momento de pisar tierra. A pesar de todo, contaba con el sentido del humor y esa fuerza interior que lo hacía respetarla tanto.

—Voy a regresar —Tino se bebió parte del contenido de su vaso, pensando que sabía a jugo de uva blanca—. Tienes que levantarte temprano. De cualquier manera, es suficiente navegación para ser la primera vez.

Kiki lo libró de su abrazo y se puso a observarlo mientras subía hacia la cabina. Oyó un chirrido, que supuso era el ancla al ser izada desde el fondo, después oyó el motor rugir en la noche y se agarró firmemente de la baranda al sentir el primer fuerte empujón hacia delante del barco.

¿Por qué habría dejado que el miedo se apoderara de ella? El capitán estaba desencantado, y con razón. Kiki terminó su bebida y se sonrió.

Resultaba que él había hecho todo aquello para crear una atmósfera que cualquier mujer hubiera encontrado romántica; mejor dicho, cualquier mujer que no hubiese soñado desde niña con mares malévolas. Kiki le podía echar la culpa de aquello a las ballenas. Era tonto, pero tenía sentido. Había ballenas aquí, esto era el océano de verdad, la única cosa en el mundo que no podía resistir, incluso después de todas las penurias por las que había pasado.

El océano era, además, el terreno de Agustino Suárez. El reinado del príncipe. Esto le añadía a todo un matiz totalmente distinto, pues era la primera vez que ella veía el mar de esta manera. Kiki se agarró del pasamanos, mirando hacia las olas de crestas espumosas mientras se fundían con el casco del barco, hacia aquel desierto de agua, tratando de hacerse la voluntad de aceptarlo, puesto que no podía amarlo sinceramente.

Kiki lanzó una mirada hacia la cabina. Tal vez Tino estaba apurado por llegar a la marina y dar por terminada la velada. Él no reconocería su desencanto, de eso estaba segura. En primer lugar, porque abrirse de esa manera y hablar francamente sobre sí mismo era tan fácil como el que ella saltara por la borda para darse un baño nocturno. En segundo lugar, porque él era un caballero. Si no lo fuera, no habría venido a ella con anterioridad a esa noche para corregir un malentendido.

Con un suspiro, Kiki subió las escaleras de acero, hacia la cabina, sujetándose firmemente para no perder el equilibrio con el balanceo del barco. Tino le daba la espalda, pues estaba mirando hacia delante por las ventanas, mientras guiaba el *Wind*

Voyager. Ella se apoyó en el marco de la puerta y se puso a observarlo.

El capitán del barco se percató de su presencia, le sonrió y continuó atendiendo al timón.

Era estimulante observarlo. El capitán de un barco, supuestamente debía ser una vieja y salada reliquia, si una creía en los clichés puestos en boga por las películas. Hasta aquella noche, lo que había visto en televisión o en la pantalla ancha había sido su única experiencia con los hombres de alta mar.

Pero este capitán era más joven, más vital. Convertía el trabajo de comandar un barco de pesca en algo sensual y muy provocativamente masculino.

Por otra parte, había más en él, que Kiki no entendía, como su tendencia a despertarle sentimientos que, con el paso del tiempo, ella se había convencido de que estaban dormidos.

—No estuvo tan mal, ¿sabes? Me refiero al paseo —agregó ella con tono de convicción para darse credibilidad—. Creo que tienes razón. Mayormente todo lo tenía en la cabeza pues, en realidad, me divertí.

—Me alegra mucho oírlo.

Había cierta formalidad en el carácter de Tino. Era reservado, aunque no fría. Ella no sabía si atribuirlo a su temperamento o tal vez a cierto desencanto no expresado por la conducta de ella durante el viaje. Kiki apretó los labios en silenciosa protesta.

No era que él no supiera a lo que se exponía al llevarla. Ella también se quedó en silencio, pero recapacitó antes de dejar entrever así su propio desencanto.

—Dame tu consejo como hombre de negocios —dijo Kiki cambiando el tema—. Miriam, Ceci y yo sólo queremos mantenernos a flote. Sería agradable si nos hiciéramos ricos con La Sirena, pero no contamos con eso. ¿Cuánto le toma a un negocio para despegar realmente?

—No soy el más indicado para que le preguntes eso. Quizás debieras investigar con otros empresarios del negocio de restaurantes. No te puedes guiar por la industria pesquera, eso está claro.

Kiki no se dio por vencida. —¿Por qué no? A ti te ha ido bien. Por lo menos podrías decirme si estamos haciendo algo incorrecto.

—Por lo que puedo ver, ustedes están haciendo todo lo que pueden, trabajando duro, entregándose al ciento diez por ciento —entonces Tino murmuró más bien para sí mismo—: algunos de nosotros hacemos esto, y más, e igual terminamos con pérdidas.

Kiki se quedó sorprendida. —Yo pensaba que tendrías ganancias. Con dos barcos, en verdad, ¿no es natural que...?

—Sí, dos barcos. A veces pienso que he abarcado más de lo que puedo apretar al comprar el *Costa del Sol*, después de tener este nene por un par de años. Dos barcos que mantener. Dos barcos que equipar, que reparar. Dos tripulaciones que pagar. Y muchos días sin pescado en la bodega. Si no hay pescado, no hay ganancias. Eso, sin mencionar las regulaciones que ha impuesto el gobierno federal, que hay que cumplirlas.

Un destello de amargura, tan inesperado. Kiki pensó en Jamila y su exitoso hombre de negocios, responsable de aquel compromiso roto. ¿Habría Tino pensado que su inocente comentario sobre su negocio significaba que ella era una interesada, una mujer a la caza de un adinerado?

Porque, si acaso él pensaba eso, ella era una persona que evitaba las confrontaciones, pero todo hasta un límite.

—Entonces debe ser tu testarudez lo que te mantiene en esto —ella escogió las palabras cuidadosamente—. Lo entiendo, porque eso mismo me mantiene a mí en el juego. Eso, y el hecho de que sé que puedo sostenerme con mis propias manos. No quiero depender de nadie más que de mí misma.

La sonrisa de Tino la enfureció.

—Bueno, señora, creo que va a sufrir un brusco despertar.

—Ah, ¿sí?

—Sí, señora. ¿Quieres que te dé un consejo de negocios, no? Te voy a dar el mejor. Tú no eres una isla solitaria; nadie lo es. Intenta administrar La Sirena por ti misma, tal vez sin socios. Si no tienes un personal en el que puedas confiar, dudo que lo logres.

Kiki meneó la cabeza, pues no deseaba seguirlo en esa dirección.

—Eso no fue lo que quise decir. Mi idea era que, aparte de lo que dices, no busco a nadie que me cuide, pues yo misma puedo hacerlo. Siempre lo he hecho. Y, como te dije, no necesito ser rica. Si tengo algo que me pertenezca, me basta con eso, y me entregaré de todo corazón para hacerlo funcionar.

Una vez más, Tino la observó, esta vez con una sonrisa misteriosa.

—Entonces, te irá bien en el negocio —le anunció.

¡Bueno, gracias por tu bendición! Al darse cuenta de que no podía decir esto sin expresar sarcasmo, Kiki decidió no decirlo y, en su lugar, preguntó algo que había tenido en la mente toda la noche.

—Sin que te parezca que soy una cobarde, lo cual he sido toda la noche...

Antes de que pudiera terminar la frase, Tino se rió.

—No eres ninguna cobarde —le corrigió—. A decir verdad, no creo que tengas esa palabra en tu vocabulario.

Aplacada, Kiki se sonrió. —¿Qué tan peligroso es? Hacer esto, quiero decir.

Tino se encogió de hombros. —Uno nunca sabe lo que va a hacer el océano. Eso es todo lo que te puedo decir. Y uno hace lo que tiene que hacer.

—¿Qué es lo que quieres decir? ¿Que has estado en peligro alguna vez? ¿O que te hice una pregunta estúpida?

—No, la pregunta no es estúpida. Es una pregunta que viene de una dama que no confía en el mar —en voz baja, Tino continuó—. Hemos pasado un par de tormentas. De acuerdo, más de un par. Nos han tomado por sorpresa mar afuera. Olas embravecidas de diez metros de altura. Vientos de fuerza cuatro. Se siente como una montaña rusa fuera de control. Logramos sobrevivirlo, gracias a Dios.

Olas de diez metros de altura. Kiki respiró hondo y exhaló ruidosamente.

Si ella se lo permitiera a sí misma, podría imaginarse el escenario, verlo, oírlo: el terrible crujido del barco, el lamento del viento, las olas sonando más ensordecedoras que el trueno.

Eso, si se lo permitiera. Su imaginación, como un ladrón, le robó la imagen de él que tenía frente a ella. Se imaginó a aquel hombre físicamente fuerte, orgulloso y a la vez vulnerable, defendiendo a su tripulación y a sí mismo, desde la timonera.

Al fin, logró deshacerse de aquella imagen, junto con una extraña punzada de profundo dolor.

—Eso tiene que ser duro para la familia de un pescador. La esposa, los hijos...

—La mujer que se casa con un pescador sabe cómo es el juego. Es consciente del oficio de su esposo. Habrá momentos en los que él se marchará, a veces por varias semanas. Ella no sabe qué le va a suceder a él mar afuera, pero eso es parte de la vida real. Uno tiene que darle techo a su familia, ponerle comida en la mesa y comprarles zapatos a sus hijos; nadie puede impedir que un hombre se gane la vida de la única manera que sabe.

—Eso lo entiendo, pero hay otras maneras de ganarse la vida.

Tino la miró con ojos entrecerrados. —No para mí.

—No, claro que no para ti. Me pregunto hasta qué punto serás capaz de comprender la situación de las esposas de tus tripulantes. Estoy segura de que no lo tomarías con tanto desenfado si tuvieras a alguien esperándote en medio de una tormenta.

—¿Desenfado? —continuó él con enojo—. Eso sería cierto si yo nunca hubiera estado al otro lado de la ventana, esperando a mi padre, que regresara a casa, después de una de las miles de tantas que pudieran haberlo alejado de nosotros. Esas son las cosas que hacen que un niño se convierta en un hombre muy rápidamente.

—Seguro. Especialmente si papito nunca vuelve a casa.

Sabiamente, Kiki decidió no continuar. Hacerlo hubiera significado criticar sus puntos de vista indudablemente machistas, pero tampoco era su estilo estar de acuerdo sumisamente.

Además, ella sentía que sabía mejor que otra gente lo que significaba el concepto de la vida real. A pesar de toda la dedicación que había invertido en mantener su matrimonio, la vida había demostrado ser una fuerza con la que había que contar. Xavier no podía mantener un trabajo. Cuando estaba sobrio, hablaba de volver a estudiar y aprender un oficio, y apasionadamente le juraba que pronto vendrían tiempos mejores.

Tiempos mejores que nunca se materializaron. Kiki trabajaba doble turno en Allie's, trayendo a casa su magro salario que casi nunca alcanzaba para pagar el montón de cuentas y parte del cual desaparecía. A pesar de su capacidad para encontrar lugares donde ocultar el dinero en aquel apartamento del oeste del alto *Manhattan,* la determinación de Xavier por encontrarlo y bebérselo, generalmente ganaba la batalla.

Ella no podía culpar al pescador promedio, que tanto trabajaba, por no buscar un empleo más fácil, seguro y estable.

—Por cierto, las esposas de los pescadores no son tampoco lánguidas flores. Las que yo conozco son mujeres resistentes; están acostumbradas.

Así que Tino era el que no sabía cuándo parar. Infantilmente, Kiki le hizo una mueca a sus espaldas. Como si lo supiera, él se dio vuelta a tiempo para verla haciéndola.

—¿Qué fue eso? ¿Me estás diciendo mentiroso? —encima de todo, él estaba sorprendido.

—No, no estoy en desacuerdo con eso. Es más, quiero que me hables sobre esas mujeres recias. Me pregunto cuántas de ellas que crecieron en el dulce y suburbano Long Island saben lo que es ir a una escuela de la ciudad. Con muchachas que podrían sacarle el alma a golpes a un muchacho y que les gusta buscar pelea contigo. Y tener que usar las ropas que usó tu hermana mayor el año anterior y todo el mundo lo sabía.

—¿Tú pasaste por *eso*? No juegues. ¿Pudiste zafarte de las peleas o terminaste en el patio de la escuela en una de esas trifulcas de muchachas?

Muy a su pesar, Kiki tenía ganas de reírse de su curiosidad.

—Me zafé de cuantas peleas pude.

—¡Ah, qué bien!

—*Pero*, hubo algunas de las que no pude escurrirme y, bueno... me enseñaron a pelear. *¿Qué pasa?*

Tino se encogió exageradamente de hombros después de echarle una mirada incrédula a su poco robusto cuerpo femenino y ocultó una sonrisa.

—Nada, estoy seguro de que tú eras... intimidante, supongo. Como es natural, si yo hubiera ido a la escuela contigo, te hubiera sacado rápidamente de una pelea. Incluso si, por algún motivo extraño, me pareciese interesante verla.

Kiki descansó la cabeza contra el marco de la puerta. Como hombre, y machito español por demás, seguramente encontraría graciosa una pelea de muchachas. No le importaría que aquellas peleas solían ir más allá de simples riñas de muchachas. Tenían que ver con la imagen que algunas de aquellas chicas de la ciudad tenían de sí mismas, o del deseo de demostrar su coraje.

En la discusión con él, Kiki había olvidado que estaban mar afuera, en la ensenada. Por primera vez se dio cuenta de que se había librado del miedo que se había apoderado de ella desde que salieron. Ahora Kiki podía sentir el viento en su cara, pesado con aquel olor a océano, y vio las luces plateadas de las casas y negocios, no lejos, a lo largo de la costa.

Su primer viaje en barco. Lo había hecho sin que el mar, aquel animal depredador, se percatara de su miedo y se tragara el Wind Voyager, completo. Se sintió tonta, se sintió aliviada, sintió que la llenaba por dentro un espíritu de celebración.

Habían sido sólo *sueños*. Nada más que sueños tontos y sin fuerza. A excepción de este último, ella se había sobrepuesto a todos. Su inconsciente los había desechado, como los juguetes que menos le gustaban de su niñez.

No, los juguetes no eran la metáfora más adecuada. Aquella imagen nocturna la había mantenido prisionera, por miedo a las experiencias nuevas que, si bien no eran imprescindibles, no debía haber evitado.

Demorándose en la proa, Kiki observó a Tino, mientras él amarraba el barco al muelle. Su vida era radicalmente distinta de la él. Ella no entendía completamente a Tino, ni él la entendía bien a ella, si es que eso le interesaba. Kiki decidió darle el beneficio de la duda, y pensó que tal vez sí le interesara.

Lo importante era que *ella* había hecho aquel esfuerzo. Y no por la razón superficial de que él le había brindado la oportunidad de hacerlo.

La razón era más personal y más profunda.

—¿Podría salir contigo al mar en otra ocasión?

De la sorpresa, Tino abrió los ojos. —¿Quieres salir de nuevo?

—Eso depende.

—¿De qué?

—De que tú quisieras tomarme a bordo de nuevo. No creo que podría ir con otra persona —ella se subió las mangas del suéter subconscientemente—. Y también depende de otras cosas: si tú tienes tiempo, si puedo escaparme del restaurante.

—Esta noche en el Wind Voyager, ha sido insólito para mí. Pero, si nunca has ido a la pesca de aguas profundas, creo que te gustará. Te voy a llevar en uno de los barcos de fiestas un fin de semana. No pensé que te fuera a gustar.

—Es que tú sabes lo que estás haciendo; pienso que eso fue lo que marcó la diferencia para mí.

Tino saltó al muelle primero, y se volteó para tomarla por la cintura y bajarla del barco.

—Ah, ¿entonces te hice sentir segura allá afuera en mi amante, la peligrosa mar?

Kiki notó que la mano de Tino se había acomodado en torno a su cintura.

—Qué curioso que un hombre atraído hacia una dama tan peligrosa, pudiera hacer que otra dama se sintiera protegida.

—Resulta incluso más curioso cuando la que uno está protegiendo es casi más peligrosa que la primera.

—¿No me digas que te estás soltando, al fin?

—¿Y por qué no? Ya no somos desconocidos precisamente.

—Es cierto. Yo no te considero un desconocido después de haberte atendido en La Sirena.

—Y tú no eres una desconocida, después de haberte llevado a bordo de uno de mis barcos.

El hombre se estaba volviendo aventurero, desprendiéndose de su reserva, para coquetear con ella. Kiki quedó sorprendida, un momento más tarde, por la suavidad con que él se inclinó hacia ella, para robarle un tierno beso de su boca.

Juguetonamente, Kiki lo incitó. —Bésame como la besarías a ella, la peligrosa, si de veras fuera una mujer como las demás.

—Así *es* como yo la besaría a ella. Y así es como he estado queriendo *besarte* toda la noche.

Hubo otro toque ligero de sus labios, después otro y entonces los labios de Kiki se abrieron deseosos para recibir la lengua de Tino.

¿Por qué no la habría besado así antes? Si lo hubiera hecho, el barco podría haber pasado por el ojo de un huracán y Kiki no se habría dado por enterada siquiera.

CAPÍTULO 6

Dos días después, el *Wind Voyager,* de catorce metros de eslora, regresó a puerto con una carga pesquera de buena fortuna.

La caprichosa mar, que podía ser tan mísera o generosa como se le antojara, quiso bendecir esta vez con su abundancia a la tripulación. Era la mejor pesca que habían hecho los barcos de Tino Suárez en todo el verano. En consecuencia, varios comerciantes de la localidad esperaban ansiosos junto al muelle a que el barco entrara a su fondeadero, mientras sus animados tripulantes se movían con destreza sobre cubierta para asegurar las amarras.

Tino devolvió el saludo que le hacía el capitán que estuvo a cargo de ese viaje, Nate Wagner, mientras éste descendía del puesto del timonel. Uno de los tripulantes más jóvenes, aunque no por eso inexperto, Santiago Peña, divisó al dueño del barco y, alzando sus manos enguantadas, le hizo un cómico saludo.

—¡Sí señor! ¡Esto sí que le va a gustar, jefe!

Los tripulantes que se encontraban a espaldas de Santiago gritaban y vitoreaban a toda voz: —¡Seremos ricos! Tal vez será por un día nada más pero, caray, ¡seremos ricos!

Tino los saludó con un ademán. —¡Así se habla, mi gente! ¡Así se habla!

Le encantaban aquellos viajes exitosos. Además de los beneficios monetarios, no había nada más edificante que ver el regocijo de un grupo de hombres ante el conocimiento de que tener sus redes llenas de pescado significaba dinero en efectivo en sus bolsillos. La productividad de un viaje compensaba los días alejados de tierra, sin ver a sus novias o a sus esposas e hijos; las quemaduras del sol o el frío, y la frecuente tensión nerviosa.

Regresar de un viaje comercial agotados mentalmente, sucios y con olor a pescado, era mejor que andar con actitud derrotista, caras largas y bolsillos vacíos. Como quiera que lo vieran, era mucho mejor.

Cuando la captura era grande, la mañana del regreso se convertía hasta cierto punto en un pandemónium. Los pescaderos se empujaban y se peleaban por los mejores filetes, y la mayor parte de la captura iba a parar a las pescaderías y los restaurantes locales. Los tripulantes trabajaban vigorosamente para poder cumplir sus pedidos. Sus guantes grises se volvían carmesí intenso de tanta sangre de pescado; el dinero pasaba de manos; la mañana, que de otro modo habría sido corriente y tranquila, se llenaba de voces que gritaban para regatear precios y discutir.

Ni un grupo de piratas borrachos habría podido competir con la energía y la locura de aquella gente.

La vida habría parecido impecable si todos los viajes terminaran de una manera tan embriagadora y victoriosa. Sin embargo, como no estaba garantizado que cada viaje fuera un triunfo, razonaba Tino para sus adentros mientras contaba un grueso fajo de billetes, los pescadores tenían que aprovechar al máximo aquellos buenos momentos.

—Esta noche me iré a un restaurante con mi novia —le oyó decir a Mitch, otro de sus tripulantes con la ropa llena de sangre de pescado, quien estaba hablando con Santiago—. Después de la cena, la llevaré al *Atlantic Sea Breeze* y festejaremos hasta que no podamos más.

—Caramba, ¿así que quieres comer y beber con tu novia? —se mofó Santiago—. ¿Quién quiere comer ni beber? ¡Caramba! ¡Con la cantidad de días que llevo en ese barco, mi mujer y yo nos vamos a pasar la noche haciendo el amor!

Tino se rió para sus adentros. Pero sí que le hubiera parecido bien una combinación de ambos planes.

¿No era un tanto irónico ver que, colgado de una oreja de Mitch, había un arete enchapado en oro con forma de sirena? Era un recordatorio pequeño e insignificante que le hizo volver a la memoria el rostro muy significativo de una mujer.

A trabajar, que tenía mucho trabajo por delante. Entre los preparativos para el siguiente viaje del *Costa del Sol* y la abundante pesca del *Wind Voyager*, no tenía tiempo para Kiki Figueroa.

De acuerdo, era cierto que la mujer había estado a punto de atraparlo dos noches atrás. Su fuero interno le había advertido que retrocediera. Que no fuera tan tonto y no se dejara llevar por la corriente de resaca. Él no quería que la noche terminara, y una parte de sí abrigaba la esperanza de llevársela a uno de los camastros del barco y darle rienda suelta a los deseos que clamaban dentro de él.

Haciendo acopio de voluntad, Tino se había convencido a sí mismo de que debía llevarla de vuelta a casa. Lo había tomado por sorpresa el repentino vacío que lo golpeó de forma penetrante cuando se separó de ella para regresar a su propia casa.

A Kiki no le había gustado nada el paseo, aunque había sido cortés de su parte insistir en que sí le había gustado. De cualquier modo, Tino se sentía tonto de haberla llevado a navegar, pues pensó que ella lo habría considerado insensible al miedo que le tenía al océano.

Además, estaba por otra parte la cuestión de que ella no aprobaba su profesión, lo cual no expresó directamente, pero lo dejó entrever a las claras. A Tino se le ocurrió capitanear el *Costa del Sol* para demostrar su punto de vista. No es que creyera que la iba a ver de nuevo, pues era mejor salirse de la incipiente relación antes de que fuera demasiado tarde.

Con todo, si hubiera decidido que quería verla, habría dejado claro desde un inicio aquel desacuerdo. No iba a cambiar de profesión por ninguna otra en el mundo y perder así una parte integrante de su ser, sólo porque una mujer lo pidiera.

A fin de cuentas, llegó el momento de repartir el pago al capitán y los tripulantes por todos los problemas e intensos esfuerzos, para no mencionar las horas de aburrimiento que pasaron en mar abierto. La parte que le correspondía como dueño era la suma más impresionante que había ganado en todo el año, y en ella se incluía un porciento que se reservaría para los gastos de negocios y para pagar los impuestos.

Volvió a agradecer a sus hombres y a alabar su trabajo, y se dirigió al estacionamiento para buscar su carro. Entre tanto bullicio, no se había percatado de la conocida cara de un hombre que estaba apoyado en las barandas y observaba. Al verlo, Tino gimió para sus adentros y tuvo la esperanza de no toparse con el espectador.

Era Seth Ramsey. Tino casi no lo reconocía, ahora que había engordado y se había dejado crecer la barba. Incluso a esa distancia, notó en sus ojos una expresión sonriente tras unas gafas de alambre plateado. Por cortesía, le hizo un ademán de saludo.

Voluminoso como una montaña, Seth prácticamente se había desaparecido del pueblo hacía cuestión de un año. Según recordaba Tino, la despedida entre ellos había sido un tanto agitada. Había llegado a su clímax cuando despidió de su empleo a uno de los mejores pescadores que habían trabajado en sus barcos.

Lo más molesto de todo era que, independientemente de la ira con que terminaron, a él siempre le había caído bien Seth Ramsey. Los dos habían pasado por experiencias similares en la vida, pues el norteamericano prácticamente se había criado en el barco ostionero del padre en la costa sur de New

Jersey. Hasta ahí llegaba el lazo que compartían, pues Tino tenía un carácter reservado y eficiente, y Seth era un hombre que gozaba de buenas conversaciones en las que pudiera mostrar el intenso amor que sentía por el mar. Tino no sabía bien cómo lo hacía, pero Seth siempre conseguía sumirlo en profundas y evocadoras conversaciones, entre hombres, con las que ocupaban las inquietas horas que pasaban lejos de tierra.

—Te diré mi opinión —comenzó a decir Seth cuando Tino se acercó al muelle—. Una de dos: o tu capitán hizo un pacto con el diablo para conseguir semejante captura, o tus tripulantes se han hecho íntimos amigos de unas sirenas muy hospitalarias.

Otra referencia más a las sirenas. Tino ya comenzaba a sentirse espantado.

—Dejaré que seas tú quien lo determine, si puedes. Más vale no revelar los secretos del negocio —por respeto a su antigua amistad, le extendió una mano a Seth—. Me alegra verte, hombre.

—Eh, tú y yo sabemos que eso no es cierto, pero te agradezco el esfuerzo —su apretón de manos era tan firme como de costumbre, y su risa era más grave, tal vez por los kilos de más, pero le sentaba bien—. Me gustó lo que me dijo Santiago cuando lo vi: "¿Sigues por aquí, grandullón? Pensábamos que te habías muerto".

Muy lógica conclusión, pensó Tino para sus adentros. Eso mismo se le había ocurrido a él durante la larga ausencia de Seth.

—¿Dónde has estado? —le preguntó—. ¿En qué barco estás trabajando ahora? Deben pasarse el tiempo fuera de aquí, porque nuestros caminos no se han cruzado en largo rato.

—Quisiera poder decirte de carretilla los nombres de todos los barcos de este lugar. En especial el *Wind Voyager* y el *Costa del Sol.* Pero, no... acabo de regresar a *Long Island.*

—Ah, qué bueno. Es bueno de veras.

Seth lo miró de soslayo, con expresión astuta. —¿No me vas a preguntar dónde estuve todo este año?

—Eso no me incumbe en absoluto. Si te nace el deseo de contármelo, sé que me lo contarás.

—Sí, señor. Le estoy hablando al mismo Tino Suárez de siempre, a un buen hombre. —Seth le colocó una de sus manazas en el hombro a su antiguo amigo y patrono, y procedió a pasear lentamente con él por el muelle.

—Está bien, me nace contártelo... Estuve tratando de arreglar mi vida.

Allá va eso. Tino no dijo nada, pero de forma automática fue dando forma en su mente a un breve discurso de 'No, prefiero que no vuelvas a trabajar conmigo, lo siento'.

Seth comenzó tartamudeando. —Pasé como tres meses en el hospital.

—¿Ah, sí? ¿Qué te pasó?

—Bueno... usa tu imaginación. Dejé inservible mi auto, me llené todo de golpes. Tengo que agradecerle a mi buena estrella que nadie más se lastimó en el accidente. En ese caso, me habrían sentenciado por conducir después de usar drogas.

—Sí, me imagino que te habrían sentenciado —¿qué otra cosa iba a decir? No era de sorprenderse que se sintiera dolido al enterarse de dónde había estado su antiguo amigo—. Me alegro de que estés bien ahora. Bueno, tengo que ir al banco...

—El resto del tiempo lo pasé en rehabilitación —lo interrumpió Seth. Tomó a Tino por el brazo de una manera que parecía ser una muda súplica de que lo escuchara, pero lo soltó de inmediato—. Estuve en un centro magnífico en Nueva York. Allí me desintoxiqué, Suárez.

Tino se distanció de él con una respuesta genérica. —Ah, bueno... me alegro por ti, Seth. Por ti y por tu familia.

—Mi familia, sí... por eso fue que vine... a hablar contigo —Seth se metió las manos en los bolsillos y carraspeó, pero no consiguió que se le aclarara la voz—. Tengo entendido que el *Costa del Sol* sale a navegar esta semana. Necesito un empleo, Suárez. De veras que lo necesito. Y me preguntaba si tendrías lugar para mí en ese viaje. Si me... si volverías a contratarme.

—Que si tengo lugar en el Costa... —Tino sacudió la cabeza con expresión de duda y decidió decirle una mentira, aunque le doliera hacerlo—. Lo siento, hombre. Así, de improviso, no creo que haya lugar.

Seth se encogió de hombros. —Anjá. Mira, no me lo tienes que decir en este preciso instante. No quiero presionarte. Pero es que... Emily me dejó. Vaya, me deja visitarla de vez en cuando y nunca me ha prohibido ver a mi hijo. Pero quiere que le dé pruebas de que he rehecho mi vida antes de permitirme volver con ella.

Tino se quedó pensativo. Emily le hacía recordar a otra amorosa esposa, quien había luchado por su matrimonio y se había mantenido firme, abrigando esperanzas cuando ya no se podía tener ninguna. Sintió que se le ablandaba el corazón.

—Si comienzo a trabajar de nuevo —prosiguió Seth—, si comienzo a ser un hombre y a darle el sustento a mi familia... eso sería prueba suficiente, ¿no? Me pongo a trabajar, vuelvo a ser un ser humano de verdad y... recupero a mi familia.

Ya está, voy a ceder.

Tino se conocía bien, y sabía que iba a ceder. Sin embargo, ¿por qué iba a hacerlo? Él había despedido a Seth porque se había comprometido a trabajar en dos viajes y, con el raciocinio empañado por las drogas, nunca se había presentado. Además, en contradicción con su carácter bonachón, Seth se había tornado conflictivo con sus compañeros en el último viaje que hizo, lo cual constituía una situación peligrosa en medio de las aguas del Atlántico.

Su reunión improvisada era muy distinta de su encuentro el día que cada uno tomó por su camino. Aquella ocasión terminó en gritos y en un enfrentamiento a empujones que casi había pasado a los puños.

No obstante, el hombre que tenía frente a sí, ansioso por recibir una respuesta positiva, era un viejo amigo y un excelente pescador. Seth sonreía, tratando de mantener intactos su dignidad y su orgullo mientras se humillaba. Tino no sabía qué hacer; respetaba la situación de Seth y comprendía claramente su derecho a conservar su orgullo.

—Piénsalo no más. ¿Está bien? —dijo Seth quedamente—. Eso es todo lo que pido. Si decides que sí, puedes llamar a mi antiguo número. Todavía no tengo teléfono, pero Emily me dará el mensaje.

—Lo pensaré un poco —le prometió Tino.

Seth volvió a sacudir la cabeza. Se dio vuelta para marcharse, con los hombros erguidos y la cabeza en alto.

—Ah, y... ¡Seth!

—¿Sí?

—He echado de menos nuestras *largas* conversaciones.

—No eran conversaciones, eran porquería —en su sonrisa diabólica, se dejó entrever un atisbo del viejo Seth, antes de su problema con las drogas—. Puedo decirlo, porque te habrás dado cuenta de que no está presente ninguna dama.

No logró mucho con su comentario, pero al menos le sacó una carcajada a Tino.

Aquella noche de miércoles era para Kiki una "noche libre" sólo de nombre. Miriam, Ceci, Debby y Kiki se habían alternado las noches libres de *La Sirena* para poder descansar de su trabajo en el restaurante.

Esta noche le tocaba a Kiki, y le estaba dedicando su tiempo libre exactamente a lo mismo que había hecho en su anterior noche de descanso: ponerse al día en las tareas domésticas.

Eso no la molestaba. Ahora que tenía su propia lavadora y secadora, había lavado dos bultos de ropa tranquilamente mientras leía la novela "Cómo Stella Recuperó Su Buena Onda", de la autora americana Terry MacMillan. Le resultaba muy agradable quedarse leyendo en su casita, en lugar de pasarse horas metida en una lavandería de la ciudad, y doblando la ropa limpia mientras tomaba una taza de té de manzanilla en la cocina.

¡Qué paz sentía! Escuchaba la música de Marc Anthony en su viejo estéreo. Kiki cantaba a la par, pues se sabía de memoria la letra de aquel bolero romántico, y la divertía imitar el emotivo tono con que el artista cantaba la canción.

Ey, ¿por qué no? Todos esos sentimientos que tengo por dentro tienen que ir a parar a algún lugar, ¿no? Más vale que los gaste cantando.

Suspiró con un poco de resentimiento. Ya habían pasado dos días desde que había salido a navegar con el señor Augustino Suárez. No era que, tras tan poco tiempo, se creyera con derecho a esos sentimientos de frustración. Había que darle crédito al hombre, pues había mencionado la posibilidad de llevarla a navegar otra vez. *Alguna vez,* en un futuro indefinido. O sea, eso no quería decir que iban a volver a salir esa misma semana. Tino no le había hecho ninguna promesa vaga ni le había dado esperanzas sin fundamento, de modo que ella tampoco se sintió obligada a comprometerse a nada más.

No obstante, no era fácil expresar lo que Kiki sentía. Habían intercambiado sus números de teléfono, y ella se sentía tentada de darle un timbrazo e invitarlo a compartir con ella su preciosa noche libre. Lo tenía constantemente en sus pensamientos, de manera poco menos que obsesiva.

Era una dulce obsesión. Era algo sobrenatural e increíble, que la hacía sentir cariño y deseo al mismo tiempo. Como si en realidad no fueran personas que se habían conocido hacía poco, sino amantes enlazados por sus espíritus humanos.

Kiki se rió de sí misma, y colocó una pila de toallas dobladas en la parrilla del baño. Se estaba dejando llevar por la misma inocencia y desesperación que una chiquilla, pero definitivamente ya no era una adolescente. Su única relación seria había sido con Xavier, de modo que Tino era el único otro hombre en su vida que le había provocado un efecto tan poderoso. Además, incluso con Xavier, todo había sido distinto. El amor que se profesaban había nacido cuando tenían catorce años, así que al principio no era amor de verdad. La relación, con el paso del tiempo, fue haciendo que surgiera el verdadero amor.

Kiki era una niña cuando Xavier entró en su vida, pero era una mujer cuando vio por primera vez a Tino. Un hombre que, a fin de cuentas, podría antojarse por buscarla o abandonarla, a juzgar por la manera en que él mantenía la distancia de ella.

Kiki no podía hacer nada ante esa situación. Había coqueteado con él y le había dado indicios más que suficientes de su interés en acercarse más a él. No iba a olvidarse de su orgullo y lanzarse abiertamente en sus brazos.

Pero es que te pertenezco.

De nuevo ese pensamiento, que le parecía tan irracional y misterioso como su miedo al mar. Tino no tenía que decírselo en voz alta porque Kiki sabía que él no compartía sus sentimientos.

Sonó el timbre de la puerta cuando ella se aprestaba a doblar la ropa que quedaba. Según el reloj del horno de microondas, eran las siete y veintidós de la noche. Su gente seguía en el restaurante, así que tendría que ser algún vecino, tal vez la señora Frobisher, la anciana que ocupaba la casa del otro lado del

patio. Ceci, como buen vecino, se había responsabi-
lizado de segarle el césped junto con el suyo, y la
agradecida señora les devolvía el favor a los Figueroa
con sus galletas caseras de mantequilla o con flores
de su jardín.

—¿Señora Frobisher? —preguntó sin abrir la
puerta, como de costumbre.

—No, soy yo. Tino.

¡Hablando del rey de Roma! ¿Tino estaba en su
portal por su propia voluntad?

—¿Tino?

Incrédula, abrió la puerta y se lo encontró parado
junto al umbral, con las manos metidas en los bolsillos de la chaqueta y las piernas ligeramente sepa-
radas. Alzó la cabeza; se veía adorable con su tímida
sonrisa.

—Hola, estaba en el barrio y pensé... —comenzó a
explicar— ...que te haría la visita. A menos que estés
ocupada. Sé que tenía que haber llamado antes...

—No, no. Por favor, entra. Trataré de abandonar
la emocionante tarea de doblar la ropa para atender
al invitado —abrió la puerta por completo.

—¡Gracias! En realidad, pasé por el restaurante
para verte. Tu amiga, Debby, me explicó que tenías
la noche libre y me dijo dónde podía encontrarte.

En eso quedó su excusa de que "estaba pasando
por el barrio". Sin acordarse de decirle que no necesitaba excusas para visitarla, Kiki quitó rápidamente
la pila de ropa limpia de encima de la mesa y apartó
la cesta de la ropa blanca.

—Bajaré un poco el volumen de la música —le
dijo—. ¿Quieres café?

—De acuerdo.

—¿Americano o expreso?

—Ay, americano.

Tino se acomodó en una de las dos sillas que estaban junto a la mesa, y se tomó un momento para
apreciar los alrededores. La cocina era pequeña,
pero íntima y acogedora, y olía a limpiador con

aroma de pino. Unos coloridos botes de cerámica estaban alineados contra la pared debajo de las alacenas de madera. Junto ellos había un pequeño sostenedor de condimentos en el que había potes de bijol, comino, sazón y adobo. Un pequeño trofeo dedicado a LA MEJOR TÍA DEL MUNDO se añadía al alegre conjunto.

Tino se irguió en el asiento cuando Kiki volvió a entrar en la cocina para poner la tetera a calentar para ella y preparar la cafetera para él. Una ancha cinta elástica le mantenía su espesa cabellera apartada de su linda cara.

Decir que era linda no le hacía justicia: era preciosa. Lo era de forma natural, incluso cuando estaba en casa y sin ponerse cosméticos.

El hecho de que una mujer no diera la impresión de estar pagada de su propia buena apariencia, la hacía aun más irresistible. La ex novia de Tino también era bella, pero era vanidosa, sumamente vanidosa. Ni muerta hubiera recibido a un invitado, fuera su novio o cualquier otra persona, vestida con una camiseta de talla mayor que la suya ni calzada con sandalias. Como Kiki estaba de espaldas a él, Tino pudo admirar libremente las curvas de su trasero en aquellos pantalones cortos y sus bronceadas y esbeltas piernas, hasta que ella se dio vuelta otra vez.

—No estaré mucho rato —le dijo Tino—. Sólo pasé para ver cómo te iba y... por un par de razones más.

—Me va bastante bien. Sabes cómo es. ¡Siempre en la lucha! —le sonrió y colocó en la mesa un plato con queso crema, pasta de guayaba en barra, galletas Ritz y un cuchillo para mantequilla—. Entonces, ¿qué te ha traído por aquí esta noche?

Le indicó con un ademán el plato de golosinas y lo instó a que se sirviera primero, en su calidad de invitado.

—Bueno, lo que pasa es que el *Costa del Sol* —comenzó a decir mientras ponía un poco de queso crema en una galleta— saldrá esta semana en un viaje de pesca...

—¿Y te estabas preguntando si me gustaría ser una de las tripulantes?

Tino le hizo un guiño y le siguió la broma sin más: —¡Exacto! ¿Estás interesada?

—Lo siento. Me encantaría, pero ya tengo un compromiso con otro barco en San Juan. Iremos a pescar mahi-mahi.

—No te culpo. Eso parece más divertido —le alcanzó el cuchillo y probó un bocado—. Ahora te hablo en serio. Hoy vino a verme un hombre que antes trabajaba para mí y que despedí hace más de un año.

Kiki se inclinó hacia delante con interés. —¿Por qué lo despediste?

—Ése es el asunto. El hombre tenía problemas con drogas. O sea... que era drogadicto.

—Hmmm —Kiki siguió escuchando mientras cortaba una rebanada de pasta de guayaba.

—Era una buena persona... cuando no pensaba o decía cosas bajo los efectos de las drogas. Dice que ya está desintoxicado, después de pasar un tiempo en rehabilitación. Él y su esposa están separados y tienen un niño pequeño. Seth anda buscando trabajo, como es natural, para ganar algún dinero, pero también para demostrarle a su esposa que ha vuelto a ser el mismo de antes.

—Ya veo. Y... ¿tiene eso algo que ver conmigo?

—Bueno... me he pasado todo el día dándole vueltas en la cabeza a ese asunto. No me comprometido a nada pero, ¿debo contratarlo? ¿Debo entender que ya está curado, o sería mejor que desconfíe y le diga que desaparezca de mi vista? Se me ocurrió que podía contártelo y escuchar tu opinión al respecto.

Kiki pestañeó. —¿Porque tengo experiencia con la personalidad adictiva?

—No. Porque me interesaría saber tu opinión, y tal vez escuchar tus consejos.

—¿Mis... consejos? —una leve sonrisa se delineó en sus labios—. ¿Sabes qué? Mi opinión es que tal vez habría que tener en cuenta a la esposa, ¿no?

—Esperaba que me dijeras eso. Conozco a Emily también desde hace mucho tiempo. Es una señora simpática. Él es norteamericano y ella es boricua, igual que tú.

—Ah. ¡Un norteamericano con buen gusto! —señaló Kiki riéndose, deleitada—. ¿Por qué motivo específico lo despediste?

—Ya te imaginarás. Comenzó a descuidar sus responsabilidades y, lo que es peor... se enredó en una pelea a los puños con otro tripulante en el *Costa del Sol*. Seth lo habría lanzado por la borda si los otros muchachos no lo hubieran inmovilizado.

Kiki sintió un escalofrío. Comió en silencio, pensativa. Por una parte, se sintió halagada por el respeto que Tino le profesaba, pues había ido a pedirle expresamente su opinión. ¿O había algo más entre líneas que él no decía? Habría sido más sencillo y conveniente llamarla por teléfono.

Pero él *quería* efectivamente verla de nuevo y pasar un rato con ella. Por ese motivo, tenía que ser más cautelosa con el consejo que él le había pedido sobre cómo resolver aquella delicada situación.

—Me dio permiso para que llamara a Emily —dijo Tino—. Para que me asegurara si todo lo que él había dicho de que ya no consumía drogas era cierto.

—Qué triste tener que hacer eso, porque sabe que ya no basta con su palabra.

—Lo sé —terminó otra galleta y también se inclinó hacia delante—. A decir verdad, me hace sentir mal. Sé que no me gustaría verme en esa posición. Una parte de mí quiere actuar como un sólido hombre de negocios, pero la otra parte quiere contratarlo. Vamos, que si es verdad, si de veras ha vuelto a ser el mismo de antes y yo lo puedo ayudar a él y a su familia de algún modo...

—Eso es muy noble de tu parte.

Kiki casi había olvidado el café, que ya estaba listo en la garrafa. Se levantó de la mesa para ir a servirlo y dijo: —Y te diría que eso sería lo correcto. Pero... ¿llamaste a su esposa?

—Todavía no. La llamaré tan pronto llegue a casa.

—Muy bien, hazlo. Y entonces, si te confirma que él está diciendo la verdad, dale un empleo, Tino. Quiero decir... en última instancia, el barco es tuyo y tú eres el que tiene que decidir, pero debes hacer lo que sientas por dentro que es lo correcto. Y *estoy* pensando además en su esposa y su hijo.

—Ya lo sé —dijo Tino mientras tomaba la taza de la mano de Kiki y se la rozaba con la suya—. Yo también estoy tratando de pensar en ellos. Sólo que...

—Él te decepcionó antes, lo entiendo. Además, eres responsable de lo que pasa en tus barcos. Haces bien en tener cuidado, Tino.

—Lo cual me recuerda mi otro motivo para venir esta noche —dejó un momento de tomar su café negro—. Iré en ese viaje.

—¿De veras?

—Sí, de veras —declaró con tono definitivo y firme.

—¡Excelente!

Tino escudriñó con desconfianza la expresión de su rostro y repitió: —¿Excelente?

—Claro. Es mejor así, que vayas en ese viaje —con gusto, Kiki puso en una galleta una rebanada de queso crema y otra de pasta de guayaba—. Así podrás estar al tanto de cómo le va a él tras empezar a trabajar. Además, si el propio jefe va a bordo, estoy segura de que... ¿cómo se llama? ¿Seth? ...se comportará lo mejor posible.

—Sí. Eso... eso mismo estaba pensando yo —señaló Tino—. Seth me respeta, y me parece que él mismo se sentirá más cómodo al saber que yo estoy en el barco.

—¡Estupendo!

—Y, ah... hablando personalmente, como estaré fuera más de una semana... pensé venir a verte antes de irme.

Kiki terminó de tomar su manzanilla. Ya habían llegado a la parte difícil.

—¿Quisieras que te mantuviera vigilado el *Wind Voyager* hasta que regreses?

—No, no es eso. Dije que estaba hablando personalmente. Sólo quería... quería que supieras, si no volvías a oír de mí, que supieras donde estaba. Para que no te quedaras sin saber.

Interesante acontecimiento. Kiki se sentía como si Tino hubiera repartido las cartas en una especie de juego de póquer emocional, de modo que ella tenía que descifrar cuales le habían tocado a él antes de jugar las suyas propias.

—Si no supiera de ti después de varios días, me imaginaría que estabas ocupado —le dijo ella con toda honestidad—. O tal vez me habría dado por pensar que... que ya no estabas interesado en volver a verme.

—Si no estuviera interesado, no hubiera venido esta noche.

Kiki cortó otra rebanada de pasta de guayaba; esta vez se la puso a lo largo del dedo índice en lugar de colocarla sobre una galleta, y se la ofreció a él. Tino, que ya no estaba tan serio como antes, la comió de su dedo, y se lo lamió completamente para que no le quedara pegajoso.

—¿Tienes algo en contra de eso? —le preguntó—. ¿De que me vaya a navegar?

Kiki comprendió inmediatamente a qué se refería, y le sonrió de manera afectada.

—Claro que no. Ése es tu trabajo, ¿no? —se mostraba reservada y encantadora y le transmitía a Tino los mismos sentimientos que él tenía sobre el tema—. Además, ¿te olvidas de que soy una mujer resistente? Puedo aguantar las pruebas y las tribulaciones de la vida del pescador.

Lo había puesto muy bien en su lugar. Divertido, Tino tomó el cuchillo de la mantequilla y se preparó para cortar una rebanada y dársela a Kiki, pero entonces desistió de hacerlo.

Si aquel jueguito continuaba, tendría que quedarse otro rato en la casa de ella.

—Qué bueno que al menos tú no tienes problema con eso —admitió él a regañadientes—. Porque este viaje va a ser muy largo para mí; más largo que de costumbre.

—¿Por qué?

Tino cambió de posición en la silla, porque se sentía incómodo, y evitó mirarla a los ojos.

—Ah, porque hace tiempo que no salgo a navegar. Es difícil volver a acostumbrarse.

—Ah.

—Y porque no todos los días le tengo que servir de niñera a uno de mis tripulantes.

—Sí, es cierto; casi le tendrás que servir de niñera —coincidió ella, con una sonrisa.

—Sí —iba lamentar lo que diría ahora, pero lo dijo de todos modos, después de respirar profundamente—. Y me va a parecer una eternidad el tiempo que voy a estar sin verte.

La tetera lanzó un agudo silbido desde la cocina. Pero ya Kiki había perdido las ganas de tomarse otra taza de manzanilla.

—Ya que estamos hablando de eso —murmuró ella—, cuando regreses, quiero ser una de las primeras personas que veas.

—Lo serás.

Kiki se dirigió a la cocina para apagar el quemador. Se quedó momentáneamente sin palabras y permaneció con la espalda apoyada contra el mostrador, mientras él se daba vuelta en la silla para mirarla.

—No me he hecho ninguna idea para cuando no esté —Tino sonaba indeciso—. O sea, que no pretendo que tú te quedes esperando sentada por mí hasta que yo regrese. Si tienes deseos de ver a alguien, bueno... ya sé lo largos que pueden resultar los días.

Tino la ponía en una situación difícil, mucho más difícil de lo que tenía que ser. Kiki se veía enfrentada a la disyuntiva de dar la impresión de que era una juerguista, o de que se iba a quedar como si estuviera pegada en la pared, lo cual también era inaceptable.

—No tengo tiempo para quedarme esperándote sentada —le dijo por las claras—. Ojalá que lo tuviera. Mientras tú estés trabajando, yo estaré trabajando. Pero, cuando regrese tu barco, buscaré el tiempo para estar contigo. Mientras tanto, pensaré en ti.

—*¿Qué somos uno para el otro?* —de inmediato, Tino sacudió la cabeza después de haber hecho la misma pregunta que ella tenía en la punta de la lengua—. No debería preguntar eso. Así parecería que te estoy imponiendo compromisos y exigencias, y esa no es mi intención.

Kiki sonrió para que no se le notara la decepción, y extendió las manos para atraer la cara de Tino a la suya y darle un beso. Él cedió de buena gana y, mientras Kiki tenía los ojos cerrados, oyó el ruido que hacía él para apartar la silla y erguirse en toda su estatura.

¿Qué somos uno para el otro? Kiki no tenía una respuesta completa a esa pregunta, puesto que no tenía claro su papel en la vida de él. Lo único que sabía era que Tino se estaba convirtiendo en el único hombre que no podía sacarse de su pensamiento. Era el único a quien había deseado desde la desintegración de su matrimonio.

—Me tengo que ir —le dijo Tino abruptamente con tono carrasposo.

Kiki apretó más su cuerpo contra el de él.

—Quédate un ratito más.

Una pizca. Eso era lo que le faltaba a Tino para aceptar su invitación. Hundió el rostro en el cabello de Kiki y se reprimió un gemido. Era inevitable que la invitación a quedarse los llevara de la cocina al dormitorio.

Y sería de verdad, no la fantasía que él se había imaginado a través de la ventana del bar.

—Quédate —volvió a susurrar ella.

Qué más no hubiera querido él. No sabía siquiera si podría cubrir la distancia que separaba la sala del dormitorio, pues deseaba hacerla suya en ese mismo instante y lugar. Quería empujar todo lo que había en la mesa, y despejarla para colocar a Kiki sobre ella y penetrarla de una vez. Sería animal y salvaje, e iría en contra de su carácter reservado, pero estaba muriéndose por hacerlo. Muriéndose por dejar que ella le llegara hasta la médula, haciendo el amor sin más.

No sabía bien lo que se estaba apoderando de él, pero luchó endiabladamente para reprimírselo.

—Cuando regrese —consiguió decirle, a punto de perder la voz y besándole la cabellera—. Por favor, comprende que tengo que irme.

CAPÍTULO 7

—No está aquí. Ya hace días que se fue... pero me siento como si estuviera aquí conmigo. Dime la verdad. ¿Crees que estoy loca?

Debby Wilcox exhaló un suspiro y apoyó la barbilla en una mano.

—Sí, estás loca de remate —respondió—. Y yo estoy loca de celos por no tener a mi propio pescador a quien extrañar.

Los días lentos como éste eran malos para el negocio en *La Sirena,* pero propicios para las conversaciones entre Kiki y su mejor amiga y asociada en el negocio del restaurante.

Todo estaba bien. Pues, las dos noches anteriores habían dejado buenas ganancias, con un nutrido grupo de jóvenes de un iglesia que fueron a comer con su pastor, y un contingente de empleados de una emisora de radio local, que fueron a celebrar en *La Sirena,* el cumpleaños de uno de ellos.

Ceci estaba al fondo del restaurante, revisando los suministros en la alacena, y Miriam había aprovechado la ocasión para llevar a Jazzy a comprar ropa escolar.

Kiki y su amiga se habían sentado en una de las mesas cerca de la ventana para conversar entre sorbo y sorbo de Coca Cola.

—No tienes por qué sentir celos —dijo Kiki—. No sé, Deb, pero es demasiado pronto para que lo extrañe y lo desee tanto. Nuestra relación, si es que se le puede llamar así a lo que existe entre nosotros, apenas ha comenzado.

—Pues yo sí diría que es una relación y, lo que es mejor aún, Kiki, es una relación *sana* —Debby no titubeó en ser directa, con la franqueza y la familiaridad de una vieja amiga—. No es como con Xavier, que nunca sabías si lo habría atropellado un auto, o si tendría una borrachera y se habría caído en una zanja por ahí. Por lo menos ahora *sabes* donde está el hombre. ¡Está en un barco ganándose la vida, por el amor de Dios!

Kiki revolvió el hielo, que se derretía en su vaso.

—Me sentiría mejor si supiera lo que él siente por mí.

—Te dijo que este viaje le resultaría largo sin poder verte, ¿no es cierto?

—Cierto, pero dos veces le ofrecí que se quedara a pasar la noche y me dijo que no era posible, y se fue.

—¿Cómo? ¿Le pediste que pasara la noche contigo?

—Dos veces.

Debby sonrió con expresión traviesa. —Pues parece que se te olvidó contarme ese detalle.

—No se me olvidó. Fue una omisión intencional de mi parte —Kiki se miró las uñas con aire distraído y colocó las manos sobre la mesa—. Me rechazó, Debby. Tengo que reconocerlo. Me le insinué, y no me hizo caso... seguramente piensa que soy una mujerzuela desesperada.

—Lo cual no es cierto —respondió Debby sin titubear.

—De acuerdo, no lo soy, pero... ¡ay, Debby, es que estoy tan falta de práctica para estar con un hombre de nuevo!

—No te olvides de que la desgraciada de su prometida lo dejó plantado en el altar —respondió Debby, tomando otro sorbo de su refresco—. Hay que tener eso en cuenta, Kiki. Es posible que a eso se deba que él prefiere tomar las cosas un poco lentamente contigo. Todo el mundo sabe que las mujeres tenemos más capacidad que los hombres para resistir los golpes sentimentales. Nos recuperamos emocionalmente con más rapidez que ellos.

Cualquier hombre que haya pasado por un desengaño
así luchará como gato panza arriba para que nadie le
vuelva a pisotear el corazón ni el orgullo.

—¡Ya lo sé, ya lo sé! —Kiki exhaló un suspiro de
impaciencia—. Pero, si él bajara su guardia aunque
fuera un poquito... si pudiéramos pasar una noche
juntos, una sola, yo le daría lo que él necesita. Saldría
de mi casa sintiéndose amado, por dentro y por
fuera.

Debby puso cara pensativa. —Ése es el mismo
problema que tienes tú, pues también llevas tus
cicatrices emocionales.

—No es cierto —interrumpió Kiki.

—*Sí que lo es* —insistió su amiga—. Tienes por
dentro mucho amor que entregar, y te robaron la
oportunidad de compartirlo como querías. Al fin has
conocido a alguien que tal vez merezca la pena y que
también te necesita, a pesar de que se quiera resistir.
Mi opinión es que no debes dejar que se te vaya entre
las manos. Te pasó antes, pero esta vez tienes una
mejor oportunidad, y ahora sí vale la pena.

La puerta delantera se abrió, y entró una pareja
tomada de los brazos. Debby y Kiki los observaron
con cierta aprensión. La conversación entre la dos
amigas terminó abruptamente, y Debby se dirigió al
mostrador a buscar un menú.

Unos días atrás, habían robado en una tienda del
vecindario, a pocas cuadras de distancia. Los
Figueroa se habían enterado por los rumores del
barrio. Era algo alarmante, pues la zona era buena, y
en parte por ese motivo habían puesto el negocio
allí. Dos hombres jóvenes habían entrado en la
tienda y habían obligado al cajero a entregarles el
dinero a punta de pistola.

El pobre cajero y los dependientes pasaron un
buen susto pero, afortunadamente, nadie resultó
lastimado. Con todo, uno pensaría que ese tipo de
suceso pasaba en la ciudad, no en un tranquilo
pueblo residencial.

El potencial del peligro existía por doquier, por tierra *o* por mar. Kiki se percató de esto cuando oyó la noticia del robo, y pensó en Tino, a bordo del *Costa del Sol*.

La situación estaba afectándola emocionalmente. Si Tino Suárez no hubiera significado nada para ella, no más que alguien con quien pasar el tiempo, entonces su seguridad en el mar no le ocuparía tanto el pensamiento. Ni se hubiera puesto a rezar por él cuando una tormenta de fin de verano pasó por la costa.

Era incluso agradable de cierto modo, pensó Kiki, tener a alguien por quien preocuparse, aunque la preocupación se basara en un temor infundado.

—Un pedido fácil —dijo Debby mientras se colocaba detrás del mostrador—. Dos cafés y dos flanes.

Kiki se disponía a ayudarla cuando otro cliente, una mujer con un niño pequeño, hizo su entrada. Kiki tomó otro menú y una libreta de cuentas.

—Bienvenidos a *La Sirena* —le dio la bienvenida a la recién llegada—. Regreso enseguida.

La mujer le sonrió con expresión tímida. Era una joven latina, de pequeña estatura y un tanto gruesa. Su cabello castaño, con acentos rojizo, le caía sobre los hombros. El chico no pasaría de seis o siete años de edad, y tenía las mismas facciones de la mujer, aunque su tez era más clara. Como una madre cariñosa, ayudó al pequeño a sacarse su chaqueta ligera y lo acomodó en una de las mesas.

—¿Es usted Kiki Figueroa?—preguntó la mujer en cuanto Kiki le trajo dos vasos de agua fría.

—¡La misma que viste y calza!

—Hola, Kiki. Usted no me conoce, pero mi esposo trabaja para, eh... soy Emily Ramsey —le tendió la mano amistosamente y prosiguió—. Un amigo suyo que trabaja con mi esposo me recomendó su restaurante.

Kiki reconoció inmediatamente el nombre de uno de los empleados de Tino, y estrechó la mano de Emily con firmeza.

Un amigo suyo. Los hombros se le cayeron un poco a Kiki, pues hubiera preferido otra descripción, pero no dejó de sonreír.

—Las referencias de Tino Suárez dan más resultado que una agencia de publicidad —rió Kiki—. Gracias por venir, espero que disfrute su comida. ¿Quién es el apuesto caballerito?

—Mi hijo, Christopher —se notaba el brillo de su orgullo materno detrás del velo de timidez. Firmemente, pero con delicadeza, Emily colocó a la inquieta criatura en su asiento—. No le preste atención. Está algo refunfuñón ahora, porque hemos estado haciendo recados todo el día.

—La entiendo —le replicó Kiki—. Tengo una sobrina más o menos de la misma edad. Tiene seis años, y es la niña de mis ojos, pero cuando está cansada puede ser terrible.

—¿Tiene seis años? Christopher sólo tiene cuatro.

—¡No me diga! ¡Tremendo varoncito para tener solamente cuatro años!

—¿Verdad que sí? Va a ser bien grandote, como su papá.

—¡Sí, y con esos ojazos, seguro que va a ser muy mujeriego! Déjeme tomar su pedido y regreso enseguida.

Tanto la madre como el hijo optaron por bocados ligeros. Un emparedado de bistec para Emily y uno de jamón y queso para Christopher. Kiki le puso unas cuantas cebollas doradas más al bistec de Emily y se aseguró de que el emparedado del chico quedara delicioso. Ella acostumbraba a preparar todos los pedidos de sus clientes con diligencia, pero no siempre con tanto amor.

Era una amiga de Tino, de modo que merecía recibir un tratamiento especial. De todas formas, aunque el esposo de Emily no conociera a Tino, ella hubiera sido tratada cono una reina en La Sirena, si Kiki hubiera conocido su historia.

Era una mujer que mantenía unida a su familia de la mejor manera que podía, con un hijo que criar. Kiki se quedó observándola desde detrás del mostrador. Emily Ramsey, a pesar de su timidez, se había endurecido frente al hombre que amaba y, por su propio bien y por el bien de su hijo, se negaba a aceptar penurias innecesarias. Era la reina de su modesto hogar y se merecía todo el respeto que se debía.

Cuando un comensal resultaba ser conocido de una amistad o familiar, Kiki nunca estaba segura de si debía entablar una conversación, o si debía retirarse y dejar que disfrutara en paz de la comida. Por una parte, no quería que la persona se sintiera obligada a conversar con ella pero, por la otra, tampoco quería dar la impresión de frialdad si se alejaba. Cuando el restaurante estaba repleto, este problema se resolvía por sí mismo, pero esta vez los únicos otros comensales eran la pareja que estaba siendo atendida por Debby.

La timidez de Emily Ramsey tampoco contribuía mucho a la posibilidad de platicar, así que Kiki decidió dejarla a solas con su hijo, interrumpiéndola sólo una vez para preguntarle cómo estaba la comida. Todo estaba delicioso, según Emily. De postre, Christopher pidió un helado de chocolate, con crema batida y dos cerezas. Para su deleite, el chico recibió cinco cerezas y una generosa porción extra de almíbar de chocolate.

A la mujer le brillaban los ojos de genuino agradecimiento, pero quizás no le hubieran brillado tanto si hubiera sabido que Kiki deseaba interrogarla. Sintió un poco de culpa, pues ardía de ansias de preguntarle a Emily qué más le había dicho Tino de ella, si es que hablaba de sus asuntos personales con la esposa de un viejo empleado. También quería preguntarle qué tal era ser la mujer de un pescador, y cómo sus relaciones se afectaban o no por el tiempo que su esposo pasaba en el mar. Pensó que sería agradable, además de útil, familiariza con una mujer que tuviera experiencia en ser esposa de pescador. Sobre todo, Kiki quería preguntarle a Emily si sabía de otras mujeres en la vida de Tino, o si ella era la única.

Era mejor que todas esas preguntas quedaran sin respuestas por ahora. El tácito protocolo de dos mujeres que se acababan de conocer les impedía adentrarse en esas aguas.

—Espero que regresen —les dijo Kiki, después que madre e hijo terminaron su comida y se dirigían a la puerta—. Fue un placer servirle a usted y al pequeño señor Ramsey.

—Pues claro que regresaremos. Me gustó mucho su restaurante —entonces Emily dijo al fin lo que Kiki quería oír—. Todo lo que Tino me dijo acerca de usted es verdad. Usted *es* tan dulce como bella; no en balde él la adora.

¡Hola, cariño! Parece que andamos jugando a los escondidos esta noche. Muy bien, ¡te atrapé! ¿Por qué no vienes por acá? Voy a estar en casa toda la noche.

Tino repitió el mensaje telefónico en su máquina contestadora tres o cuatro veces, sólo por volver a oírlo y sentir la sensación electrizante que le recorría las venas cada vez que lo escuchaba.

Él la había llamado más temprano para hacerle saber que había regresado. Ella le devolvió la llamada, y él la había llamado de nuevo, pero no habían podido comunicarse directamente, lo cual puso a Tino al borde de la exasperación. Había oído el timbre una vez más mientras estaba en la ducha, quitándose el hedor del pescado, el sudor y el salitre.

¿Por qué no vienes? Excelente sugerencia. Una sugerencia que él se hizo muchas veces a sí mismo durante todas las horas que pasó a bordo. Sería más exacto decir las horas que desperdició. Este último viaje había sido una pérdida de tiempo, pues apenas compensaría los gastos del combustible, el hielo, la paga de la tripulación y todo lo necesario para salir a pescar.

Algunos viajes eran así de infructuosos y decepcionantes. Recogían vacías las redes y las líneas, lo cual agotaba la paciencia del capitán y de la tripulación y les ensombrecía los ánimos. La conversación se hacía escasa cuando parecía que el mar se estaba comportando como un viejo avaro, renuente a compartir sus riquezas. Cada hombre andaba por su lado, ensimismado en sus pensamientos y ocupado en sus propias tareas, esperando que los aparatos electrónicos de a bordo los ayudaran a localizar el sorpresivo premio gordo de pescado y que las redes se llenaran antes del regreso a puerto.

Sin embargo, los peces brillaban por su ausencia y, en cambio, el mal tiempo decidió visitar al *Costa del Sol* y su tripulación. Ya antes habían tenido un poco de lluvia y tuvieron que trabajar con capas de agua. Ahora las olas sacudían un poco la embarcación, y se desató una espectacular tormenta eléctrica, aunque los vientos no eran muy fuertes.

No obstante, el verdadero vendaval ocurría dentro del capitán del *Costa del Sol,* que ahora conducía su auto por las tranquilas calles del pueblo. Se había comprado el Mercedes hacía siete años, durante una buena temporada de pesca, y le resultaba confiable, con su motor que aún ronroneaba como un gato feliz. Él sabía como manejar el dinero, pues economizaba durante los meses de escasez, y creía firmemente en aprovechar al máximo los períodos de buenas ganancias.

Más aún, lo que ahora le ocupaba la mente no era la pesca ni el dinero. Tino había estado preocupado con otras cosas, durante esos días y noches en el mar, como lo estaba ahora, ansioso por llegar a su destino.

Estaba sucediendo de nuevo. Había logrado, por algún tiempo, mantenerse libre de las redes de una mujer. Pero ahora volvía a pasarle, y se sorprendía a sí mismo pensando sólo en volver a verla y a tocarla.

Ella lo estaba haciendo sufrir sin proponérselo, y él estaba disfrutando cada minuto de su sufrimiento.

Por fin llegó a la casa y estacionó el Mercedes en la calle, cuidadoso de no bloquear la entrada. Las ventanas de la casa principal de dos pisos estaban oscuras, a excepción de la de la sala, donde una lámpara iluminaba la figura de una mujer que regaba unas plantas.

Era la cuñada de Kiki, Miriam era su nombre, recordó. Con cierto sigilo, se mantuvo apartado de su vista, y se dirigió hacia la parte posterior de la casa.

Las formalidades sociales eran lo que menos le importaba en este momento, y no había venido a charlar con los parientes de la mujer. Para cada cosa había su momento y su lugar. Aquéllos no eran ni el momento ni el lugar para eso.

Kiki se le había ofrecido abiertamente antes de su partida. Él se había felicitado a sí mismo por su control y por la fuerza de voluntad que le permitió resistirse a la invitación, pues no quería lanzarse de lleno demasiado pronto.

Sin embargo, había pasado todo el viaje de pesca asediado por una necesidad acuciante que sólo ella podía satisfacer. Había perdido la cuenta de la cantidad de veces que se había fustigado a sí mismo por haber sido tan estúpido, pues tal vez había malogrado toda oportunidad de estar con ella.

Las luces de la ventana de la pequeña casa brillaban tenuemente tras las persianas verticales. Tocó a la puerta y, aprovechando el instante antes de que ella apareciera, trató de recobrar su compostura.

Tranquilo, hombre. Tranquilo.

Mantener la calma seguía siendo un requisito de la noche. Después de todo, tanto él como Kiki eran personas civilizadas, no libidos ambulantes. Él era un caballero y ella, una dama.

Un ojo con largas pestañas lo observó a través de la mirilla.

—¡Tino! —la oyó decir su nombre a través de la puerta.

Procura calmarte.

No es que fuera un cavernícola, aunque se imaginaba que un cavernícola no pasaría tanto trabajo tratando de contener el desenfrenado deseo carnal que se había apoderado de él. En nombre de las convenciones sociales, no podría tomarla en sus brazos, besarla, desgarrarle las ropas del cuerpo y...

—Bienvenido a casa, Capitán —Kiki abrió la puerta—. ¡Se te extrañó tanto, pero tanto!

Sí, ¡y su desnudez era tanta, pero tanta! No llevaba ni la más mínima pieza de ropa, sólo su piel cremosa y aceitunada. Los rizos le caían sobre la espalda, de modo que sus pechos desnudos, firmes y redondos, quedaban totalmente al descubierto ante él.

De primera, Tino no pudo hablar ni moverse.

—Me dijiste que cuando regresaras a casa... —le recordó Kiki—. Bueno... ya regresaste.

Al diablo con la compostura. *¡Que vengan los placeres carnales!*

—Yo también te extrañé —fue lo único que acertó a decir.

En el instante en que la tomó en sus brazos y su boca encontró la de ella, Tino sintió desvanecerse gran parte del dolor que siempre lo acompañaba. Apenas ahora pudo reconocer que ese dolor era de soledad.

Ella lo besó sin apremio. Olía a jabón, a champú, y a una fina colonia. Fragancias que se mezclaban con su propia esencia masculina y enardecían a Kiki de deseo.

—¡Y pensar que no me quedé contigo aquella noche! —pensó Tino en alta voz.

—No te lo perdono —dijo Kiki con una risita—. A menos que estés dispuesto a compensarme por el agravio.

—¿Así que esa es tu condición? —respondió Tino sonriendo, mientras le acariciaba lentamente la espalda, desde la nuca hasta el trasero, pasando por su estrecha cintura. Su piel se sentía fresca al tacto—. Está bien. Te compensaré por el agravio.

—No, no me compensarás. Te irás de nuevo en otro de tus viajes de pesca y me harás esperar de nuevo.

— ¡No, no...!

— ¡Sí, sí! —respondió Kiki, librándose del abrazo y dando varios pasos hacia atrás, de modo que reveló traviesamente el esplendor de su cuerpo desnudo en toda su plenitud—. Pues ahora yo soy la que te va a hacer esperar.

—Ya esperé lo suficiente. No me hagas esto, Kiki... ¿me oyes?

—No soy parte de tu tripulación. No obedezco a órdenes tuyas.

—Pues, de todos modos, soy el capitán.

—¿De veras? Eso queda por ver.

Tino participó en este juego erótico de buena gana, persiguiéndola por la cocina y la sala. Lo divertía verla correr como una muchachita, haciendo temblar los firme músculos de sus muslos y de su trasero.

Dando un pequeño grito, Kiki entró en la alcoba, y se lanzó boca abajo sobre la cama. Un segundo después, el cuerpo de Tino la cubría, haciéndola sentir su peso.

—Bueno, parece que yo gané y tú perdiste —dijo Tino, y levantó suavemente a Kiki para que pudiera darse vuelta—. Ahora quiero mi premio.

—¿Cuál es el premio? —preguntó ella, alzando una ceja.

—Tú.

De repente Tino se encontró sin aliento, pero no era por haber estado correteando por la diminuta casa. Era por la radiante sonrisa que Kiki le regaló.

—Ya veo que perdí —dijo Kiki, estrechando sus brazos sobre los hombros de Tino—. Así que no me gané ningún premio. Pero no me vas a dejar ir con las manos vacías, ¿no?

—No te voy a dejar ir. No estoy tan loco como para cometer el mismo error dos veces. El único premio que puedo darte, lo tengo aquí —dijo Tino mientras le tomaba una mano a Kiki y la colocaba sobre el lado izquierdo de su pecho—. Este es el único premio que puedo darte. Es tuyo si lo quieres.

—Sí lo quiero —susurró ella acercando su cara a la de él—. Y también quiero todo lo demás...

Kiki soltó una risita traviesa al ver la expresión de Tino.

—Sí, también quiero esa parte de ti —lo provocó, y comenzó a desabotonarle la camisa, palpando su musculoso pecho y acariciando sus vellos. Había algo en el bolsillo de la camisa que tropezaba contra su mano.

—Eso... es parte de mi colección —respondió, sacando un pequeño libro—. Keats, Longfellow y otros poetas románticos. Lo traje conmigo porque tenía en mente... lo que estamos haciendo ahora.

—Léemelo.

—Ahora no, en otro momento —replicó Tino—. Quería leértelo antes de hacer el amor contigo. Estaba buscando algo que expresara lo que siento.

Kiki se demoró un instante en hablar.

—¿Lo encontraste?

—No. Me pregunto si esos poetas experimentaron lo que yo estoy sintiendo —se quitó la camisa y su cinturón cayó al suelo—. Me imagino que sí, pero es que me siento como si fuera el único hombre al que le ha pasado esto.

Sin decir más, Tino dio la vuelta en la cama, abrazado a Kiki, y quedó acostado boca arriba. Ella lo rodeó con sus piernas y se detuvo un momento para sentir la dureza de su hombría por encima del dril de sus pantalones vaqueros, antes de descorrerle la cremallera. Cuando iba a retirarle los pantalones, vio que Tino sacaba no uno, sino varios envoltorios plásticos de uno de sus bolsillos.

Kiki se regocijó al ver que el hombre había venido preparado, y que tenía en mente una larga noche de amor.

—¿Que te sucedió? —preguntó, aunque sabía bien la respuesta, pero la quería escuchar de los labios de él—. ¿Te pasó algo parecido a lo que me pasó a mí? Porque me siento como la única mujer en el mundo con un secreto que a cualquiera le encantaría conocer.

Tino no respondió. Ya no importaba si estaba evadiendo sus preguntas, por temor a revelar demasiado de sí mismo, o simplemente por estar absorto en el placer de la intimidad física. Ahora le estaba respondiendo con otro lenguaje, el lenguaje de la ternura y la pasión sin límites.

Kiki notaba claramente que él estaba haciendo un esfuerzo para andar despacio y no sucumbir a la ansiedad de tomarla con la impaciencia de un hombre hambriento. De cierto modo, Tino *se* sentía hambriento, y disfrutaba del espectáculo de su cuerpo desnudo como si se tratase de un suculento manjar.

Otro que también tenía tanto que dar de sí mismo, pensó Kiki, y que le habían arrebatado la oportunidad de amar. Una vez que Tino se desnudó del todo, ella deslizó sus manos y su boca a lo largo de su cuerpo, lenta y amorosamente. Sentía que la sangre le ardía en las venas, al escuchar los viriles gemidos de placer que salían de su garganta.

Kiki lo abrazó y, de rodillas en la cama, lo guió dentro de sí. Él se había despojado de toda traza de reserva y se movía dentro de ella, la acariciaba íntimamente con una mano y, con la otra, jugaba con sus senos. A Kiki le fascinaban los ojos de Tino, que nunca se cerraron, pues los tenía fijos en los de ella mientras hacían el amor. Su respiración se iba tornando más rápida, y sus labios estaban entreabiertos, listos para recibir los besos de la sensual boca de Kiki.

—Me parece que eres el amor de mi vida —dijo él inesperadamente—. Y yo quiero ser el amor de tu vida.

Esa declaración no pudo salir de su corazón en un momento más conmovedor. Justamente cuando la sensación de placer comenzaba a intensificarse dentro de su cuerpo, lenta y deliberadamente, Kiki se sintió embargada por una alegría tal, que sólo podía venir del alma.

¿De dónde había surgido ese momento? Estremecida, se abrazó a él con más fuerza.

Era precisamente eso: un momento. Bello y extraordinario, como si hubiera estado esperando toda su vida para que ocurriera. Era el instante resplandeciente que estaba destinado a ocupar un lugar privilegiado en su memoria por muchos años.

La excitación de Tino fue acelerándose al mismo tiempo que la de ella, y el clímax de la satisfacción llegó al unísono para ambos, con la potencia de un huracán. Ebrios de placer, se desplomaron sobre la cama, y comenzaron a recuperar el aliento sin dejar de abrazarse.

El momento tenía el sabor de la eternidad.

CAPÍTULO 8

Si bien antes Kiki no encontraba a ninguna esposa o novia de pescador con quien pudiera identificarse, ahora resultaba que los espíritus afines estaban apareciendo por sí solos.

La candidata al empleo de camarera, una mujer que frisaba los cuarenta años, le había explicado por qué se había pasado dos años sin trabajar. Ella y su esposo, un tripulante regular de los barcos comerciales, habían acordado que ella se quedaría en casa para cuidar a su pequeña hija hasta que tuviera edad para ir a la escuela. Las magras ganancias de ese año los habían obligado a cambiar de planes, y la esposa del pescador, Zelda Meyer, había vuelto al mercado laboral para contribuir a la economía doméstica.

Zelda no era precisamente la entrevistada ideal. Su experiencia laboral era irregular, e incluía cuatro meses de trabajo en el bar *Atlantic Sea Breeze*. A pesar de las veces que había sido camarera, también tenía en su curricula unos estudios en una escuela de arte de *Manhattan*. Esto le sirvió para anotarse unos puntos, pues le hizo recordar a Kiki la artista de la familia Figueroa, su hermana menor, Leidiana.

Con todo, Zelda era, cuando menos, un tanto excéntrica. Llevaba el cabello teñido de rojo arándano, como una rockera. Tenía un diminuto arete enganchado en la ceja izquierda y, en su resumé, en la categoría de "aficiones", había garabateado las palabras "hacer magia, reunirme con otras hechiceras, ponerme en sintonía con la Madre Tierra y con la niña que llevo por dentro".

¡Qué interesante!, había pensado Kiki. Una santera norteamericana. Además, era benigna, o al menos ésa era la impresión que se había llevado al observar el cariño con que la solicitante trataba a su hijita, a quien había traído con ella para la entrevista.

—Mi suegra me va a cuidar a Hailey —dijo Zelda con su espesa voz—, pero lamentablemente hoy no pudo. Espero que eso no se cuente como una desventaja para mí.

—No tiene importancia. Lo entiendo —la aplacó Kiki con una sonrisa—. Es muy bonito ese nombre, Hailey.

—Fue idea de mi esposo. En realidad yo quería ponerle Venus, sabe, como la diosa. Pero mi esposo me convenció de que ése fuera su segundo nombre, así que se llama Hailey Venus Meyer.

Kiki asintió, e hizo un esfuerzo para no poner los ojos en blanco. ¿Quién era ella para estar en desacuerdo? ¿Acaso los hispanos no llevaban generación tras generación poniéndoles a sus descendientes nombres de santos, de profetas biblícos e incluso de personajes de telenovelas?

Además, para ella no había problemas en el mundo. Tenía ligero el espíritu desde aquella velada que se había convertido en una interminable noche de amor, adornada con las lecturas de Tino de sus pasajes poéticos preferidos. Él la había llamado temprano esa mañana porque quería escuchar su voz antes de comenzar el día de trabajo.

—¿Qué te parece el lunes, Zelda? ¿Puedes comenzar el lunes que viene?

La hechicera de pelo color arándano se quedó boquiabierta. —El lunes sería magnífico. Así tendré suficiente tiempo. Y le prometo que no tendré ningún problema con Hailey.

—Ya veremos si resulta —dijo Kiki encogiéndose de hombros—. No estoy segura de que una madre pueda prometer eso, sobre todo si tiene una hija pequeña. Pero esto es un negocio familiar. Aquí entendemos que la familia está en primer lugar.

—Gracias. Trataré de dar lo mejor de mí —dijo Zelda y se puso de pie, alzando en brazos a su pequeña. Entonces añadió con tono serio: —No sé si alguien te lo ha dicho antes, o si es un atrevimiento de mi parte decírtelo, pero... eres un alma ancestral. Lo sabías, ¿no?

—No, no lo sabía. ¿Eso es bueno o malo?

Al otro lado del sitio, Kiki vio a Miriam, quien no se estaba reprimiendo el impulso de poner los ojos en blanco. Era evidente que su cuñada había escuchado partes de la conversación.

—No es una cosa ni la otra. Es sólo un hecho real —le respondió Zelda—. Tu alma tiene muchísimos años. Eso te hace parecer... no sé... como que no envejeces —tomó uno de los menús de la pila que había sobre el mostrador—. ¿Puedo llevármelo? Me gustaría memorizarlo, lo más que pueda. Se los devolveré el lunes.

—Claro. Nos vemos el lunes.

—Sí, me gustaría acostumbrarme a pronunciar algunos de sus platos. Por ejemplo... —Zelda consultó el menú—. Pas-tel-ies. Y... *toast-tonies*. Ah, eso me gusta, *toast-tonies*. ¡Suena a algo atrevido!

Kiki no pudo reprimirse la risa. —¡Ojalá que lo fueran! ¡Seguro que así se venderían más!

Miriam esperó a que su nueva empleada se hubiera marchado para hacer una sugerencia: —Ey, si no da resultado como camarera, nos queda la posibilidad de ponerla a predecirles el futuro a los clientes. Sería interesante, ¿no crees?

—Podías intervenir en cualquier momento si tenías alguna objeción —le dijo Kiki—. Pero no quisiste hacer las entrevistas, ¿recuerdas?

—Lo que me molesta no son las entrevistas, sino contratar a los empleados y luego tal vez tener que despedirlos. Pero... —Miriam le sonrió afectuosamente—. Confío en tu buen juicio.

—¡Ah, muchas gracias por el voto de confianza, nena! —respondió Kiki con una reverencia exagerada.

Al oír la conversación de las mujeres, Ceci salió de la cocina.

—Bueno, parece que hemos contratado a la bruja, ¿no? —farfulló entre dientes.

—Hemos contratado a Zelda Meyer —lo corrigió Kiki—. No le digas bruja. Ella prefiere que le digan 'hechicera'. Y creo que nos va a ir muy bien con ella.

—Claro, y como tú eres un alma ancestral y sabia, sabes qué es lo mejor para nosotros —Ceci agachó la cabeza de repente para que no le diera un absorbente que su hermana le había lanzado para desquitarse—. Sigo pensando que hubiera sido bueno poder contratar a Leidi. Como bien dijiste, es un negocio familiar.

—Pero también es una pequeña empresa que debe ofrecer al menos un empleo a los integrantes de la comunidad. La Sirena cumplió su parte hoy en ese sentido.

—Y yo tenía entendido que ya eso se había decidido —agregó su esposa—. Cuando hicimos la reunión entre nosotros, tú, yo, Debby, todos, acordamos que no era necesario interrumpir los planes de Leidi para que trabajara en el restaurante.

—Sí, ya sé. Eso me pasa por ser el único hombre del grupo. Las mujeres siempre me ganan por mayoría.

Ceci sucumbió de buen humor a las bromas de su hermana: —Eso no es cierto, a veces te dejamos salirte con la tuya. Es decir, cuando tienes la razón, que generalmente es... ¡cuando estás de acuerdo con nosotras!

Satisfecha, Kiki volvió a su trabajo detrás del mostrador, donde se puso a compilar una lista de las provisiones que necesitaban. Un grupo de pescadores que habían descubierto allí el sabroso café con leche, habían desayunado en el restaurante esa mañana, pero la tarde no había estado muy animada, a excepción de la entrevista de trabajo. La clientela venía en oleadas o no venía casi en absoluto, pero La Sirena se mantenía a flote.

La posibilidad de que Leidi pospusiera sus estudios universitarios por un año, para que pudiera ahorrar lo que ganara trabajando en el restaurante, había sido un pequeño motivo de diferencias entre Kiki y su hermano. Solamente un año, eso era lo que había dicho Ceci. Leidi, quien recibía ayuda económica y tenía dos becas, se beneficiaría de todas formas de guardar aquel dinero, pues le serviría para todos los gastos extra que pudiera tener.

Sin embargo, Ceci no había logrado convencer a Kiki. Ella sabía que a él no le apasionaba la idea de que la niña de la familia estuviera viviendo en un dormitorio en la universidad que ella misma había escogido, a cientos de kilómetros de casa, en Carolina del Norte. Kiki compartía algunas de sus reservas al respecto, pues conocía los relatos de horror sobre los estudiantes universitarios de primer año que, al vivir lejos de casa por primera vez, se entregaban a constantes fiestas, a la bebida, y a los caprichos de sus hormonas. Kiki tenía que reconocer que Ceci tenía razón en parte: había que recordar que Leidi no tenía más que diecisiete años, pues le habían permitido adelantarse un año en sus estudios en la escuela primaria porque su promedio académico era superior al de los chicos de sexto grado.

Extrañamente, Inez se había puesto de su parte en el debate. Como era natural, al principio Leidi enfrentaría dificultades y se sentiría sola, pero ella era una joven muy seria y madura, y siempre lo había sido, aunque hubiera estado bajo la protección de sus padres. La propia Inez había alquilado un coche para llevar a Leidi a la universidad, donde la dejó tras advertirle estrictamente que Kiki y ella contaban con que se guiaría por su madurez, y con que no las iba a hacer quedar mal ante su hermano, quien la protegía excesivamente.

Kiki no había hablado con Inez, pero se enteró de lo que le había advertido a Leidi por las cartas de ésta, entre los comunes lamentos de 'espero poder adaptarme' y la optimista observación de *'¡mi compañera de cuarto es muy divertida!'* En cuanto a sus "gastos extra" (dinero para comprar pizza y compartirla con una compañera de estudios, para ropas, cosméticos, etc.), Kiki trataba de ayudarla lo mejor posible, y le mandaba a su hermana menor unos cuantos dólares cada vez que podía. Se sintió sorprendida, y a la vez conmovida, al enterarse de que Inez también estaba haciendo lo mismo, pues guardaba entre diez y veinte dólares para enviárselos a su estudiante favorita. Dada la situación en que se encontraba su familia, ese sacrificio era especialmente significativo.

Por una vez, Kiki estaba de acuerdo con Inez, cuando Ceci (quien consideraba un capricho de parte de Leidi no haber optado por una universidad de Manhattan) le dijo que, si algo malo sucedía, responsabilizaría de ello personalmente a Kiki y a Inez.

¡Qué típico de Cecil Figueroa decir una cosa así! Era un perfecto ejemplar de hermano latino de fuerte temperamento, que sacaba el pecho y trataba de hacer que las mujeres de la familia temblaran al verlo. Como si Kiki o su hermana mayor tuvieran algún control sobre una chica de diecisiete años que estaba sola por primera vez en la vida. Era cierto que *Manhattan* habría sido la opción más lógica si Leidi quería estudiar arte. Sin embargo, la muchacha había decidido seleccionar una escuela que también brindara un buen programa de profesorado, de modo que pudiera combinar sus dos especialidades y tener así más posibilidades de trabajo.

Además, efectivamente, la ubicación de la universidad en un estado del sur también le había resultado atractiva. Así podría alejarse de la gran ciudad durante unos años, conocería personas de otras procedencias y se haría más independiente. A Kiki le parecía que todos los motivos que Leidi planteaba eran prueba más que suficiente de la madurez que ella e Inez estaban seguras que Leidi poseía.

Había confiado en su hermana para dejarla asistir a una universidad en otro estado y había contratado a una mujer que se autoproclamaba hechicera para que sirviera arroz con gandules, y para que aprendiera a pronunciarlo. Kiki musitó para sus adentros que eran muy interesantes las decisiones que estaba tomando en esos días. Dobló la lista de provisiones que tenía que comprar, la puso en el bolsillo de su chaqueta y se echó la cartera al hombro.

Lo de Tino Suárez no había sido una decisión consciente. Además, él no habría sido fácil de evitar, y ella en su sano juicio no habría querido evitarlo.

Kiki salió al aire otoñal y pasó junto a las ahora conocidas vidrieras de las tiendas de *Jefferson Place*, en dirección al sitio donde había dejado estacionada la camioneta. Se terminaba el verano, y esa estación se hacía a un lado con femenina gracia para dar paso a la nueva estación, cuya vitalidad tenía su propio repertorio de colores y sabores. Jazzy ya estaba yendo a la escuela a tiempo completo, y visitaba a su tía por la tarde, para alardear de sus calificaciones, sus dibujos y sus trabajos escritos. Debby estaba en su viejo barrio, pasando su día libre con sus padres y sus hermanos menores. Kiki esperaba con ansias el regreso de su amiga, para enterarse de las últimas noticias de la familia de Debby, la cual, después de tantos años, había aceptado a Kiki como una hija más.

Así de sencillo. Kiki se sonrió para sus adentros mientras sacaba las llaves de su cartera. Las cosas sencillas generaban su propia y suave clase de emociones. Por algún motivo, ahora eran más vívidas que nunca, y le resultaba insignificante comprender por qué. Irse de su casa para comenzar otra vida en *Long Island* no le había cambiado esa parte de su espíritu, como había insinuado Inez. Además, si nunca hubiera llegado a extender sus alas y hubiera accedido a irse con Debby y con la familia de su hermano, nunca habría conocido a Tino.

Había una pizca de tragedia en el hecho de que ella no se hubiera percatado de en qué momento Tino se le había colado en su vida.

Una fuerte mano que la tomaba por el antebrazo la hizo detenerse de súbito. Alzó la vista automáticamente y se vio frente a frente con el rostro de su pasado.

—¡Pensé que tendría que esperar aquí parado todo el día! —su risa era robusta.

Antes de que pudiera detenerlo, sus brazos la atrajeron hacia sí y le dio un sonoro beso en la boca, haciendo caso omiso de todo lo que había sucedido, de los adioses que se habían dado, del carácter terminante de su ruptura.

—¡Xavier! —Kiki le impidió seguir besándola y profirió una risa nerviosa—. ¿Qué haces aquí?

—¿Así es como me recibes? ¡No me digas! —su tono era jovial, y festivo—. ¡Vives tan lejos, que siento como si hubiera viajado al fin del mundo para llegar aquí! Esperé frente al restaurante porque todos ustedes se veían muy ocupados y no quise interrumpir, pero... ¡quería verte, mamita!

Sin darse cuenta, Kiki frunció el ceño. Así que nos veíamos ocupados. ¡No te atrevías a entrar porque sabes que Ceci no se iba a andar con miramientos contigo!

—Viajaste hasta el fin del mundo para verme —repitió ella.

—Así es. Puedo verte, ¿verdad? Uno no necesita un pase especial ni nada por el estilo para venir a Long Island, ¿no? Y tú no te ves muy feliz de verme.

Kiki cambió de actitud. Verlo no era lo que la molestaba. Era aquello de que hubiera viajado casi cuatro horas por la terrible carretera de *Long Island* para quedarse mirando frente al restaurante. El hecho de que se hubiera quedado allí, esperando a que ella saliera... le recordaba demasiado a su caprichoso comportamiento de antaño.

—Ah, no eres justo. Es que... es que estoy sorprendida —logró zafarse de su agarre y se cruzó de brazos—. Me agrada mucho volver a verte. De veras. ¿Cómo te va?

—Bien, bien. Tú también te ves estupenda. Estás como para comerte.

La risa de Kiki fue como por reflejo.
—Lamentablemente, no estoy en el menú.

Xavier le hizo un gesto con un dedo y luego le pellizcó la mejilla. —¡Tú! ¡Siempre fuiste una satica!

Kiki se asentó sobre sus talones y repasó a Xavier. En el tiempo que había transcurrido entre el divorcio y su mudanza al condado de *Suffolk,* cuando todavía vivía en el *Spanish Harlem,* le era inevitable verlo. Debido a su matrimonio, compartían los mismos amigos y Kiki estaba allegada a la familia de él. Aunque los Figueroa habían interpuesto una barrera entre Xavier y ellos, la hermana menor de él se había mantenido en contacto con Kiki. Las ocasiones en que ella y su ex esposo se habían encontrado, que normalmente no pasaban de diez minutos, habían sido frías, cuando menos.

Frías y dolorosas. Xavier se comportaba como un ser herido y abandonado. Kiki quería cualquier cosa menos seguir frente a él. Lo peor fue al principio, según recordaba ella, pues él había dejado por completo de arreglarse. Su apariencia reflejaba lo que era: un hombre a quien ya no le importaba nada en el mundo.

Ése no era el mismo hombre que tenía frente a sí aquella tarde, en plena calle, delante de los desconocidos que pasaban por allí.

—De modo que... viniste desde tan lejos sólo para verme.

—Sí, señora. Ya lo dijiste antes —los ojos le volvieron a brillar como cuando era un adolescente enamorado y cuando celebraron su matrimonio por lo civil—. Ah, mi hermana me contó todo sobre lo del restaurante, pero tengo que reconocer que... es mucho más grande y mucho más impresionante de lo que yo pensaba.

—Hmmm. Al menos por fuera, ¿no?

Xavier se hundió las manos en los bolsillos de sus pantalones, con la chaqueta levemente arrugada de las horas que estuvo conduciendo.

—Anjá. Por dentro debe ser el paraíso —chanceó—. En serio, es magnífico. Estoy orgulloso de ti.

El tiempo no se había apiadado de Xavier, quien todavía era joven, pues Kiki era tres meses mayor que él. Tenía arrugas en el rostro, producidas por la dura vida que había llevado; y estaba perdiendo el cabello. Sin embargo, su cuerpo se veía más fuerte ahora, pues estaba más relleno y más musculoso que cuando había pasado lo peor de su enfermedad. Tenía, además, una tranquila expresión de dignidad, la cual le había faltado durante años.

—Gracias. Eso significa mucho para mí —Kiki dijo esas palabras rápidamente, mirando en torno suyo para ver si alguien estaba escuchando su conversación, pero no había nadie—. Todavía no me has dicho qué estás haciendo ahora.

—Pues, me va bien. Conseguí un empleo en el distrito de modas, y gano bastante bien. Ya llevo como seis meses con la misma compañía. Me gusta el trabajo.

—Me alegro.

Kiki se sorprendió de su propio tono formal. Le resultaba difícil creer que aquél era el mismo hombre a quien ella antes llamaba su esposo. Como en cualquier matrimonio, había existido entre ellos una familiaridad, pero ya no la tenían, y en su lugar habían quedado los distanciados modales con que se tratarían los desconocidos.

—Tengo una... novia, y estamos pensando en casarnos.

—¿*De veras?*

—Sí, lo estamos pensando. ¡Veo que te sientes aliviada!

Kiki echó la cabeza hacia atrás y se rió de buena gana.

—Más bien digamos que... me siento contenta por ti, Xavier —alzó los brazos como para recalcar sus palabras—. Te deseo lo mejor que la vida te puede dar.

—Me imaginé que dirías eso. Sigues siendo la misma Kiki —le dijo con calidez y simpatía—. Ya me voy. En realidad no vine a ver tu restaurante. Me alegro por ti, Kiki, pero no hubiera venido desde tan lejos sólo para ver el restaurante.

—Entonces... ¿por qué viniste?

—Para que me vieras por ti misma. Para que no tuvieras que esperar a que te contaran de mí, para que me vieras con tus propios ojos —Xavier suavizó su tono de voz—. Me pareció que te gustaría saber que al fin salí de mis problemas. Ya no estoy bebiendo; todo eso ha quedado en el pasado. Ya tengo una vida normal. Pero, muchacha... ¿qué estás vigilando? ¿Qué pasa? ¿Te está buscando la policía?

—¡No estoy vigilando nada! —se rió Kiki para ocultar su turbación, pues la habían sorprendido en el acto—. Volvamos a lo que estabas diciendo. Gracias por venir para que yo supiera cómo te iba. Pero tengo... tengo que irme; ¿comprendes?

—Sí, lo comprendo muy bien —se acercó más a ella—. Si tú... olvídalo. Sólo te deseo que seas feliz, Kiki.

—Lo mismo te deseo yo a ti.

Xavier le dio un beso de despedida sin que ella lo esperara. Fue un simple beso en la mejilla, sin mayores consecuencias. No salió a relucir ninguna de las emociones de antaño. Al percatarse de ello, Xavier se echó hacia atrás y se dio vuelta para marcharse.

Sin mirar atrás, Kiki cubrió la distancia que la separaba de la camioneta de Ceci. Puso la mano en la manija pero, antes de abrir, esperó a que su respiración volviera al ritmo normal.

Si tú...

¿Qué sería lo que Xavier iba a decir? *¿Si tú me aceptaras de vuelta, yo dejaría a mi novia?*

Abrió al fin la puerta y se deslizó tras el volante de la camioneta. Se sintió reconfortada al ver el collar de cuentas que Jazzy había confeccionado, que colgaba del espejo retrovisor, y la taza de café de Ceci, que aún estaba en el portavasos. Eran objetos conocidos de su mundo actual.

Eso nunca sucedería. Incluso si no hubiera aparecido Tino en su vida, el hecho de ver a Xavier no le había provocado ninguna de las sensaciones anteriores. Sólo había sentido una profunda tristeza, como si todo su cuerpo estuviera recordando aquella etapa de su vida. Había sido una etapa en la que era más niña que mujer, y se sentía insegura de su futuro e incluso de sí misma.

Súbitamente, se rió. Ajustó el asiento y el espejo y dio vuelta a la llave de encendido.

Si tú... pensabas que iba a ser un encuentro romántico, me pasé la mayor parte del tiempo mirando en torno nuestro para asegurarme de que nadie te hubiera visto besarme y no fueran corriendo a decírselo a mi pescador. Porque, querido, mucho trabajo me costó ganarme su confianza.

Y ahora era suyo. No iba a dejarlo ir así como así.

Por nada del mundo.

—Xavier vino a verme hoy. Creo que hacía... no sé... meses, que no nos veíamos. Me dio un abrazo y un beso en medio de la calle.

La taza de Tino no alcanzó a llegar a sus labios. Como casi nunca había oído su nombre, le tomó un rato darse cuenta de que Kiki estaba hablando de su ex esposo.

—¿Tiene eso algo de malo? —preguntó cautelosamente—. Que yo sepa, ustedes no terminaron con malas relaciones.

—Es cierto; al menos no nos odiábamos ni nada por el estilo —todavía Kiki no había probado su propio café, y lo tenía entre las manos sobre su regazo, desde donde emanaba el característico vapor.

—¿Sigue viviendo en el *Spanish Harlem*?

—No me dijo. Sólo dijo que tenía un empleo y que ha logrado mantenerlo. Ya no bebe más y tiene novia. Me pareció que hablaba en serio.

Tino miró al cielo negro y aterciopelado por encima de las barandas del Wind Voyager. —Y, ¿qué sentiste tú al enterarte de todo eso?

—Sentí que me lo podía haber contado todo por teléfono, que no necesitaba viajar cuatro horas para venir hasta aquí. Por lo demás, me parece maravilloso.

Kiki sonrió y se dio vuelta para quedar frente a él. La noche estaba fresca, y hacía más frío aun en la cubierta pero, como estaban abrigados con sus chaquetas y cómodamente abrazados, el calor de sus cuerpos los protegía del toque otoñal que traía la brisa marina.

—Sólo te conté todo esto porque quería que lo supieras —le aclaró a Tino—. Siempre hay mucha gente en esa calle, haciendo compras o lo que sea. No quería que alguien me viera y luego viniera a contártelo y te llevaras una idea equivocada de lo que estaba pasando.

—Ah. ¿Entonces te hago sentir que tienes que informarme de todos tus movimientos?

Pronunció aquellas palabras como por reflejo y, tan pronto salieron de su boca, lamentó haberlas dicho. No obstante, Kiki mantuvo la compostura.

—Yo no lo veo de esa manera; sólo quiero ser sincera contigo —de pronto sintió curiosidad—. Veámoslo de otra manera: si Jamila viniera a verte y, por cualquier motivo... se te abrazara y te diera un

beso, y otras personas pudieran verlos... ¿no te pre-
ocuparía la posibilidad de que vinieran a contárselo
a tu sirena?

—No lo sé. Esa situación es hipotética, porque el
que regresó fue Xavier, no Jamila —Tino se reprimió
la tentación de besarla y prefirió quedarse admirando
la sensual expresión de su rostro, con el mentón
acomodado sobre el hombro de él—. ¿Por qué? ¿Es
que eso le molestaría a mi sirena?

—Como bien dijiste, es una situación hipotética.
Pero tal vez sí, tal vez me molestaría —por puro
capricho, le dio una mordidita en el hombro a Tino,
con lo que consiguió sacarle un gemido de queja, en
parte exagerado.

—Me parece que quería algo, Kiki. De otro modo,
no veo por qué tendría que venir hasta aquí cuando,
como tú dijiste... todo lo que dijo te lo podía haber
contado por teléfono.

—Bueno, no tiene importancia. De todos modos,
Xavier siempre fue muy impredecible. Ya eso terminó para mí. Terminó hace rato. No le hubiera
pedido el divorcio si no fuera así.

Por fin, Kiki probó su café, que le calentó el
cuerpo desde la garganta hasta el estómago. El café
siempre sabía mejor cuando se tomaba para quitarse
el frío, y cuando servía de telón de fondo para una
conversación animada.

Aquella noche, Tino no estaba muy conversador,
sino más bien meditabundo. Parecía que le bastaba
con estar sentado junto a ella, lo más cerca posible.
Kiki lo había sorprendido al pedirle que salieran de
nuevo a navegar. No a muchos kilómetros en el mar
abierto, donde ya no se viera tierra. Sólo lo suficientemente lejos como para sentir la soledad y la atmósfera de otro mundo que daba estar en el mar, y que
era lo único que ella había disfrutado la primera vez
que había salido en un barco.

Habían anclado en un sitio donde todavía se veían
las filas de casas en la orilla, el brillo de las luces que

formaban un halo sedoso donde el cielo se encontraba con la tierra. En aquella ocasión no se escuchaba el canto de las ballenas, pero Kiki hubiera jurado que el cielo estaba adornado con el doble de estrellas que de costumbre. Tal vez era porque ya se había sobrepuesto a la impresión inicial de ver el barco separándose del muelle, o porque estaba de ánimo para aquella experiencia... fuese cual fuese la explicación, le encantaba estar allí.

—Te agradezco que me lo hayas dicho. Confesaste. ¡Estás absuelta! —Tino no pudo mantenerse serio y se echó a reír junto con ella—. Pero si alguien te hubiera visto y hubiera venido a contármelo, yo te habría preguntado qué pasó. O habría esperado a que tú me lo contaras, y habría creído lo que me dijeras.

—Entonces, ¿confiarías en mí?

Tino asintió, más bien para sus adentros, y respondió: —Sí, confiaría en ti. De esa manera puedes herirme si lo deseas, pero yo no puedo vivir lleno de desconfianza. Prefiero vivir sabiendo que puedo confiar en ti.

Encantada con su respuesta, Kiki le echó los brazos al cuello y le dio un beso en la mejilla. —Todavía quiero que me digas lo que no me dijiste.

—¿De qué?

—De Jamila. Si hubiera sido ella...

Tino le hizo un ademán despreocupado. —Jamila no sería capaz de regresar.

Kiki persistió. —Es una situación hipotética, ¿recuerdas? Anda, diviérteme. Si ella regresara y te dijera que las cosas no le han resultado con su esposo, que ha reflexionado y se ha dado cuenta de lo que perdió al marcharse en plena boda... ¿la aceptarías de vuelta?

—No.

—¿No, aunque no existiera yo, o no, porque ahora me tienes a mí?

—No, por ambas razones —Tino suspiró y estiró las piernas, pues las tenía tiesas de llevar tanto rato sentado en la misma posición—. Sé lo que Jamila estaba haciendo. En aquel entonces no lo sabía, pero ahora sí. Sé que ella no conoció al hombre la noche antes de nuestra boda, y que no se enamoró de él a última hora. Ahora comprendo lo que había estado pasando a mis espaldas durante un tiempo, y que él no "me la robó" ni mucho menos. Ella se marchó con él porque así lo quiso. Después que me di cuenta de que me había engañado, no podía sentir por ella lo mismo que antes. Sin importar si regresara a suplicarme o no.

Después de tomar otro sorbo de su café, Kiki se quedó un rato sin hablar, mirándolo alternativamente a él y a las tranquilas aguas.

—¿Esa idea te tenía inquieta? —preguntó él, pues tenía que satisfacer su curiosidad—. Porque Jamila y Xavier son dos personas distintas. Incluso si ella regresara, y estoy convencido de que no lo haría, yo no sería capaz de herirte intencionalmente.

—Ya sé. Pero, ¿seguirías conmigo sólo para no herirme o porque yo sería la mujer que de veras quieres?

Eres incansable, ¿no? Tino la alabó para sus adentros. Kiki era muy hábil en sacarle lo que tenía por dentro, en hacerlo explorar verbalmente aguas más profundas de lo que él desearía. Por naturaleza propia, él no era muy dado a ese tipo de revelaciones ni a conversaciones tan íntimas.

Tal vez Jamila había considerado que ése era un defecto suyo. Él veía a su ex prometida como una villana superficial, pero de vez en cuando sentía que su propio malhumor y su dificultad para revelar ciertas cosas que se reservaba para sí mismo podían haber contribuido a la destrucción de esa relación.

Si era así, no iba a cometer dos veces el mismo error. En especial, no lo cometería con Kiki.

—Porque tú y yo somos iguales en ese respecto —agregó ella sin esperar a que él hablara—. No le veo ningún futuro a hacer que un hombre se quede conmigo si él no lo desea. Preferiría dejarte libre, dejarte que volvieras a ella, aunque me dolería muchísimo perderte.

—¿Qué? ¿No pelearías por mí? —se le abrieron los ojos; estaba mostrando el lado travieso de su personalidad—. ¿No me darías el placer de verte arrastrarla a algún sitio donde pudieras desquitarte de ella?

Eso le valió otra mordida, esta vez en el cuello.

—¡No le daría esa *satisfacción*, capitán! —lo hizo reír.

—¿Así que no? Pues, no podrías escaparte tan fácilmente como se escapó ella.

—¿Por qué dices eso?

—Porque no dejaría que Xavier, ni ningún otro hombre, se quedara contigo así como así. Trataría de recuperarte, porque para mí esto no es sólo un romance como otro cualquiera. Tendrías que decirme, francamente, que no me quieres más.

La sinceridad y la ternura que se le notaban en sus ojos hicieron que Kiki lo abrazara aun más fuertemente.

—Esas palabras no las oirás de mi boca —le prometió ella y le acarició los labios con la lengua—. Porque tienes razón, esto no es un romance como otro cualquiera. Siento como si toda mi vida hubiera estado enfilada en una dirección, y que el destino final siempre fuiste tú.

Sin perder la compostura, Tino reconoció: —En esas palabras se resume muy bien lo que yo siento por ti, cariño. Ahora sí que he hablado mucho, ¿no crees? ¿Quieres que regresemos ahora?, o... ¿quieres que bajemos y nos comuniquemos de otra manera, más divertida?

—Quiero que bajemos —le dio incitantes besitos en la boca—. No tengo apuro por regresar a tierra. ¡Me encanta el mar! ¿A ti no?

—Ah, ¡ahora sí que estamos progresando, se te está quitando el miedo!

—Ajá. En este instante, no creo que sentiría miedo ante nada.

CAPÍTULO 9

Llegó el mes de octubre y el *Wind Voyager* volvió a zarpar con Tino como capitán. En lugar de un romántico viaje vespertino, a la nave comercial se le volvía a dar el uso para el que había sido creada. Para ser un viaje que había estado a punto de quedar cancelado el día anterior, estaba saliendo muy productivo.

Jeremy Boticelli, quien había dirigido otras tripulaciones en los barcos de Tino, había llamado para decir que no iba a poder cumplir su compromiso. Debido a la repentina muerte de un familiar, tenía que estar unos días fuera del pueblo. Del mismo modo, Jimmy Hewitt, un tripulante que debía sumarse a Seth Ramsey y a Santiago Peña, guardaba cama en un hospital debido a un resfrío que ya le duraba tres semanas y se le había complicado hasta convertirse en neumonía.

Ante esa situación, Tino tuvo que tomar en sus manos la dirección de la tripulación, y no pudo encontrar a nadie para sustituir a Jimmy, pues el aviso había sido a última hora. Tendría que irse solamente con Seth, quien no había presentado problemas desde su regreso, y con Santiago, quien se pasó todo el tiempo quejándose de molestias en la garganta.

Cada uno de los hombres, al comienzo del viaje, pensaba que éste terminaría antes de tiempo. No obstante, a pesar de que sólo había tres para manejar los palangres, la bodega ya estaba a medio llenar de rodaballo y abadejo.

Aunque era otoño, los dos primeros días fueron como el verano de la abuela. Se sentía más bien como si estuvieran en junio, y las altas temperaturas para esa época del año permitieron que los hombres trabajaran en pantalones cortos y bromearan sobre los favores que les estaba haciendo La Niña.

Sin embargo, al tercer día, el tiempo cambió radicalmente. El cielo se puso nuboso y cretáceo, y ocasionalmente caía una ligera llovizna acompañada de vientos más fríos y aguas más picadas que las que tuvieron al comienzo del viaje. Más que nada era una molestia, que los obligaba a trabajar con capas de agua que los protegía de la llovizna, pero no del frío. Ese día, como por capricho del destino, lanzaran donde lanzaran las redes, sacaban capturas que apenas valían el esfuerzo.

—Estás tomando tantas pastillas —le decía Seth a Santiago mientras se las arreglaba para acomodar su amplia figura detrás de la mesa del camarote— que cualquiera pensaría que te están produciendo algún efecto especial aparte de aliviarte la garganta.

Después que se le pasó un poco el temblor que tenía en el cuerpo, Santiago cayó en la cuenta de que su compañero se refería a la caja de pastillas de mascar con sabor a cereza que tenía en la mano.

—Las drogas te las dejo a ti; yo me quedo con éstas —respondió en broma—. Sabes qué; ahora es que se me están desentumeciendo las manos.

—Ah, vamos, que no hace tanto frío allá afuera —Tino llenó los tres tazones con café muy caliente—. Todos hemos pasado por peores fríos.

—Hablas como un verdadero jefe —Seth alzó su tazón en dirección a Tino a modo de saludo—. Ey, Santiago, agradece que sólo es un resfrío común y corriente. De otro modo, el señor Suárez estaría diciéndote: '¡Vamos, si no es más que un poco de neumonía! Las has pasado peores, ¿no?'

—Vamos, no te rías, que eso es posible —Santiago se sopló la nariz—. Espera y verás que termino como Jimmy. Ése será mi recompensa por ser tan cumplidor.

—Bueno, te agradecemos el enorme sacrificio. Pero, ¿qué quiere decir que hablé como un verdadero

jefe? No soy un esclavista —protestó Tino entre carcajadas—. Al menos no creo serlo.

Le asintió con la cabeza a Seth, quien extrajo unas
cartas de su bolsillo y los barajó con la gracia propia
de un repartidor de barajas de un casino de *Atlantic
City.*

Un simple juego de naipes para pasar el tiempo,
sin que las redes atraparan nada. Ahora era muy
diferente a la última vez que Tino había estado en el
barco, haciéndole el amor a su pasajera favorita.

Por Dios, ¡cuánto la echaba de menos!
Probablemente Kiki todavía estaba en el restaurante
a esa avanzada hora de la tarde. Tino recordaba la
última noche que habían pasado juntos, acurrucados
junto a una mesa del *Atlantic Sea Breeze,* y acompaña-
dos de su hermano y su cuñada. Kiki quería que él se
relacionara más con su familia, lo cual le daba a
entender que la relación iba en serio.

Ése era el rumbo natural, pensó Tino. Aquellos
sentimientos compulsivos, el inexplicable deseo de
estar con ella, habían madurado hasta convertirse en
algo más profundo y más sólido. Al principio estuvo
un poco receloso de su hermano, quien tanto
parecía querer protegerla las primeras veces que
Tino se encontró con él. Puso lo más que pudo de su
parte, e incluso vistió una elegante chaqueta deporti-
va para la ocasión, pues deseaba complacer a Kiki
por todos los medios, y la pasó bien aquella noche.
Ceci Figueroa, sin mucho alboroto, lo había aceptado plenamente, de la misma manera que lo había
hecho la encantadora Miriam.

Seth repartió las cartas y Santiago tosió que
parecía que se le iba la vida. Gradualmente, a medida
que avanzaba el juego, el vaivén de la nave se fue
tornando cada vez más pronunciado. El creciente
ruido de la lluvia y del viento perturbaban la
tranquilidad de la habitación.

—Antes de irnos a dormir —murmuró Tino—,
quizás debamos adentrarnos más en el océano.

—Está bien. Te haré compañía —Seth, como había perdido ese juego, dejó caer sus cartas sobre la mesa.

—Voy a subir para halar las redes —dijo Santiago, farfullando del agotamiento—. Pero luego regreso; que me siento fatal.

A su regreso de la galera, Tino y Seth intercambiaron miradas y se rieron por lo bajo. No cabía duda de que Santiago se sentía indispuesto, pues normalmente tenía tanta energía como un niño hiperactivo. Sin embargo, tan pronto lo atacaba un resfriado o tenía cualquier problema mínimo de salud, se comportaban más bien como un bebé de setenta y tres kilogramos.

—¿Aceptarías ser mi padrino de bodas, Seth?

El hombre, conocido como "el grandullón", se quedó parado junto a su capitán en la timonera, sin comprender de inmediato.

—¿Te vas a casar, Tino?

—¿Qué? ¿Te parece tan sorprendente?

—Bueno... ¡sí! —se rió Seth estrepitosamente—. Sí que es sorprendente. Pensaba que nunca ibas a querer pasar por una boda de nuevo.

—No, yo tampoco lo pensaba —se quedaron escuchando juntos el ruido de las redes al ser recogidas, y luego el del ancla—. Uno de mis hermanos iba a hacer de padrino en aquella ocasión. Pero cuando esto suceda, *si* es que sucede, prefiero que sea otro pescador. Un buen pescador.

—¡Ése soy yo, definitivamente! —Seth se clavó el pulgar en su amplio pecho—. Sería un honor para mí. ¿Quién es la afortunada? ¿La sirena puertorriqueña?

Tino lo miró a los ojos. Seth respondió con una sonrisa tímida: —Es que ustedes dos ya son famosos en el *Atlantic Sea Breeze*. Emily y ella ya se conocieron. Dice que es hermosa. Pero, ¿cómo es eso de que es una sirena?

—Efectivamente, *es* una sirena. ¿No sabías que existen de verdad? —Tino le sonrió, pues hablaba en broma—. Y yo me busqué la única que ha llegado hasta aquí, hasta la ensenada de *Long Island*.

Pero, desde el día anterior, su actividad pesquera los había hecho salir más a mar abierto, y los había alejado de la ensenada. Tino aceleró el motor y guió el barco a través de las espumosas rompientes sobre el agua oscura, casi negra.

Como no se habían alejado tanto, pronto vieron tierra a cientos de metros de ellos. Negras rocas brillaban a lo lejos, como grandes protuberancias que salían del agua. No era un banco de arena, sino la punta de la isla *Crane,* que desde hacía décadas era propiedad privada de una de las familias más prestigiosas de Long Island. La parte del terreno que se podía ver desde el barco parecía estar aún en su estado desierto.

Se oyó el ruido de los pies de Santiago que se arrastraban por las escaleras que conducían a la timonera.

—Ya me retiro, muchachas —les hizo un guiño—. La próxima vez, sacaré reservaciones en un crucero de Carnival. Tienen mejor comida.

Sin proponérselo, Seth no le estaba prestando atención, y lanzó un silbido. —¡Oigan ese viento! ¿Qué será lo que se nos viene encima? ¿Un ciclón?

Tino prestó atención. —Eso no es el viento.

No había palabras para describir el sonido que se les estaba aproximando subrepticiamente a aquella hora del anochecer. Iba subiendo su volumen y su intensidad, hasta irse por encima de lo normal y lo natural de los elementos. Era como un trueno que venía sobre el agua, desde tan lejos como el alma humana.

Seth se asomó por la puerta de la timonera, mirando hacia el lado de estribor. Su voz sonaba como la de un estrangulado que intentara suplicar: —*Dios mío...*

Tino trató de mirar por las ventanas de la timonera. El corazón se le detuvo por un instante y luego comenzó a latirle con tanta fuerza que parecía que se le iba salir del pecho.

Una ola brava venía a lejos. Su padre, que había pasado toda una vida en el mar, nunca había visto ese fenómeno, y sólo lo conocía por los relatos de los marinos mercantes y de los pescadores. Se suponía que la ola brava surgía súbitamente y que salía de las profundidades del mar o del infierno, o ambos. Era una anomalía de naturaleza que no ponía reparos en la fragilidad de la vida humana.

Eran pocos los que se topaban con la ola brava y sobrevivían para hacer el cuento.

—Viene directamente hacia nosotros —susurró Santiago, agarrándose del marco de la puerta—. ¿Podemos aguantar una ola como ésa?

—No vamos ni a intentarlo —dijo Tino—. Tenemos que quitarnos de su rumbo.

—Ya no hay tiempo —dijo Seth con la voz entrecortada—. Se nos viene encima.

Tino volvió a mirar por la ventana. Era una muralla de doce, o catorce, o quizás dieciséis metros de altura, que enfilaba su poder destructivo exactamente hacia ellos.

En ese momento, Tino sintió que lo único que valía era la seguridad de sus hombres. Llevó el motor hasta el límite, pero eso no le sirvió de nada. Se le volteó el estómago ante la inminencia de aquella sombra infernal que se venía sobre ellos, y que ya se proyectaba sobre el barco desde la proa hasta la popa.

Santiago manipulaba frenéticamente el transmisor de radio y gritaba con voz áspera, pidiendo auxilio: —¡Mayday! ¡Mayday! ¡Éste es el *Wind Voyager...!*

Su grito de socorro quedó brutalmente interrumpido por el terrible rugido de desastre que se abalanzaba sobre el barco. Como sabía por instinto que tendrían más probabilidades de sobrevivir si salían de la timonera, pues allí podrían quedar atrapados, Tino empujó a Santiago para que saliera. Los tres hombres bajaron la escalera de acero dando tumbos como muñecas de trapo mientras el barco caía en la hondonada de la enorme ola y comenzaba a voltearse, como si fuera en cámara lenta.

Por mucho que esforzaba la mente, Tino no podía creer lo que estaba sucediendo. Aquello no podía pasarles a él ni a sus hombres. Era como una pesadilla surrealista que se había colado por error en el reino de la realidad.

Vidrio, madera y acero parecían pedir misericordia ante el peso de la arrolladora muralla de agua. Las cuerdas se desataron, las redes se cayeron al mar. Tino oyó a Seth gritar de terror al rodar sobre la cubierta: era el primer hombre al agua. Santiago, quien sólo unos momentos antes hubiera quedado atrapado bajo la cubierta, fue golpeado por un balde y otros objetos que salían despedidos, y su silueta se perdió de vista cuando la cresta de la ola cayó sobre ellos.

El barco se volteó. Ése fue el pensamiento de Tino al verse envuelto abruptamente por las frías aguas. En medio de su aturdimiento, se dio cuenta de que había quedado debajo de la embarcación y que tendría que salir nadando de allí.

¿Y qué pasó con los demás?
El agua estaba terriblemente fría, pero su mente racional le decía: podría ser peor. Si hubiera sido en diciembre o en enero, el frío hubiera sido insoportable de veras. Con todo, mientras trataba de abrirse paso a la superficie, su cuerpo temblaba violentamente. El agua era fría, la lluvia también era fría y la noche era tremendamente salvaje.

La ola brava habían provocado una fuerte corriente de resaca, que lo arrastraba y amenazaba con volver a hundirlo.

¿Dónde estarían los otros dos?

Oh, Dios, por favor.

El *Wind Voyager* descansaba sobre un costado, y trataba lastimeramente de enderezarse. Las ventanas de la timonera estaban hechas añicos y una sección de estribor estaba totalmente arrancada. Ni la madera ni el acero habían podido soportar el poder mortífero de la naturaleza.

—¡Tino! ¡Tino! ¡Socorro! ¡Ven a ayudarme con Seth!

Murmuró una oración de agradecimiento al escuchar la voz de Santiago.

—¿Dónde estás? —gritó en medio de la oscuridad.

Las palabras de Santiago se oían de manera entrecortada. Al parecer, decía que había perdido su cuchillo. La voz provenía del otro lado del barco, el cual sobresalía a medias de la superficie. Un manto de tristeza le cubrió el corazón a Tino.

Al encontrar a Santiago, se serenó de inmediato. Seth tenía el torso y la cabeza envueltos en parte en las cuerdas de la pesada red. Se sacudía lleno de pánico y maldecía a gritos y de forma incoherente.

Tino hizo un gran esfuerzo para empujarlo contra el casco y le habló con firmeza, pero sin brusquedad.

—Agárrate bien —le indicó—. Agárrate de un lado, si puedes. No te muevas. Aguanta, no más.

Tino hurgó en uno de los bolsillos de sus pantalones y extrajo su cuchilla pequeña.

Como instrumento cortante, hubiera sido mejor uno de los cuchillos grandes que se usaban para cortar el pescado, pero la hoja de su cuchilla tenía suficiente filo para la tarea, siempre que la presionara contra la cuerda y la moviera como un serrucho.

—Cortaré lo que pueda —dijo volteándose hacia Santiago—. Tú, desenreda lo que puedas. Y trágate eso.

—¿Que me trague... qué? —dijo Santiago mientras se llevaba la mano al calor que sentía en el labio inferior. Se quedó mirando la sangre que manchaba sus dedos, y entonces comprendió.

—Trágatela, hombre —Seth repitió la orden de Tino.

No hacía falta que se lo explicaran. Si alguien lo hubiera dicho en voz alta, que el olor de la sangre atraería a los tiburones, sólo conseguiría atizar aun más el miedo que ya sentían. Incluso sin que nadie lo mencionara, Santiago se puso a buscar con la vista las temibles aletas negras, mientras un fino hilo de sangre se le disolvía debajo de la lengua.

—Tienen que haberse percatado —dijo Seth. Trató de asirse firmemente al casco y se obligó a calmarse—. Pronto estarán aquí.

Tino seguía callado, pues estaba concentrado en cortar las cuerdas.

—No creo que debamos esperar —objetó Santiago—. El barco se está hundiendo y no podemos quedarnos aquí hasta que venga un guardacostas o cualquier otro barco. ¿Quién más está navegando esta noche?

A Tino le pasó por la mente una lista de nombres de barcos pesqueros, pero desconocía la ubicación exacta de todos ellos.

—¡Qué fría está el agua! —fue lo único que se atrevió a decir.

Los hombres siguieron trabajando sin hablar para librar al pescador de las cuerdas. Flotaban en la superficie unos baldes, varios equipos del barco y provisiones, subiendo y bajando con el movimiento de las olas.

—¿A qué distancia dirías que está? —preguntó Seth.

Tino miró hacia la isla *Crane,* que se divisaba a lo lejos. Las manos le temblaban del frío mientras terminaba de cortar el último tramo de cuerda.

—Como a kilómetro y medio, seguramente.

—¿Alcanzaríamos a llegar allá?

—No lo sé. Es una buena distancia.

—Pero la corriente va en esa dirección. Es mejor que quedarnos donde estamos. No me quiero morir aquí.

Los lentos latidos del miedo se convirtieron en un dolor penetrante que le llenaba el pecho a Tino. Se mordió el labio inferior para que los dientes no le castañetearan y extendió una mano hacia arriba para asirse mejor del casco.

—Ésas son nuestras alternativas, ¿no?

Permanecer allí mientras el Wind Voyager se convertía en un pecio más, corriendo el riesgo de morir de hipotermia... o nadar hasta la orilla. La hipotermia podía sobrevenir en cualquier época del año, incluso en verano, si una corriente helada se abriera paso hacia ellos.

La isla *Crane* se pintaba como su única posibilidad. Era una tierra mayormente desierta, en la que había una sola casa, la cual estaba ocupada exclusivamente durante los meses más cálidos. Con todo, al menos podrían secarse y estar a salvo de ahogarse o de ser devorados por los tiburones.

—¿Y si viniera otra? —preguntó Santiago—. Yo me largo. No voy a esperar que venga.

—¿Otra qué? —tan pronto terminó de pronunciar las palabras, Seth pareció comprender.

Santiago se refería a otra ola brava. Igual de gigantesca y mortalmente arrasadora que la anterior.

—La isla no puede estar muy lejos —le dijo Tino a Seth, después de lo cual se separó del casco y enfiló hacia tierra.

A Seth le salió una tos entremezclada con una risa ahogada y nerviosa.

—Ah, no, señor Suárez. Quizás hasta sea divertido. ¡Al menos será un buen ejercicio!

Tino hubiera querido reírse, pero no pudo. Estaban enfrentando la posibilidad de perder la vida, y esa posibilidad le resultaba muy real e inexpresable.

Si pudieran cubrir la distancia que los separaba de aquella isla de orillas rocosas, estarían a salvo. Alguien (la guardia costera, otro barco, quienquiera que fuese) había recibido la señal de socorro. No tuvieron tiempo de comunicar su ubicación exacta, además de que la enorme ola los había arrastrado a cierta distancia, así que tal vez se demoraría el rescate.

Cuánto se iba a demorar era una pregunta en la que Tino prefería no pensar mucho. Decidió concentrarse por completo en cuidar a sus hombres y en sobrevivir.

Por encima del ruido de la televisión, Kiki podía oír el suave golpeteo de la lluvia contra las ventanas. La tormenta no había sido grande ni mucho menos, pero los vientos habían alcanzado bastante fuerza, y vapulearon de tal manera los viejos maderos de su casita, que parecía que gemían. La borrasca de octubre estaba amainando y Kiki se sintió reconfortada al sentir que volvía la tranquilidad.

Puso a un lado de momento su punto de aguja para ponerse a cambiar de canales de televisión. No sabía si era por la cafeína del chocolate caliente que se había tomado o porque aún no tenía sueño, pero había dejado pasar el tiempo haciendo labores manuales y mirando retazos de programas poco interesantes.

En MTV, unas modelos cabecihuecas que parloteaban sobre las ropas y el maquillaje. En AMC, el canal de las películas clásicas, un antiguo oeste italiano con su escena de rigor de enfrentamiento a tiros. En el canal de cocina, un delgado e hiperkinético chef asiático que salteaba vegetales chinos y tiras de carne de res en una inmensa parrilla. Todo esto le hizo recordar a Kiki una vieja canción de Bruce Springsteen, que decía algo de noventa y nueve canales y ni un solo buen programa que ver.

Finalmente, se decidió por la media hora final de una torpe película hecha para la TV, para ver si la entretenía o si la hacía quedarse dormida.

Todo está bien. Esa frase se le repetía una y otra vez en la mente, hasta que se convirtió en una especie de mantra.

Junto a ella en el sofá estaba acostada Jazzy, que se había quedado dormida una hora antes. Su sobrinita pasaba la noche de vez en cuando con su tía, quien era a la vez su mejor amiga. Había traído consigo la tarea escolar; Kiki la había ayudado con la lectura, y se puso a jugar con ella después de fregar y guardar los platos.

Cariñosamente, Kiki acarició los rizos de la pequeña. Parecía un ángel cuando estaba dormida, y observarla distraía más de sus preocupaciones a Kiki que los actores que ocupaban la pantalla, quienes estaban embrollados en una discusión al estilo de los años setenta.

Todo está bien. La tormenta no duró mucho siquiera.

Volvió a mirar hacia el televisor. Mientras la pareja discutía, pasaba por el borde inferior de la pantalla un texto con una noticia de última hora. Kiki sólo alcanzó a ver una parte.

...LA GUARDIA COSTERA EMPRENDIÓ LA BÚSQUEDA... MÁS DETALLES A LAS 11:00.

Las palabras desaparecieron de la pantalla, y era como si nunca hubieran pasado por ella. Entonces, el actor, quien había sido popular a mediados de los setenta pero ahora casi nunca se oía hablar de él, agitó los brazos y cerró la puerta tras sí de golpe, y la programación continuó con un anuncio comercial.

Kiki se inclinó hacia adelante en su asiento. Lo que esperaba ver era una advertencia de mal tiempo. Ver las palabras PELIGRO PARA LOS CONDUCTORES o algo por el estilo. Incluso si hubiera visto ADVERTENCIA PARA EMBARCACIONES MENORES no le habría parecido tan terrible como lo que acababa de leer.

¿Cuántos barcos pesqueros estarán navegando ahora? Toda la zona es de pescadores. Puede ser cualquier otro.

Ese repentino brote de egoísmo le provocó un anonadante sentimiento de culpabilidad. Pero así somos, ¿no es cierto? Es una reacción puramente humana decir: *Te suplico que eso le haya sucedido a otra persona.*

Las siete, las ocho, las nueve, las diez, las once. Con el control remoto apuntado hacia el televisor, fue pasando todos los canales, uno tras otro, en busca de algún noticiario. En los pocos que encontró, estaban debatiendo los últimos acontecimientos de Washington o hablando de una gala de estreno de la más reciente película de acción de Hollywood. Lo que le hubiera pasado a un barco pesquero y a sus tripulantes sería una noticia local, insignificante para el resto del mundo.

Para distraerse haciendo algo, Kiki se fue a su habitación y regresó con otra almohada y una manta para Jazzy. Luego se volvió a sentar al extremo del sofá, esperando ver la noticia otra vez.

No le quedó otro remedio que sentarse a esperar. Quería oír que el barco que andaba perdido era otro, y que sus tripulantes serían rescatados antes del amanecer.

O esperaría a que le confirmaran sus peores temores. Y entonces el amanecer nunca llegaría.

Había transcurrido casi una hora para cuando los hombres alcanzaron al fin la rocosa orilla. Al menos eso era lo que calculaba Tino; pues sólo podía imaginarse cuánto tiempo había pasado. La oscuridad había borrado las delimitaciones del tiempo; era como un inesperado acto de misericordia en una noche que carecía de compasión.

Tino había mirado hacia atrás sólo una vez. Lo que quedaba del barco estaba cubierto por las olas, que seguían siendo más altas que lo normal, pero

nunca tan monstruosas como la que había arrasado
con el *Wind Voyager*. De todos modos, ya no importaba. Lo importante, ahora que habían cubierto la
mitad de la distancia, era turnarse con Seth para salvar a Santiago. Éste les había advertido más de una
vez que se estaba quedando inconsciente y les había
pedido que se preocuparan por salvarse a sí mismos.

Hubo un momento, un espantoso y negro
momento, en que Tino creyó que ninguno de ellos
se iba a salvar. Como cualquier otro marinero,
siempre había respetado las fuerzas del océano.
Aquella noche, por primera vez en su vida, había
experimentado un enorme miedo al mar, en medio
del agotamiento y el frío y el agua salada que a veces
tragaba.

Había tragado suficiente agua como para revolverle
el estómago. Sentía frío, náuseas y cansancio, pero
no dejó de mover sus doloridas extremidades, sopor-
tando el peso de Santiago además del suyo propio,
hasta que llegaron a una parte poco profunda y Tino
tocó con la mano una roca cubierta de algas.

Las rocas estaban resbaladizas y era muy fácil
perder el equilibrio sobre ellas. Seth venía justo
detrás de él, y lo ayudó a subir a su compañero por
encima de la irregular superficie rocosa hasta lo alto.
La marea era implacable y golpeaba amenazadora-
mente la costa debajo de ellos.

Al llegar a lo alto, Tino tropezó y cayó boca abajo
sobre una superficie de fría arena. Oía a Seth a esca-
sos metros de él, tosiendo y vomitando el agua salada
de sus pulmones. Junto a él yacía Santiago. Tenía los
ojos cerrados, pues se había quedado inconsciente,
pero su tórax subía y bajaba con su débil respiración.

Estaban a salvo. Pero, ¿por cuánto tiempo?

Tino alzó la cabeza lo más que pudo y observó en
torno suyo la árida playa de la isla *Crane*. A lo lejos se
veía un bosque que parecía llegar hasta el infinito, y
las hojas de sus árboles ya habían perdido el intenso
colorido otoñal. Por ninguna parte se veían personas

ni automóviles. Tampoco se veía ninguna luz, excepto la poca que filtraba de las distantes estrellas.

Se dio vuelta para quedar boca arriba y cerró los ojos. Su respiración también era trabajosa, y le parecía que ése era el más alto de todos los ruidos, por encima de las rompientes y del rugido del viento. Con los ojos cerrados, le vino a la mente una desagradable escena con una vívida imagen de la ola brava, que se le aparecía como un demonio acuático sobre ellos.

Los ojos se le abrieron de repente y se puso a temblar.

—Trata de pensar en otra cosa.

Seth lo hizo sobresaltarse sin querer, al venir tambaleándose por la arena y lanzarse al suelo a la izquierda de Tino para descansar.

—Mejor aun, no pienses en nada —le recomendó.

—Eso es más fácil de decir que de hacer. Pero no todos los días se ve un fenómeno como ése.

—Sí. *¡Gracias a Dios!* De todas formas, te entiendo. Estaré viendo ese monstruo en mis sueños hasta el día en que me muera.

—Pero eso no será pronto, ¿no?

Su amigo titubeó. Volteó la cabeza y le sonrió con determinación. —Así es, no será pronto.

—Sabes qué, hasta esta noche, nunca creí... nunca creí que existieran fenómenos como ése. Uno oye hablar de ellos, pero piensa que son exageraciones. Que son parte de los cuentos que hacen los pescadores.

—Bueno, ¡de que existen, no te queda duda! —el sentido del humor de Seth no había empeorado con el cansancio, y su capacidad de reír resultaba admirable después de un episodio tan horrendo como aquél—. Ahora no permitirás que nadie te niegue que existen. Pero... se supone que las sirenas también sean legendarias; y tú, mejor que nadie, sabes que son reales.

Mi sirena. A Tino lo sacudió un temblor al darse cuenta de que pudo haber sido peor. Si hubiera sucedido con Kiki a bordo, él sólo podía imaginarse lo aterrorizada que ella estaría, sobre todo por su miedo y su desconfianza del mar.

Así que había algo que agradecer: que ella no estuvo presente en esta ocasión.

En realidad, eso no es cierto.

Tino volvió a cerrar los ojos. Le proporcionaba placer físico hacerlo, pues estaba tan cansado, que cada centímetro de su ser se rebelaba ante la idea de mover un solo músculo.

Kiki había estado con él en el barco durante todo el viaje. Su recuerdo era como una dulce presencia que no se veía, pero se sentía. Ella había estado junto a él cuando la fuerza de los elementos lo había lanzado de su barco, y durante los primeros minutos en que se encontró atrapado a varios metros bajo la superficie. Durante toda la ardua lucha por alcanzar tierra, había sentido su presencia. Y no de una manera metafísica ni mágica, sino de un modo más difícil de determinar.

Siento como si toda mi vida hubiera estado enfilada en una dirección, y que el destino final siempre fuiste tú.

Desde que Kiki le había dicho esas palabras, él no podía quitárselas de la cabeza. Ni quería. Las palabras se habían repetido como un suave eco dentro de su ser durante toda su penosa experiencia, como si lo persuadieran de no rendirse ante la muerte. Ella esperaba su regreso; eso era lo que le había dicho antes de que él y sus hombres salieran a navegar. Kiki tenía planes de estar con él, de quedarse con él, de darle el máximo valor a lo que compartían para que floreciera y perdurara.

Él no podía decepcionarla, ni decepcionarse a sí mismo; así que tendría que luchar por volver a verla.

Lo que había escuchado durante el naufragio, ¿era acaso la voz de la sirena? Todavía le parecía oírla como un telón de fondo que lo calmaba y lo invitaba a dormir. En realidad, era la voz de una mujer a quien no estaba dispuesto a abandonar para siempre. La voz de la mujer que había sido el destino de *su* propia vida.

La mortal ola brava había demostrado aquella noche que no era solamente un mito. Constituía un misterio para la ciencia, y a la mente humana le resultaba difícil comprenderla, incluso al presenciarla.

Pero la vida tenía cosas terribles como las olas bravas... y cosas hermosas, como las sirenas, la voluntad humana de vivir y el propio amor puro, que no estaban hechas para que uno las comprendiera.

Estaban hechas para creer en ellas.

CAPÍTULO 10

Tan pronto amaneció al día siguiente, Kiki abrió el restaurante, pues fue la primera de sus socios en llegar.

¿Qué iba a hacer si se quedaba en casa? La tentación de no ir al trabajo para quedarse pegada al teléfono, esperando una llamada de la guardia costera de Estados Unidos, no la había atraído mucho.

Kiki se conocía muy bien a sí misma para caer en eso. Las autoridades tenían el número telefónico del restaurante y podían llamarla allí, donde se mantendría ocupada entretanto en vez de enfermarse con tanta preocupación.

"Búsqueda y recogida". Así había llamado al procedimiento el hombre con quien habló por teléfono, cuyo nombre y rango había garabateado en su libreta de notas. La señal de auxilio del *Wind Voyager* había llegado de noche, lo cual obligó a la guardia costera a salir de la ensenada, a alta mar, en la lancha patrullera. En la señal no se indicaba la ubicación del barco pero, basándose en el localizador direccional, era posible hacerse una idea de dónde la nave se había visto envuelta en problemas.

Hasta el momento, se había efectuado la "búsqueda", pero no le "rescate". Sería más fácil encontrarlos durante el día, según le aseguró el personal de la guardia costera. Cuando se hiciera de día sería más fácil la búsqueda visual.

Afortunadamente, la llegada de la mañana había hecho que se alejaran las lluvias de la noche. El sol salió y sus rayos bajaban hasta *Jefferson Place*, donde hacían brillar el pavimento mojado. Kiki subió todo lo que pudo las persianas venecianas, pues quería saciarse de aquel resplandor.

Hoy. Los encontrarán hoy.

Poco a poco, sus socios fueron llegando. Ceci fue el primero, Debby llegó unos minutos más tarde y Miriam fue la última en llegar, después de haber dejado a Jazzy en la escuela.

Kiki se puso a trabajar en la cocina con su hermano, pues no se sentía capaz de atender a los clientes. Prefería quedarse a solas con sus pensamientos y solazarse cortando cebollas y pimientos, y preparando recaíto fresco para los aperitivos del día. Todos se turnaban para trabajar en la cocina, aunque Ceci casi nunca salía a atender al público. Se había autoproclamado "el hombre tras bambalinas" y disfrutaba cocinar, de modo que sólo se iba a atender el mostrador cuando alguna de las mujeres le insistía en que tomara un descanso del calor de la cocina.

Tal vez Ceci no había oído la noticia o, al menos, no decía nada al respecto. Comenzaron a llegar clientes para el desayuno y Debby y Miriam traían sus pedidos, pero tampoco hacían ningún comentario sobre el tema.

Kiki dejó pasar así aproximadamente una hora. Sin embargo, no decir nada la hacía sentirse peor.

—El *Wind Voyager* anda perdido en el mar —era la primera vez que lo decía en voz alta, pues algo por dentro de sí se resistía a reconocer la realidad—. Ése es uno de los barcos de Tino.

Ceci, que estaba preparando otro pedido, cambió la vista hacia ella.

—Sí, lo sé. El otro barco es el *Costa del Sol* —entonces apartó la mirada—. Pero no había oído decir que estuviera perdido. ¿Él estaba anoche en el barco?

—Él y otros dos. Uno de ellos era el esposo de Emily. El otro era Santiago.

Su hermano reconoció quiénes eran. Como Seth no visitaba *La Sirena* con mucha frecuencia, Ceci no lo recordaba, pero tanto Emily como el otro pescador eran asiduos del restaurante.

—¿Qué pasó? —Kiki notó que su hermano se esforzaba por no cambiar de tono.

—Nadie lo sabe bien todavía. Alguien que estaba en el barco lanzó un llamado de auxilio. Todavía no han encontrado al barco ni a los hombres.

Ceci reaccionó con cautela. —Estoy seguro de que los encontrarán. ¿Cómo te sientes tú?

—Me sentiré mejor cuando me llamen para decirme que ya están en camino a casa —Kiki le sonrió a medias—. Tal vez tenga que esperar un poco para recibir ese aviso, quizás me llamarán en la tarde.

—Así es, mamita. Esas cosas suceden, pero ya verás que todo va a salir bien. Avísanos cuando tengas noticias de él.

—Claro que lo haré.

Lo gritaría a los cuatro vientos, musitó.

Todo va a salir bien. Una simple frase que podía darle fin a su angustia y a una noche como aquélla, en que no pudo dormir.

Qué tontería. El hombre con quién había hablado por teléfono parecía despreocupado. Para él, este tipo de suceso era común. A ella, con su miedo de toda la vida al océano, le resultaba difícil considerar como algo común que un barco dejara de transmitir mensajes radiales.

Especialmente si Tino iba a bordo de aquel barco.

Kiki sacudió la cabeza para despejársela de cualquier pensamiento que no estuviera relacionado con su jornada de trabajo. No le habría servido de mucho preocupar a su familia, de modo que se concentró en sus tareas sin decir una palabra más sobre el tema.

—Emily te está esperando; quiere hablar contigo.

Ya estaba avanzada la tarde, y se acercaba la hora de la cena, cuando Debby entró a la cocina para transmitirle el mensaje.

—¿Tal vez pueda llamarla más tarde? —le sugirió Kiki—. Dile que estamos muy ocupado en este momento.

—¿Tú crees? Pues a mí me parece que ya ha aflojado un poco. Más vale que vayas antes de que comiencen a llegar clientes para la cena —Debby tiró de su delantal—. Dame esto un rato, que te has pasado el día entero aquí, escondida.

—No estoy escondida —tuvo que esforzarse para no hablarle con irritación—. Es que hoy quería cocinar...

—De acuerdo, pero ya me duelen los pies de estar corriendo entre el mostrador y las mesas. Cambiemos por un rato.

Kiki la miró fijamente, pero Debby no permitió que le discutiera. Además, ella nunca se quejaba de ninguno de los deberes que compartían como socias, y siempre estaba dispuesta a hacer lo que fuera necesario.

—A menos que de veras no quieras verla en este momento. Entonces, no hay problemas, puedo salir y decírselo —la voz de Debby tenía un ligero tono desafiante, y sus ojos no se apartaban de los de Kiki—. Pero creo que la señora realmente necesita verte.

—Está bien, no tengo nada en contra de eso.

Mentía y, por la expresión de Debby, supo que ella no se había dejado engañar. Poco le importaba esto a Kiki, y se secó las manos en el delantal antes de entregárselo a su amiga.

Tal vez Emily Ramsey tendría información, pero quizás ella no estaba preparada para recibirla. Lo más probable era que Emily no tuviera noticia alguna, igual que Kiki, que ya llevaba casi veinticuatro horas esperando alguna novedad.

¿Por qué no la dejaban pasar el día sin tener que hablar de lo sucedido? Se sentía bien escondida en la cocina. Si no podía esconderse en su propio trabajo, no podría hacerlo en ningún otro lugar.

Hizo un esfuerzo por sonreír y, con la cabeza en alto, pasó al salón del restaurante.

Emily, que esperaba sentada sola a una mesa que se encontraba debajo del retrato de Leidi, se irguió en su asiento con esperanza. Todos los días pasaba por el restaurante a la misma hora, después que salía de la oficina donde trabajaba y antes de recoger a su hijo en la guardería. En lugar de su acostumbrada taza de café expreso, merendó sin mucho deseo con unos pasteles y una Coca Cola.

No había excusas para no dedicarle un rato a Emily. Debby le había dicho la verdad: sólo quedaba ocupada otra mesa, en la que estaban dos caballeros de cierta edad, inmersos en una animada discusión de sobremesa después de su temprana cena.

Kiki se sentó a la mesa frente a ella, como acostumbraba a hacerlo en tiempos mejores. Comenzaron a hablar de minucias, como los sucesos del trabajo y las divertidas travesuras del pequeño de Emily. Kiki se sorprendió de ver cómo las dos evitaban hablar de lo obvio, como si estuvieran jugando a ver quién hablaba primero.

Era un juego tonto y Kiki decidió ponerle fin.

—No he sabido nada, Em. ¿Y tú?

Aliviada al ver que se había roto el hielo, la joven relajó un poco los hombros.

—Todavía nada —su risa vibraba de la incertidumbre—. Mejor que me hubiera quedado en casa, porque me he pasado el día llamando para revisar los mensajes de mi contestador automático. Me parecía que me iba a morir cada vez que la voz de la máquina me decía que no tenían ningún mensaje.

Kiki sonrió para que no se le notara la sensación de culpabilidad que sentía después de oír esa confesión. De veras que la desgracia sabía menos amarga si se compartía.

—Pero tal vez me lo estoy tomando muy a pecho —reaccionó Emily—. Ésta es la primera vez que nos pasa algo semejante. Seth me ha contado que otras veces, cuando el mar se ha puesto bravo, a todos los pescadores les entran náuseas, por avezados que sean.

Kiki se encogió de hombros, como si no sintiera temor. —Ah, a mí no me daría náuseas, y yo no soy una pescadora avezada —alardeó—. Mi estómago seguiría firme como una roca, pero sería conveniente que hubiera alguien a bordo que pudiera darme resucitación cardiopulmonar.

—¡Igual me pasaría a mí! —su amiga se rió de corazón, cosa que seguramente hacía por primera vez en todo el día.

Kiki se puso seria y preguntó: —¿Qué puede haber pasado en el mar anoche?

—¿En ese mar? Cualquier cosa —con un suspiro, Emily hizo a un lado su plato de pasteles a medio comer—. Pero, sabes, no es raro que pase todo este tiempo sin que los encuentren. A veces se demoran más aun. Creo que fue en *New Jersey* donde les tomó casi una semana encontrar a dos que iban en un bote pequeño. Llevaban varios días a la deriva.

—¿Les tomó una semana? —no pudo controlar el tono agudo de su voz al decirlo—. ¡Eso es mucho tiempo!

—Sobre todo cuando una está esperando que suene el teléfono. Pero yo conozco bien a esos tres. Al menos a Seth y a Tino. Son fuertes, duros de pelar.

Tanto Kiki como Emily sonrieron, llenas de afecto y orgullo.

—Son expertos navegantes —añadió a los elogios de Emily—. Son muy listos y no se dan por vencidos.

Emily asintió. —Eso sí, tú y yo... ¡sí que tendríamos problemas si nos dejan en el mar!

—No, no lo creo. Nosotras también somos fuertes y no nos damos por vencidas.

Por un momento, su vista se apartó de Emily para observar los amplios ventanales del restaurante. Las luces de la calle aún no se habían encendido, pero el tráfico y la cantidad de peatones iban en aumento, pues muchos se dirigían a casa después de la jornada de trabajo. Como estaban en otoño, los días se acortaban, la noche hacía su aparición más pronto y el sol parecía tener prisa en esconderse.

Zelda, cuyo turno de esa semana comenzaba a las tres y terminaba a las nueve de la noche, pasó junto a su mesa para preguntar si Emily deseaba algo más.

—Dame la cuenta, Zel, que tengo que ir a recoger a mi hombrecito —miró a Kiki—. Además, ya he tomado demasiado de tu tiempo.

—Este el primer descanso que he tomado en todo el día, y fue bueno verte, muchacha.

Sin dilación, Zelda escribió la cuenta, la arrancó de su libreta y la colocó a la izquierda de Emily. Luego se quedó un momento junto a la mesa, mirando de una mujer a la otra, y se fue después de darle un afectuoso apretón de hombro a Emily.

—Bueno, ¿me comunicarás cualquier noticia que te den? —le preguntó a Kiki al levantarse de su asiento—. Yo haré lo mismo.

—Claro. Tú serás la primera persona que llamaré.

Emily se detuvo. —¿Sabes qué? Lo injusto... lo más injusto de todo, es que esto viniera a pasar precisamente *ahora*. Nos estaba yendo tan bien, Kiki. La verdad es que desde hace mucho tiempo no nos iba tan bien. Pero en estas últimas semanas, las cosas han estado... *bien*, o sea, de la manera que tiene que ser.

Kiki se puso de pie, y se quedó inmóvil al ver la expresión del rostro de Emily. Parecía estar a punto de reconocer el miedo que tenía pero, demostrando su carácter desafiante y su valor, mantuvo firme el mentón, amplia la sonrisa y secos los ojos.

¿Qué le podía decir? Le parecía tan superficial decirle alguna frase trillada, como que todo iba a salir bien, o que el tiempo estaba a su favor. No se sintió capaz de darle esperanzas falsas ante semejante situación.

Con todo, el momento requería esperanzas, y siempre era mejor compartirlas que ponerlas en duda.

—Recuerda, no más —dijo Kiki por último— que yo también estoy esperando; así que tú no estás sola en esto.

Kiki no supo quién fue la primera que abrió sus brazos, pero el abrazo que se dieron respondía a una amistad que se consolidaba cada vez más, inspirada por circunstancias que ninguna de las dos hubiera escogido.

Pasó otra noche. El nuevo día estuvo marcado por la actividad desde el momento en que despuntó. Para el resto del mundo, la vida seguía a toda marcha, sana y vigorosa bajo un cielo azul.

Kiki condujo la camioneta por una vía que Ceci llamaba "la ruta escénica", que la llevaba por toda la marina. Algunos fondeaderos (unos que pertenecían a naves comerciales y otros, a los barcos de fiesta) estaban vacíos. El sitio del *Wind Voyager* seguía dolorosamente vacío, junto a un yate de paseo que su dueño sesentón estaba preparando para realizar un agradable recorrido de sábado. Kiki aminoró la marcha para quedarse mirando al *Costa del Sol,* que se veía sereno y solitario al mismo tiempo, y se sobrepuso a la tentación de estacionar la camioneta y acercarse al barco.

No había tiempo para eso. La lección de ballet de Jazzy terminaría en diez minutos, y ella tendría que ir a recoger a su sobrina. Kiki se había ofrecido voluntariamente para conducir durante todo el fin de semana, con su intenso tráfico, lo cual le convino a Miriam. No obstante, estaba claro que su motivo ulterior era tener unos momentos de soledad.

Es muy injusto. Además de Tino, se preocupaba por Emily Ramsey. Las palabras que le había dicho hicieron que Kiki sonriera tristemente al doblar por la avenida para pasar junto al *Atlantic Sea Breeze.*

Desde su infancia, en su hogar, se había hecho famosa por aquella frase. *¡Es injusto que tenga que obedecerte!, le gritaba a Inez. Es injusto que tenga que ir a la escuela hoy. Y, más adelante en la vida, es injusto que todavía no pueda tener un niño porque mi marido no puede encargarse de sus propios asuntos, y mucho menos de los de una familia.*

Ahora las respuestas de Inez se le antojaban graciosas. *Bueno, nena, la vida no es justa, así que procura aprender eso, y aprenderlo bien. La vida no te debe explicaciones de ningún tipo a nadie, así que no las esperes.*

La ironía era que esos consejos eran muy válidos. Pero la veracidad de éstos no impedía que su naturaleza humana sintiera la frustración, la ira ni la tristeza que se le habían venido encima durante los últimos dos días.

Con todo, el mundo seguía su curso. Una enorme rastra estaba estacionada frente al bar, y su conductor descargaba cajas de cerveza para colocarlas en una carretilla. A través de la ventana, Kiki vio a la cantinera, Sandy, que atendía a los clientes de la hora de almuerzo.

Al otro lado de la calle estaba la fuente. Kiki tragó en seco, y sólo le echó un vistazo fugaz, pisando luego el acelerador para llegar a la intersección.

La vida de Emily es más dura que la tuya, se decía constantemente para sus adentros. Su esposo de muchos años tal vez nunca podría regresar a casa. Entonces lo que la esperaba a ella era la responsabilidad increíblemente desgarradora de tener que decirle a su hijo que los ángeles se habían llevado a su papá, y que su niñez transcurriría sin volver a verlo.

Se le hizo un nudo en la garganta. Que no suceda otra vez. Había logrado pasar la primera noche sin llorar, pero la noche siguiente sí que había sido difícil.

Emily no había dejado escapar una lágrima delante de ella, pero Kiki estaba segura de que también había llorado.

¿Qué era aquello que me decías, Tino Suárez? ¿Que las esposas de los pescadores eran mujeres fuertes? Si regresas, ¡me voy a encargar de darte una reprimenda!

Kiki condujo la camioneta al pequeño estacionamiento que se encontraba entre la cafetería y la academia de baile. Los ojos le ardían muchísimo.

Si es que Tino regresaba.

La situación no era difícil sólo para Emily y Seth. Caminó desde el coche hasta la entrada del edificio, y le sonreía a las madres y a los padres que también habían ido a recoger a sus pequeñas bailarinas.

En el fondo, Kiki sabía que su situación no era mucho más fácil que la de su amiga. Sólo era un poco distinta.

En esa etapa de su vida, el amor había tocado a su puerta. Un amor apasionado y lleno de vitalidad, sumamente prometedor. Ese amor no estaba afectado por las amargas decepciones ni por los problemas personales. Además, ella había notado en la mirada de Tino que él respondía con su amor en igual medida. Tino y ella podían convertirse en lo que sus poetas favoritos habían descrito de una manera tan lírica.

Unos minutos más tarde, regresaba a la camioneta con la manecita de Jazzy en la suya. La parlanchinería de chiquilla de su sobrina la hizo sonreír.

—...Y cuando hagamos la presentación, podremos ponernos lápiz de labios y eso que se pone en los ojos —Jazzy se detuvo para pasarse la yema del dedo por las pestañas—. Ah, y ¿sabes qué? ¡Una niña se había pintado las uñas de rosado! Nos lo enseñó a todas las demás.

Abrió una mano para apoyar sus palabras con el gesto. Al encender el motor, Kiki frunció los labios.

—Hmmm. Uñas pintadas de rosado. ¡Qué bonito!

—¿No es cierto?

—No te olvides de ponerte el cinturón, mamita. Y tu amiga de las uñas arregladas tiene... ¿cuántos años?

—Siete. Pero yo soy más madura que ella —obedientemente, Jazzy se ajustó el cinturón de seguridad.

—Eso no lo dudo. Mira, si mami te da permiso, yo te haré la manicura para la presentación.

—Pero habría que esperar hasta enero para eso. ¿No me la puedes hacer antes?

—Mmmm, eso no le va a gustar a tu mamá, amiguita.

—Ya me lo imaginaba —Jazzy se hundió en su asiento, enfurruñada.

Kiki sacudió la cabeza y decidió concentrarse en la vía. A sus seis años, la niña ya tenía prisa en ser una mujer. Al recordar su propia niñez, pensó que Jazzy tendría sus motivos para pensar así. Además, nadie podía decir que su sobrina fuera una malcriada. De cualquier manera, era necesario llenar el vacío que se había creado en la conversación debido a su pequeño desacuerdo. En ese instante, escuchar la voz de Jazzy sería como un bálsamo para su espíritu.

—¿Te vas a quedar conmigo esta noche? —cambió alegremente de tema—. Entonces trae el vídeo de "Jorge de la Jungla", que es muy cómico. Sé que a ti te gusta mucho. Además, si quieres, podemos practicar un poco el punto de aguja.

—Mmmm... no. Hoy no tengo deseos de tejer el canario.

El profundo suspiro de su sobrina le hizo entrever a Kiki que ya estaba disminuyendo su entusiasmo por terminar la funda que habían comenzado a hacer para la almohada. A pesar de que Miriam le había presentado con bombo y platillo la idea de tomar lecciones de ballet, eso también corría el riesgo de perder la novedad.

—Pero de todas formas me quedaré contigo esta noche, Titi, si te parece bien. No quiero que te quedes sola si estás triste.

Doblaron por la esquina de *Jefferson Place*, donde quedaban dos o tres espacios para estacionar la camioneta. Kiki solía dejar para los clientes el estacionamiento del fondo del restaurante.

—Muy atento de tu parte, nena —dijo Kiki con suavidad. No le preguntó a Jazzy cómo se había percatado de su tristeza, a pesar de todos sus esfuerzos por darle la impresión de que todo estaba bien. No obstante, quedó impresionada por la extraordinaria sensibilidad de la niña—. Pero no quiero que te preocupes por mí. No estás preocupada, ¿verdad?

—Un poco.

—Bueno, no hay por qué; ya me las arreglaré. Pero de veras que te lo agradezco.

Se detuvo frente a un auto deportivo y comenzó a retroceder para meter la camioneta en el espacio, devanándose los sesos entretanto para determinar qué ideas le estaría transmitiendo a su sobrina. El mensaje que le enviaba con sus actos, se percatara ella o no, era interpretado por la pequeña a través de sus propias experiencias.

Quería mostrarle entereza de ánimo, algo que Jazzy pudiera ver en ella y aplicara a su propia vida al ir madurando. Quería transmitirle la idea de que el mundo seguía su curso, como siempre lo había hecho, como si nada hubiese cambiado.

Sin embargo, algo *había* cambiado efectivamente. Y la vida, en su propio rincón pequeño del mundo, nunca volvería a ser la misma.

Con la camioneta estacionada, Kiki sacó la llave del encendido y se volteó hacia Jazzy.

—¿Sabes lo del barco, que hasta ahora no lo han podido encontrar?

Jazzy asintió con cautela. —Oí a mami y a Debby hablar de eso.

—¡Ah, Jazzy, Jazzy! —le dio un afectuoso tirón a la trenza de la chica—. ¡Siempre estás en el lugar adecuado, en el momento preciso! De acuerdo, te contaré... —respiró profundamente y prosiguió—. Él me hizo muy feliz, pero supongo que eso lo sabes, ¿verdad?

—Sí —la sonrisa de Jazzy expresaba más que simple bondad.

—Sí, también era feliz antes de conocerlo, pero él es como si le hubieran añadido algo a mi felicidad. Como una sorpresa, algo especial que no esperaba recibir. Como si alguien me hubiera visto el corazón por dentro y me hubiera dado exactamente lo que estaba buscando. Y ahora es como si... me hubieran arrebatado ese regalo, y no sé que va a suceder.

—Pero él te hizo feliz; él fue el que te dio ese regalo. Ya es tuyo, Titi, y nadie te lo puede arrebatar.

Kiki iba a responderle, pero se lo impidió el nudo que se le hacía en la garganta. Jazzy se le acercó para abrazarse de su cuello. Su suave hombro parecía invitar a Kiki a descansar la cabeza en el. Cálidas lágrimas le corrían por el rostro, y salían con la gracia del dolor al que se le daba permiso para expresarse.

Cuando al fin se compuso, se apartó de su sobrina.

—Es mejor que entremos. Tu mamá y tu papá estarán preguntándose por qué no habremos regresado todavía...

—Espera un momento —Kiki se había secado las lágrimas con el dorso de la mano, pero Jazzy entendió que debía arreglarle un poco el pelo a su tía con las yemas de los dedos—. Bueno, ya estamos listas.

Entraron juntas al restaurante, y Kiki rodeaba con su brazo el hombro de Jazzy. Era muy poco común en una tarde tan ajetreada que el resto de sus socios, incluido Ceci, el hombre tras bambalinas, estuvieran agrupados en un solo sitio. Sin embargo, allí estaban, parados detrás del mostrador, su hermano, Miriam y Debby. La única que parecía estar trabajando era Zelda, quien le dirigió una misteriosa sonrisa antes de tomar una bandeja con los pedidos de una de las mesas.

—¿Esto qué es, un receso? —preguntó Kiki con tono juguetón—. ¿Por qué no están todos en sus puestos?

Ceci la miró con los ojos entornados. —Adivina a quien estamos esperando desde hace rato. Te fuiste por la ruta escénica, ¿no es cierto?

Kiki malinterpretó la observación de su hermano y le hizo a Jazzy un guiño de conspiración, indicando con un gesto en dirección al mostrador.

—Pensé que podrían defender la plaza sin mí durante unos minutos... o casi una hora.

—No es por eso que te estábamos esperando —Debby la corrigió—. Recibiste una llamada telefónica.

—¡¿Que recibí una llamada?!

—Sí, señora. Llamaron justo después que te fuiste, así que ahora no vale la pena que la respondas —la expresión contenida de Debby dio paso a una amplia sonrisa.

Kiki trató de respirar, pero tuvo que esforzarse para lograrlo. Miriam fue la siguiente en sonreír, y Zelda sonreía aun más que antes. Incluso algunos de los clientes habituales se habían dado vuelta para observarla, y le sonreían.

Entonces se desvaneció la expresión seria de Ceci.

—¡Así que andabas por la ruta escénica! —la reprendió—. No, ya no te molestes en llamarlos. Vete directamente a la marina, que allá te está esperando alguien.

Al escuchar esto, Kiki terminó de cruzar el umbral y se quedó anonadada. Jazzy, como siempre deseosa de estar donde estuviera la acción, fue corriendo desde el otro extremo del mostrador hasta donde se encontraba su padre. Ceci ya no podía contener su sonrisa.

—¿Qué estás esperando, hermanita? —le indicó con la cabeza en dirección a la salida del restaurante—. *¡Anda, anda!*

Jazzy estaba entusiasmada. Los ojos le brillaban y su sonrisa mostraba su emoción.

—Tu príncipe regresó para buscarte, Titi —dijo sin más—. Estoy segura de que te extrañó. ¡Apúrate!

CAPÍTULO 11

Ceci tenía razón. Ella andaba paseándose por el barrio y por eso no pudo recibir la llamada que le demostraba que el mundo tenía derecho a seguir girando.

¿No era posible que la patrullera de la guardia costera ya hubiera llegado a la marina en su ausencia? Kiki apretó el paso, e iba casi corriendo hacia los muelles. Detestaba pensar de que Tino descendiera de la patrullera al muelle, después de casi dos días, y no encontrara a nadie esperándolo.

Quizás estás exagerando lo que significas para él. Tal vez Tino considere suficiente haber sobrevivido, y se pondrá contento de volver a verte, pero tú eres la única que se siente comprometida.

Pero, de cualquier modo ¿qué importaba eso? La voz del regreso de los pescadores se había corrido rápidamente, o al menos eso le pareció al ver la multitud que se reunía en el arenoso césped que encontraba a unos metros de los muelles. El grupo estaba formado principalmente por curiosos, y había muchas caras conocidas, pues algunos eran clientes del restaurante.

No importaba en absoluto si él estuviera menos apegado a Kiki que ella a él. Lo que importaba era que ella tenía que estar presente. Necesitaba verlo con sus propios ojos, y él tenía que verla a ella con los suyos. Sería una manera franca y sin palabras de decirle que su vida estaba conectada con la de él.

A cierta distancia, vio a Emily Ramsey, que había logrado acercarse hasta el fondeadero. Kiki gritó su nombre, tratando de hacerse oír por encima del ruido de las voces que la rodeaban, y del ruido de los motores de la patrullera de la guardia costera, el cual fue disminuyendo cuando ésta alcanzó el muelle.

Si antes el día le había parecido agradable, ahora se sentía como si estuviera en el paraíso. El aire cargado de salitre parecía trasmitir el júbilo colectivo, y cada segundo representaba un momento extraordinario. Incluso resultaba emocionante observar a los jóvenes de la guardia costera, con sus uniformes azul marino, voceando órdenes y actuando con rapidez para echar las amarras de la nave.

Lo que más quería era poder acercarse, pero eso era una lucha. Nadie se movía, pues todos estaban observando la escena, y formaban una especie de laberinto desorganizado que ella tendría que atravesar.

A pesar de todo, ya alcanzaba a ver a Santiago, que fue el primero en descender de la patrullera. En ese momento, se oyeron los llantos de alegría de una mujer, que se desvaneció de inmediato en brazos de otra mujer mayor que ella. Kiki supuso que sería la madre de Santiago, y que la joven sería su novia. El pescador y ella se dieron un abrazo que parecía interminable, sumidos como estaban en su contacto mutuo.

—Ey, ¿es que no ven que la joven está tratando de pasar?

Kiki se dio vuelta y vio que un hombre delgaducho, de mediana edad y de rostro marcado por las viruelas acudía en su defensa. Se apartó de sus acompañantes para conducirla suavemente del brazo.

—¡Vamos, vamos! ¿No saben de quién se trata? —su voz se imponía por encima de las de los demás y tenía cierto timbre de autoridad. Para su asombro, Kiki vio que la gente le hacía caso y comenzaba a apartarse de su camino—. ¡Abran paso a la Sirena de Long Island! Ha venido porque su barco llegó y uno de esos pescadores le pertenece ella. ¡Vamos, dejen pasar a la princesa del mar!

Kiki oyó que algunos de los hombres lo llamaban Capitán Hugh. A ella le parecía más bien que era un ángel disfrazado de marinero zarrapastroso, pues era mágica la manera en que había acudido en su ayuda.

El capitán logró acercarla al muelle. Seth Ramsey, con una gruesa chaqueta, fue el siguiente en descender de la embarcación. El corazón se le estremeció de emoción a Kiki al presenciar la reunión con su feliz esposa y su hijo.

Cuando llegue mi barco. El Capitán Hugh había usado esa expresión norteamericana en relación con ella. Kiki siempre había entendido esa expresión en su contexto: cuando a alguien le llegaba su barco, significaba que le había llegado su éxito esperado, su buena fortuna, sus sueños.

En su caso, no había manera de ponerle un precio al cargamento que aquel barco traía: la felicidad.

—Muchas gracias —se tomó un momento para decirle al Capitán Hugh—. No hubiera podido llegar hasta aquí tan pronto si no fuera por usted.

Cordialmente, el capitán le hizo un saludo con su gorra. Murmuró unos versos de la canción "Desconocidos en la Noche", los cuales la hicieron reírse al responderle la pregunta que se estaba haciendo sobre cómo sabría él de su alter ego humorístico.

Entonces su risa se fue desvaneciendo.

Santiago había bajado de la patrullera, y lo mismo había hecho Seth. Pero, ¿dónde estaría su capitán?

Ella no había podido atender a la llamada, y Ceci y los demás no le habían dado detalles. ¿Sería posible que se les hubiera olvidado mencionar que sólo dos de los hombres habían sido rescatados, que la búsqueda no había sido del todo fructífera?

¿O tal vez semejante noticia sería considerada demasiado delicada para transmitirla por teléfono, y por eso su familia no tenía detalles que darle?

Kiki aguantó la respiración. El corazón se le rebelaba ante la idea de que tuviera que pasar otro día de pura espera.

Antes de que se pusiera nerviosa del todo, alcanzó a verlo. Estaba apoyado con una mano en la baranda y, con la otra, estrechaba la de un oficial uniformado. Al igual que sus compañeros de desgracia, llevaba puesta una chaqueta con el emblema de la Guardia Costera de EE.UU. Al igual que ellos, sus movimientos eran firmes, pero lentos, lo cual indicaba un gran agotamiento físico. Aún no había pisado el muelle cuando se puso a buscar con la vista entre la multitud de espectadores.

Entonces sus ojos quedaron en línea directa con los de ella, se detuvieron, y él sonrió. Su sonrisa mostraba tanta dulzura y tanta alegría, que Kiki sentía sus efectos en el temblor que le recorrió todo el cuerpo.

El resto de los presentes prácticamente se fundieron con el entorno. Ella sabía que estaban allí y podía oírlos, pero su único interés era el de acercarse a Tino, que entornaba la vista ante el intenso sol, con su pelo entrecano totalmente desgreñado. Se veía un poco más delgado y tenía la cara un tanto quemada por el viento, pero a ella le parecía que estaba más apuesto y deseable que nunca.

Kiki no atinaba a caminar, pero su cada vez mayor sentimiento de anticipación la hizo cubrir a la carrera el resto de la distancia. Notó que él también estaba sacando fuerzas de donde pudiera para apresurarse a ir a su encuentro.

Era como si estuvieran haciendo el amor. Volver a estar en sus brazos, hacerse abrazar por él, era como hacer el amor, con el mismo calor, la misma pasión y la misma intensidad. Y le provocó una agradable sensación sentir cómo él le besaba el cabello, cosa que le encantaba hacer y que Kiki pensaba que había perdido para siempre.

"Para siempre" no era simplemente un concepto. Kiki podía verlo escrito en sus ojos mientras él tomaba tiernamente su cara en sus rudas manos, la observaba larga y detenidamente y se reía entre dientes. Kiki hubiera querido poder esconderse dentro de aquella risa deliciosa.

—Ya no sé cuántas veces me dije a mí mismo —Tino fue el primero que habló— que teníamos que salvarnos. Anhelaba mucho regresar, porque no llegué a tener la oportunidad de...

Kiki le sonrió en medio de sus lágrimas. —¿La oportunidad de qué? ¡Dime!

Tino no titubeó. —No llegué a tener la oportunidad de amarte como el amor de tu vida. Tenía que regresar, porque quiero ser eso para ti.

—Corazón, no tienes idea de lo cerca que estás de lograr ese objetivo.

Las comisuras de los ojos se le contrajeron con su sonrisa. —Eso sí... lamento mucho lo que te habré hecho pasar en estos dos días.

—No tiene importancia. Tan pronto como te lleve a casa, me encargaré de que me resarzas por todo eso —Kiki se rió entrecortadamente, con expresión traviesa—. Y algo más, antes de que se me olvide, lo cual es muy difícil, pero... tendremos que hablar de... —imitando a Tino, se puso a hablar con voz grave— "las esposas de los pescadores, ¡que son la sal de la tierra! Que son tan firmes como una roca..."

—¿*Disculpame*? ¿*Yo* dije eso? —Tino inclinó la cabeza, con la mirada más inocente que pudo—. Parece que andaba diciendo tonterías ese día. De veras tienes que perdonarme; es que pasar tanto tiempo en el mar lo afecta a uno.

—Hmmm. Es aceptable la excusa. Debí haberme imaginado que culparías al mar —se acurrucó más contra él—. No sé que sucedió en estos dos días, pero no estoy segura de querer enterarme.

—Te lo digo yo: ¡*no* quieras ni enterarte!

—No, no creo —Kiki encogió la nariz, lo cual lo divirtió—. Además, sé que vas a volver a salir pronto. El mar no es sólo el lugar donde te ganas la vida, es parte de ti mismo. Y yo estoy enamorada de ti, así que no quiero que cambies.

Tino expresó su agradecimiento con un posesivo beso. Con semejante beso, Kiki supo que no regresaría a *La Sirena*. Para ella, el trabajo ya se había acabado por aquel día, y sabía que ninguno de sus socios se opondría.

Abrazó a Tino por la cintura, él le pasó el brazo por encima de los hombros y, andando sin prisa, salieron del muelle. Irían caminando a la casa de él o a la de ella, a Kiki no le importaba a cuál. Dejaría que él lo decidiera, y le mostraría así que, dondequiera que estuvieran, ella le podía regalar una bien merecida velada de solaz y descanso.

En los planes de Kiki se incluían velas para iluminarse... un masaje para sacarle el agotamiento de los músculos... una cena buena y abundante para devolverle las fuerzas... y para consentirlo con el amor que había estado esperando por él.

—¿Sabes qué? Tal vez heredé parte de la superstición de mi padre. Será vergonzoso reconocerlo, pero puede que sea cierto...

—¿Por qué lo dices?

Kiki alzó la vista y notó que Tino sonreía irónicamente.

—Porque en un par de ocasiones cuando estaba en medio de todo esto, pensé en los sueños que tú habías tenido sobre el mar enloquecido. Me preguntaba si esos sueños no tendrían que ver conmigo.

Asombrada, Kiki le preguntó: —¿De veras? A mí también me pasó esa idea por la mente. Pero hace rato que no tengo esos sueños.

—Hmmm. Por otra parte, tal vez su significado sea más profundo. Quizás se refieran a algo de tu vida que se solucionó, y por eso dejaste de soñar con el mar.

—Bueno, eso me resultaría más fácil de creer que lo que yo pensaba. Creía que esos sueños eran imágenes del futuro —le rodeó la cintura con el otro brazo y echó hacia atrás la cabeza para sonreírle—. Una puede desperdiciar el presente, con toda su belleza, lo puede malograr por completo si le tiene miedo al futuro.

—No podemos darnos el lujo de hacer eso. Aunque... —Tino hizo una pausa para volver a besarla—. Nunca antes me había sentido más interesado, ni entusiasmado, por lo que traerá el día de mañana. Es más, ése es otro tema del que tenemos que conversar. Toda la tarde, si te parece bien.

—¿Si *me* parece bien? —Kiki se rió, a sabiendas de que él era un hombre que se expresaba con pocas palabras—. No quieres decir que estaremos conversando hasta que digas 'está bien, ya he hablado suficiente, ¿no te parece? Vamos a comunicarnos de otra manera'.

—Ah, no te preocupes, que también vamos a comunicarnos de *esa* manera —acentuó su promesa con un apretón de la cintura de ella—. Pero, cuando estaba allá afuera, pensé en tantas cosas que quería decirte. Tantas cosas que quiero que sepas que puedes compartir conmigo. Ni siquiera tendremos que hablar de nada en específico, siempre que pueda escuchar tu voz. La extrañé mucho.

Kiki le acarició la cara, con una barba de dos días. Anteriormente, siempre había preferido que el hombre estuviera afeitado, pero a Tino le sentaba muy bien la barba. Como todo lo relacionado con él, se veía misteriosa, y sumamente sensual.

Por extraño que pareciera, a pesar de que Tino la había invitado a expresar lo que quisiera, no se le ocurría nada que decir. Las palabras la habrían distraído de la inmensa alegría que salía a borbotones de su corazón, por el sencillo acto de ir caminando junto a él otra vez, en un día que parecía hecho para amantes y héroes y gaviotas, las cuales se veían soberbias en su despreocupado vuelo sobre las corrientes de la brisa otoñal.

SEA SIREN

Consuelo Vazquez

*For Lillian Gossage, a great lady and
a grandmother to me in heart.*

*With thanks to Laurence Benson,
a fisherman and friend;
and with gratitude to my editor,
Diane Stockwell.*

One

Tino Suarez would start off by making a meal out of one kiss.

If he could handle it, he'd postpone touching her through the duration of that kiss. Their only physical contact would be his tongue probing hers, his mouth smothering her supple lips. Neither of them would care whether they ever came up for air again, because, really, there were things that were more important than intaking oxygen.

Besides, according to folklore, a mermaid could go for long periods of time without ever surfacing from the ocean depths for air. The mermaid seated on the edge of the fountain across Mariner Avenue could make it through one wickedly good kiss, couldn't she?

Except she's not a real mermaid, he reminded himself. *She's a woman in a mermaid costume. And you're a pathetic* cabrón *getting off on a fantasy.*

Instead of her mouth, the rim of his glass touched his lips, some sips of the vodka and soda lubricating his throat. For decency's sake, Tino looked away as long as he could, feigning interest in the snapshots of commercial fishing vessels taped to the mirror behind the bar. Around him, the Atlantic Sea Breeze was full-swing into another Friday night, packed with

people, most of them fishermen, all of them drinking and with a story to tell.

He was more interested in stealing another glance
at the woman handing out some sort of flyers. The
dingy bar window formed a frame around her and
the fountain, giving the effect of some haunting, forgotten painting.

Next, I'd kiss her neck. And those bare shoulders
begged for kissing, too—round, soft shoulders, the
same tawny complexion as her face. God, she was
pretty, in an exotic way.

Kiss her neck, kiss her shoulders. Finally, he'd lose
his restraint and touch her. He'd wrap his arms
around her lithe waist. Her arms would curl around
his neck, and she'd be whispering in his ear, telling
him to do whatever he wanted with her—whatever
his body and desire urged him to do.

"Hey, whatever that lady's sellin', I'm buyin'!"

His own irritation surprised him. He was actually
annoyed, having his reverie disrupted by one of the
guys at the other end of the bar, boldly blurting out
what he himself was feeling. Tino recognized him
as one of the men who'd served as a crewman on
the *Wind Voyager* some time ago. The crowd around
him laughed, with the exception of his clinging girlfriend, who shot him a disapproving glare.

"What is she peddling, anyway?"

"She's new around here. Never seen her before."

"She bought that old luncheonette on Jefferson
Place. Remember that place? Turning it into some
other kind of restaurant. Spanish food, I think."

"Hear that, Mr. Suarez? That should be right up
your alley. She's one of your people."

The drink scratched on its way down that time.
Innocently, he asked, "Who's 'one of my people?' "

Sandy, the bleached-blond bartender with the cherubic face, clicked her tongue.

"Don't tell us you haven't noticed that goddess from the sea across the street," she playfully accused. "The one you've been eyeballing for the last twenty minutes, at least."

In spite of his eyebrow twitching, he maintained his hell-with-it attitude.

"Yeah, I see her. And I'm from Spain. She looks like she swam up from Caribbean waters. But, yeah— you could say she's 'one of my people.' "

"Eh, Spain, the Caribbean . . ." Hugh Rodgers, who owned and operated one of the deep-sea party boats, waved a hand in the air. "You're wasting time with specifics, here. You're not getting any younger, either, being this bachelor fisherman. Why not go up to that little mermaid, introduce yourself, and offer to build her an aquarium in your backyard?"

"Because with my luck, she'd probably run back to the ocean before dawn, anyway."

The conversation shifted so easily, as it typically did on a Friday night in the Atlantic Sea Breeze. Gratefully, Tino accepted having lost the center of attention to the latest gossip disguised as local news. He polished off his drink, tossed a generous tip on the counter for Sandy, and rose from the barstool.

What was that part, about him not getting any younger? He resented that remark, in spite of having successfully ignored it. At thirty-six, he could hardly be considered an old man, although, truthfully, sometimes he felt he *was* beyond his years. Still, he was doing better than he had been two years earlier, when he'd nearly had his heart ripped to shreds and thrown in his face before a church full of people.

He had his business to credit for getting him through that rough period—fishing, which now occupied more of his time than ever. The profession that had been his father's life, and his grandfather's life before him, was now the tapestry of his own life. It was certainly not the most glamorous of occupations, often frustrating as hell, its main occupational hazard being the sea itself, so beautiful but so unpredictable and deadly.

Which made quite a bit of sense, now that he thought of it. Wasn't the ocean considered feminine? And justly so. She was a breathtaking woman, mesmerizing and ageless, her mystique supernatural. As satisfying as a lover, she could betray a sailor's adoration—and had, thousands of times, over the centuries of her existence—malevolent in her destruction.

A fact that made her almost as dangerous as a woman fashioned of flesh and blood.

Like the one visible through the large picture window, masquerading as a fisherman's dream girl. Tino knew better than to allow himself another look, but his eyes had a will of their own and found her once more.

Now where was I?

He'd want to see what delightful surprises that outrageous outfit was camouflaging—particularly the breasts, outlined by the top of the costume, her cleavage teasing him with a naughty game of peek-a-boo. He'd leave his hands to do the inspecting first; in his imagination, he could touch one of those breasts, feeling the sensation of body heat through dark green fabric and sequins. Her breasts were in proportion to the rest of her slender body, one fitting his hand as comfortably as a glove.

She's smiling. Hiding no secrets, looking me straight in the eye.

She wanted to watch every moment of their making love to each other. In her mermaid's voice, she was murmuring his name in between little gasps of excitement, while he freed her from the costume. Slowly peeling it down the length of her body, he moved faster as his own control seeped away from him, responding to the urgency of her kisses.

And then for some reason, she raised her hand. Her fingers wiggled at him before an outburst of laughter exploded behind him.

"Will you look at that! Hey, Suarez—your little mermaid likes you!"

"Did you catch that smile she threw your way? That was an 'I ain't goin' back to the ocean anytime soon, sailor' kinda smile."

"Maybe she wants to talk you into building that aquarium for her in your backyard. Better yet—in your bedroom."

All that ribbing from one smile delivered by a flirtatious mermaid-woman. He could imagine the embarrassment the bar's regulars could have put him through, had they gotten a glimpse of the adult-only scenario in his mind.

"Ah, some other time, I guess," he muttered on his way out. "I got a trip to prepare for. No time for mermaids."

He ignored the collective sigh of "Awww" behind him, but not Sandy calling out, "There's always time for mermaids, Suarez. If not, there should be."

Now the view would be clearer, without the tinted glass of the bar window to enhance her appearance, ripping away at the fantasy. It would be just a woman in a costume, who'd given his thoughts and adren-

alin a creative workout. One more look, and he'd
be on his way, steering clear of trouble.

To make matters worse, she was returning his
gaze. And that damn daydream had no intention of
dissolving into reality. She looked gorgeous with her
head tilted to the side, her skin the darkest shade
of olive, her hair the darkest hue of brown. Wild
and wind-tossed, it cascaded over one bare shoulder
in thick spiral curls. Pretty, not in a magazine-cover
way; her style of beauty wasn't tame or conforming
to standards. They were the kind of looks the eye
had to settle on to appreciate.

Fortunately, that two-lane avenue divided them,
and he'd be fine as long as he refrained from cross-
ing to her side. If anything, it was drawing later into
the evening. The clouds that had threatened a summer storm all day had moved in, so he had to get
going to avoid getting drenched to the bone.

Catch you later, sirenita. *It was fun making love to
you. Even if it was only in my head.*

The traffic motoring along the boulevard had
winded down some, another indication that nightfall
was coming. Most of the establishments on the
strip—bait and tackle shops, pleasure craft rentals,
scattered churches—had closed for the day. Except
for, of course, the bars. Those doors would remain
unlocked till the early hours of dawn, providing a
haven for locals to drink and vent about what a
rough week they'd had.

Especially the men. Some would drink to the point
of being well-sauced, in the midst of a bar crawl,
and come out to see a sexy siren from the sea.

A foolish, sexy siren. Tino slowed his gait, glancing
back over his shoulder. True, the Hispanic mermaid
was in a good section of town, the harbor end, but
she was still alone, and it was getting late. The park

was situated directly behind the fountain—ordinarily safe—unless a troop of young guys high on beer and hormones decided to hang out.

They'd be back for her. Whoever had deposited her there, because, obviously, she hadn't walked in that fishtail, would return for her. He wasn't about to appoint himself her guardian angel.

That was what the police were for. Regularly, police cruisers patrolled the avenue. As his luck would have it, Tino didn't see a cop in sight.

A flatbed truck heading north slowed down in front of the fountain. Its driver, a scruffy, bearded man, hung out the cab's window.

"Ey, sexy mama! Swimmin' my way?"

Tino halted in his tracks, rolling his eyes. The young woman offered the driver a hesitant wave, losing a few of her flyers in the process.

"Want a lift?" the truckdriver suggested. "I'll give you a ride. Take you right to the big man—Neptune!"

She was shaking her head. Her smile faded. The mermaid was going to land herself in trouble.

As if you should care. No la conoces.

But it was the right thing to do. He couldn't continue to walk away or count on a patrolman to miraculously appear.

And he was another fool, obeying whatever primal, male protective instinct that made it impossible for him to abandon a lady in peril—no matter how cruelly one lady had slapped him in the face, figuratively speaking.

"Come on, baby! It's gonna rain!" The bearded creep pulled the truck alongside the curb and backed up. "I know you can swim, but *damn*! Let's try and keep you dry, all right?"

Tino hastened across the street, his temper rising.

A man had to be an amoeba of a human being to take advantage of a woman in that sort of situation.

"*Amorcito*—sorry I'm late!" he shouted, loud enough to be heard, as he rounded the truck's cab. "You didn't wait long for me, did you?"

Confused at first, the young woman understood and played along. Her hands fastened to her hips, sending more flyers to the ground. The perplexed driver looked on.

"Don't you *amorcito* me, mister!" The mermaid's voice was edged with a city-woman spunkiness that complemented the rest of her. "I've been waiting for over half an hour here for you!"

"Forgive me, *mamita*." He held his laughter at bay, seating himself next to her.

"Oh, all right. *Te perdono, papito.*"

He never saw those feminine arms coming, taking him by surprise by wrapping around his neck. Just as swift was the kiss—moist and sweetly enthusiastic—heating up his mouth. His head told him it was a kiss from a real, live, mortal woman, who just happened to kiss like a runaway legend.

How much was a guy supposed to take, in the name of chivalry?

Somewhere in the distance, he heard the sounds of a man cussing in gruff disappointment, an engine being gunned, and skid marks being engraved into the pavement.

"He's gone. You, uh . . . you can let me go now."

Let *her* go? When had his arms entwined around her waist? The billowing clouds overhead, weighted down with reservoirs of rain, rumbled loudly enough to transport him back to the present.

Tino withdrew his arms, easing further from her on the fountain.

"Oh. Sorry about that."

"No, no reason to apologize. You rescued me. If you hadn't been there, I don't know what that slime-ball would've done."

"Yes, well . . ." Clearing his throat, he looked away. "As long as you're okay. That's all that matters."

She was safe. She wasn't too sure about his safety, though. Particularly considering she'd already kissed him a few times over, in her imagination, during the time they'd checked each other out. Impulsively, she'd acted on those wayward thoughts, embellishing their ploy with a whopping kiss.

"That—that guy had me a little nervous, you know? I don't normally kiss strangers. Men . . . I don't know."

"Na. Of course not. I knew what you were doing."

I'm glad one of us did! she thought, managing a smile. He was being courteous, a gentlemen. But, oh, the story he'd most likely brag to his drinking buddies, about the woman Saran-wrapped in a shimmery mermaid outfit, *sacándole fiesta*, then shanghaing a kiss from him.

He'd gotten into the kiss, too. The way he'd done in that arousing scene playing out in her thoughts, watching him across the street. The only thing was, the taste of liquor hadn't been in that kiss's imaginary counterpart.

"What's your name? Or are we still restricted to *mamita* and *papito*?"

She chuckled uneasily. "Kiki Figueroa."

"Kiki?"

"Yeah. It's really Theresa, but nobody's called me that in ages. Kiki was my family's nickname for me . . . and it stuck."

"Ah. I'm Tino Suarez. Nice to, uh . . . meet you."

"Nice to meet you, too. Tino's your full name?"

"No, it's Augustino." He tipped his baseball cap back on his head, appearing embarrassed. "I was named after the saint."

"San Augustin? Really?" Somehow, the man standing before her didn't conjure up visions of angels bearing harps of gold, circling the clouds. For those brief seconds of the kiss, she'd smelled the sea in his hair, peeking out from under that Miami Mariners' cap, strands of premature silver flecked here and there through the jet-black hair.

She admired his profile, as he tossed back his head to inspect the clouds after another explosion of thunder.

"Listen, maybe you oughta call it a night, Miss—Kiki," he advised.

"I wanted to, about half an hour ago. That's when my friend and sister-in-law were supposed to be back for me."

"Oh, somebody *is* coming for you?" So he did have a reprieve, after all. An unexpected flash of disappointment interrupted his relief. "Maybe they got held up?"

"That's what I think. I'm afraid we didn't plan this too well. We're still working out the kinks, and tomorrow's our grand opening. When I left, my brother was tinkering with the electricity in the place. Last-minute repairs."

Recalling her purpose for being there, she whipped out a flyer and handed it to him.

"This is what all the fuss is about!" Her smile beamed with pride. "La Sirena Restaurant. Finest Puerto Rican cuisine on Long Island. You'll be there, won't you? We've got everything on that menu. *Chuletas, arroz con gandules, mariscos, bistec en salsa—*"

Glumly, she watched him scan the flyer absently,

then fold it into a square that got deposited into his shirt pocket.

"It's—it's going to be a big success," she told him.

"I'm sure it will be. But, eh . . . want me to call these people for you? Your sister-in-law and whoever? Because it's none of my business, I know, but this isn't the safest place to be this late at night. And any minute, it's gonna pour."

Oh, great, she thought. The man whose looks got better with proximity was nothing more than a concerned citizen. An aloof, concerned citizen, distancing himself from her on that fountain. In her book, drinking had already ruled him out. It didn't matter if he was a casual drinker or en route to the next bar to get himself sloshed. She'd first seen him in a bar, there'd been a glass in his hand, and evidently, it hadn't been filled with Coca Cola. That was all the warning she'd needed.

Yet, if he'd been more comfortable around her, and if that had been a soft drink, or coffee, or anything but liquor, that extra half hour out there on the avenue wouldn't have been wasted.

"That's nice of you, but calling them would be a problem."

Tino folded his arms across his chest. "Why would it be a problem?"

"We're having a little trouble with the phone line. It's hooked up. You can dial out. You just can't receive calls right now."

"Ah ha!" Turning away to roll his eyes, Tino muttered to himself, "What kind of people are they? The phone's down, they forget she's here—"

"What did you say?" The question, more of a demand, was accompanied by a saucy shimmy of the shoulders. Through the saleswoman smile, the exquisite green eyes, and a kiss potent enough to excite him, there blazed an attitude.

A mermaid with an attitude.

"Nothing. I was thinking out loud."

"You were *thinking* of criticizing my family, that's what you were thinking. And they did *not* forget about me. For your information, Ceci's car is in the shop, and that pickup truck is on a respirator. Debby and Miriam are probably having trouble getting it started."

And the restaurant opening tomorrow had electrical and telephone woes. That mermaid and the rest of her brood were off to some start with their soon-to-be-a-big-success small business. The first drops of that oncoming August storm cooled the skin on Tino's neck.

"Look, I wasn't criticizing your family. It's just that I gotta get home, and I can't leave you out here alone. You saw what happened with that guy in the truck."

"Yes, and you were a true gentleman, coming to my assistance like that. *Pero eso no quiere decir que me puedes criticar la familia!*" She drew a breath, realizing she was overreacting. "We've never done this before, we're new to all this. We haven't even lived on the Island that long."

"No? Where'd you live before?"

"The city—116th—Spanish Harlem."

"That's a long way from here."

"More than you know."

The droplets of rain grew in size and intensity, dampening the balance of the flyers and her costume—rather, the costume belonging to the rental place in Blue Point, where her best friend, Debby Wilcox, had struck gold by finding it. It had been Debby's idea—a marketing ploy, she'd called it—to

have an actual mermaid announcing the grand
opening of a restaurant named La Sirena. The all-
day search for the perfect costume had seemed fu-
tile, most of the outfits chintzy or poorly designed,
fit for a Halloween stint but nothing else. Her search
had been rewarded at the last place she'd visited,
although between Debby, Miriam, and Kiki, only
Kiki could've gotten into that tight size seven.

As the storm instantly transformed into a deluge,
sheets of rain pounding down to the earth, she
glanced down at the dark green satin and sequins.
Now the costume would be ruined. Another bill
coming in, in addition to the stack behind the restaurant's counter waiting to be paid.

She'd anticipated setbacks. They all had. But not
this early on, a day before the dream was born, when
things were starting to look up. She'd made a vow
to herself not to accept failure anymore, either from
life or herself. A promise to go for the gold had
obstacles coming at her and her family like steel
darts.

"The restaurant's on Jefferson Place, right?" Tino
raised his voice to be heard above the thunder and
wind.

"Right. Jefferson Place. But I'm still here. And you
don't have to be."

"I don't *intend* to be."

Moving quickly, he stood, planting his hands
firmly on her waist and lifting her from the fountain
to her feet.

"What're you doing?"

Short on time for explanations or debates, he bent
over, enveloped that exaggerated fishtail in his arms,
and hoisted around a hundred and twenty pounds
of mermaid over his shoulder. Every last flyer blan-
keted the patch of sidewalk beneath them.

"What are you doing?" Kiki repeated, forcefully.

"Taking you back to Neptune. He's gotta be wondering where you are by now."

Her lower jaw dropped open. In that position, she had the most stimulating view of strong, masculine legs and a firm backside. Beneath her, she could feel each step of his fast-paced walk, her heart skipping a beat as he gave his shoulder a huge shrug, shifting her weight on his body. She gave a startled yelp when his hand roughly grasped part of the fishtail for another adjustment.

"That's my behind, you know!"

"Oh. Sorry. Don't know where the costume ends and you begin. Just trying to make sure you don't fall."

Kiki pushed the hair dangling in her face behind her ears. The rain had made it curlier, wilder, and more unmanageable than usual. She and Tino Suarez had to be a sight, turning the corner onto Jefferson Place for the three-block journey to the restaurant. A man with a mermaid tossed over his shoulder was fodder for those people at the Atlantic Sea Breeze Bar, and every fisherman in town.

What a way to kick off a new business.

"You were teasing about Neptune, I hope." She did her best not to sound panicked. "You're not going to take me to the pier and throw me over as a joke or anything. Right?"

"Does it look like I'm taking you to the pier?"

"No." She swallowed hard, afraid to say the words. *You're a stranger. I don't know you. I kissed you, and I thought about what it'd be like to make love with you. But I don't know you from Adam.* "I'm just a little bit . . . terrified of the water. Ever since I was a kid."

"No! Wouldn't make a very good mermaid. And here I was thinking of hiring you for one of my boats. You could sing for the guys on the *Wind Voyager.*"

She relaxed slightly. "You're a fisherman, too?"

"Yep. I think my father took me out on a boat as soon as I could walk. I mostly hire the crews now, run my boats, the *Costa del Sol* and the *Wind Voyager.* I still go out, once in awhile. I must have saltwater in my blood by now."

Beneath her, he walked faster. She held on for dear life, one hand grasping his belt, the other shaping around the muscles of his back. Carrying her had to be some job for him. She didn't weigh much, that was true—both she and her brother, Cecil, being the naturally lean Figueroas—but her height and bone structure must have been difficult, combined with the speed he was moving at and the wind fighting him all the way.

He was doing fine, though. Not a gasp for breath out of him. She would have preferred a less awkward position, perhaps carried in his arms, instead of tossed over his shoulder like a sack of potatoes.

Yet that would have been the romantic way to carry her. This man wasn't too keen on romance or dealing with women, and that was a shame, considering he was attractive in an outdoorsy, sea-going sort of way. Chivalrous, maybe. Romantic? Only in her fantasies, the first she'd weaved freely after a failed marriage and two years of convincing herself she could get along without those desires.

"That seawater that you have for blood," she asked, "where'd it come from?"

"Spain. A generation back, though. I was born in Florida, but I've been to Spain a few times. And you, *sirenita Puerto Riquena?*"

"Puerto Rico, where else? A generation back, like you. But I've never been there."

"No? You have to go. It's beautiful. And the fishing's out of this world."

Kiki sighed. In other words, he was a man who questioned her family's actions and complimented her homeland. Knowing Ceci, her brother wouldn't give him the opportunity to do either, thanking Tino for bringing her home in a nothing-else-better-have-happened tone of voice. Her only brother, two years younger than she, had grown increasingly protective of her toward the end of her marriage.

Little did her brother know that he had nothing to worry about where Tino Suarez was involved. She'd flirted with him, and he'd played the knight in shining armor, saving her from an ugly scene with another stranger, then getting her home in one piece before the rain completely destroyed that rented costume.

For the duration of that stolen kiss, however, that Spaniard fisherman had made her feel like the mermaid he'd longed for on one of his many voyages on the open sea.

Two

"A hundred and fifty dollars for Ceci's car." Inez Figueroa rattled off items from her mental list. "Eight hundred for a new transmission for that broken-down pickup of Debby's . . . oh, and fifteen dollars for the cab fare last night, with Miriam and Debby riding all over town like maniacs, looking for their mermaid."

Kiki knew where her oldest sibling was headed with the conversation. No way would she take the bait that time. In the past, Inez had never failed to push her buttons, forcing her to admit defeat.

Now, that wouldn't be happening. In fact, in the three days her sister had visited with them, none of Inez's negativity or nitpicking had daunted Kiki.

And despite Inez's reserve, Kiki's absence of temper and stoic patience were driving her crazy.

"Don't forget the plumber yesterday, Titi Inez," Jasmine, Ceci and Miriam's little girl, interjected into the adults' conversation. "And Titi Debby went to buy food for the customers, lots of food, and we don't even got customers to eat it."

Kiki bit back the urge to laugh, feigning avid interest in the pile of job applications from prospective waitresses on the counter.

Childishly, Inez accepted the six-year-old's unwitting nail in La Sirena's coffin.

"That's what I'm saying, Jazzy, that's right!" She took a seat at one of the empty tables, prettily decorated with linen tablecloths and votive candles. "That's what I'm telling Mami and Papi and Titi Kiki, but nobody listens to me. This place spends more money than it makes."

Another half hour. That was all the time that was left before Kiki drove Inez in Ceci's car to the LIRR station, taking her dark cloud of foreboding with her. Lord knew, Kiki and the other coowners of the restaurant had enough gloom and doom of their own, in the form of dwindling bank accounts.

She knew starting the business would be an uphill climb, but at their feet was a culinary Mount Everest.

"We had some customers in here for the grand opening," Kiki ventured at her defense. "A couple of people yesterday, too—"

"Yeah? And you took in, what—twenty dollars, if that?" Inez huffed out a triumphant laugh as she scooped some cosmetics from her carrybag. "The ones that came in bought coffee, cigarettes, and *pasteles*. I told you guys before you left home, this place was a big mistake."

"We've also been talking about it for a long time, Inez. It was a matter of time before we took the plunge and did it. You have to take risks sometimes, you know. You have to do what your heart tells you to do."

"Oh, really? You still trust *your* heart after some of the lousy stuff it's told you to do?"

Kiki glanced up, checking on Jazzy. She was such a *mujercita*, rearranging the candles and flowers and sugar packet holders on the tables. Looking remarkably like her Titi Kiki at that age, she was a spindly kid with her swirls of cocoa-brown hair tamed by two thick ponytails. Jazzy had been at her door bright and early that morning, asking if they could run down to the marina to watch the boats sailing out before opening the restaurant.

Kiki had been more than happy to accept the invitation, because sooner or later, the novelty would wear off, and her sweet niece wouldn't stay little forever.

"That discussion is not for now," she sternly told Inez. "Not in front of Jazzy. But, in answer to your question, yes. I still trust my heart. Very much, I trust my heart."

Not one to surrender easily, Inez looked up from her compact mirror, intent on using the last of her ammunition.

"Tell me one thing, Kiki. What qualifications do any of you have for running a restaurant? Debby, okay. I understand her. She went to college, and she studied business. But you, Ceci, and Miriam? Ceci doesn't know anything but construction. Miriam had a good job in Manhattan, but still, she was a secretary. And you—you're the *best* one . . ." Her voice dipped sarcastically. "What? You work as a waitress since you're sixteen, so that qualifies you to be the boss now?"

It wasn't worth the hassle of an argument. What sounded like an insult from her sister may have hurt, and Kiki was tempted to reach through the pain and return the insult. She decided instead to follow her instincts, knowing precisely where her sister was coming from, that she wasn't the toughie she'd always fancied herself being.

"You're right," she conceded, softly, moving toward the restaurant's windows. "That's all I've ever been. A waitress with little education. No college for me. It's a wonder I even finished high school. So, you're right. I'm probably the one who brings the least to this place."

As she yanked open the vertical blinds, allowing the afternoon sun to brighten the room, she watched Inez out of the corner of her eye. Her older sister's eyebrow arched incredulously, the eyeliner poised in her hand.

"I didn't say you brought the least to this place." She bristled. "You misunderstood me. What else is new?"

"That's sorta what you meant, Inez."

"No, it was not. What—what you don't have in experience or education, Kiki, you've always made up for in enthusiasm. You work your butt off, too. And you're stubborn—God, you're stubborn! You're no quitter—"

Inez stopped. The blush on her face deepened in color, seeing the mischief in Kiki's smirk.

"Thanks, Inez. Thanks for having faith in me. That means a lot to me."

The kitchen doors swung open, preventing Inez from hurling an indignant retort at having been outsmarted. Into the dining room breezed Miriam, Ceci's wife. From behind her flowed the rich aroma of a morning's worth of cooking, sadly, for La Sirena's nonexistent customers. Miriam strapped her purse to her shoulder and jingled a ring of keys in her hand.

Vamos, vamos, Inez!" she ordered, cheerfully. "I'm not throwing you out, but we need to give ourselves time to get to the train, get your ticket, everything."

Inez narrowed her eyes at her. "I thought Kiki—"

"Kiki *was* taking you. But I need a break from that kitchen. A drive and some fresh air would do me good." She addressed her daughter. "Want to take a ride, *mamita?*"

"No, Mami. I wanna stay and help Titi with the customers."

Inez cackled, rising from her chair.

"Oh, yes—and aren't they a demanding bunch?" She flailed her arms at the lonely tables and chairs. "Be right back. I have to say good-bye to my baby brother."

Kiki waited until the kitchen doors had closed behind her to lean closer to Miriam.

"You need a break?"

"One of us does." Her sister-in-law smoothed down her short locks with her fingers. "Inez is best in little doses, and you're about to overdose. Let her get in her last licks at me before she leaves."

"She won't. She *likes* you." Kiki realized too late that a certain little *chismosa* was eavesdropping again. "And sure, she likes me, too."

"Did Debby get back from the fisherman's market?"

"Not yet."

"Coward!"

Inez's farewell to her was pointedly cooler than her good-bye to Jazzy—the obligatory embrace, the begrudging peck on the cheek, no wistful final look before following Miriam out the door. The emotions left unexpressed were more hurtful than angry tears of the past ever could have been.

"Why is Titi Inez so mean to you? Doesn't she love you?"

Kiki sat herself down at one of the tables, waving Jazzy over to her.

"Know what it is, baby?" She spoke frankly. "Titi Inez is one of those people who, no matter how much she loves you, has a hard time showing it."

Jazzy scooted onto the chair facing her aunt. "She

shows me. She's nice to everybody else. Titi Debby,
too. How come not to you?"

Her aunt took a deep breath. She couldn't do it.
She couldn't lie or beat around the bush, not to
Jazzy, who reminded her of the daughter she would
have wanted to have, if her marriage had survived.

"Well, remember when Daddy told you Titi Inez
practically raised us because Abuela was working two
jobs and Abuelo was sick? Your daddy always listened
to Inez, and so did Titi Leidi. I was a bad girl sometimes, and I didn't always do what Titi Inez wanted
me to do. So I guess she's used to being extra strict
with me."

Jazzy's eyes widened. "How were you bad? Like
you stole something?"

"No, no—relax! Not that bad." Kiki giggled. "I
was the next oldest girl, and I . . . I didn't want to
be bossed around by my big sister. I didn't come
home when she told me to, I came home later. I
got bad grades in school, and I wouldn't do my
homework. And . . . I didn't listen to her, and got
married, when she kept telling me not to."

"Because Tio Xavier was bad?"

"*No*. No, Tio Xavier was not bad." She reached
across the table and squeezed Jazzy's hand. "Titi
Inez knew Tio Xavier had a problem, right from the
start. And after we got married, his drinking got
worse. And I would always take him back, something
that made Titi Inez frustrated with me. She did love
me, that's why she got mad at me. You understand
now?"

Jazzy nodded soberly, then shook her head.

"That's okay, baby. One day, it'll make sense to
you. But it doesn't matter, because things will only
get better from now on."

Like the kid she was, Jazzy's attention to the subject dwindled, and she went onto the next juicy topic.

"Was that man a prince? The one who brought you home the other day?"

Kiki laughed through a smile. "Why? Did he look like a prince to you?"

"Uh huh! Like a prince . . . in disguise. And you were a mermaid princess in disguise."

"Mmmm." Kiki sat back in her chair, relishing the healthy imagination of a child. "You thought he was handsome, like a prince? You liked him?"

The little girl cupped her chin in her hands, getting into *el bochinche*, which she'd later confide to her mother. *"You* did."

"I did? I—I thought he was cute."

Completamente chévere, to be exact. And he'd lingered on her mind those past two days, though their paths hadn't again crossed. She assumed they would, living in that small seaside town, but it was best that nothing came of it.

"You liked him!" Jazzy teased, wagging a finger at her. "And he liked you, too. I saw him looking at you."

"Yes. At *that* hour. I really have to talk to your mom and dad about moving up your bedtime to something reasonable, like . . . five o'clock in the afternoon, or something . . ."

The front door pushed open. Expecting to see Debby, Kiki pivoted, finding herself greeted by a pleasant surprise.

In traipsed eight men, ranging in ages from their early twenties to late sixties. They wore the telltale signs of a half-day fishing trip: unzipped windbreakers, sunburnt faces, a couple of the older gentlemen with metal lures pinned to their caps, the smell of sweat and fish on their clothes.

A bedraggled bunch, to be sure, wonderfully storm-trooping through La Sirena's portals as its first big delivery of customers. In excitement, Kiki sprang to her feet.

"Hola! Welcome to La Sirena," she greeted them.

"See? Customers. I was right not to leave you by yourself," she heard Jazzy whisper behind her.

"Hola!" A sixtyish man echoed, removing his cap to reveal a totally bald pate. "Tell us the menu's in English, young lady, and lead us to our tables. All I ask is that you seat me far from that man, right there!"

He pointed out another of the older men, an overweight fellow wearing a New York Jets T-shirt. The comment brought a round of laughter from his buddies.

"Pay no attention to him, miss," the heavyset man told Kiki. "He's just got his boxers in a wad because I got a windfall of fish and he turned up empty. Usually the case with us."

Smiling, Kiki took the reins.

"You can sit anywhere you'd like, as close or as far from your fishing rivals as possible! And the menu is in both English and Spanish. I'll take your orders for drinks and we'll get you your menus."

She turned, speaking to Jazzy in a lowered voice. "Baby, tell Daddy we got customers. Lots of 'em. And bring as many of the menus as you can carry and hand them out."

"Okay, Titi." Thrilled to finally be put to work, the little girl spun on her heel and burst through the kitchen doors.

As the men seated themselves, Kiki stepped to the center of the room, announcing, "The special for today is *chuletas*—pork chops—served with salad, *tostones*—fried plantains—and your choice of potatoes or *arroz con gandules*. We also have a delicious vegetable soup that Miriam, one of our chefs, likes to call *'Boricua* Surprise.' "

"Better get some of that, whatever it is, while we can," one of the younger men was overheard telling his companion.

"Oh, there's plenty to go around."

"There's plenty now," another customer said. "You got more people coming from another party boat, just coming to shore."

"We do?"

Through the building's west window, she watched an assortment of vehicles pulling into the few available spaces left in the modest parking lot.

"Where's everybody coming from?" Kiki spoke aloud, quickly adding, "This—this is great!"

"Well, you got the owner and the crew of the *Wind Voyager* telling everybody how terrific this place is," another man explained, thanking Jazzy for a menu with a grin. "Let's see if La Sirena lives up to its reputation."

"It will. Oh, it will."

She barely had time to retrieve a checkpad from the counter before several men, women, and a few children entered through the doors. Jazzy squeezed by her, laughing to herself, grabbing an armful of menus.

Debby Wilcox arrived moments later, carrying a grocery bag in each arm. The petite, young black woman with short-cropped hair looked frazzled after stepping out of a cab. Her eyes inspected the room from one end to the other, her mouth dropping open.

"Hallelujah!" she exclaimed. "I told you that mermaid outfit would do the trick!"

"It wasn't the outfit, Debra. We had some free

public relations handed to us." Kiki relieved her of
one of the bags, leading her by the arm out of the
customers' hearing range. "Your choice. You want
to take their orders, get drinks, or help Ceci in the
kitchen?"

"Miriam's not here?"

"No. Shouldn't be too long, though—I hope."

"What free public relations are we talking about?"

"I'll explain later."

"All right." Debby sighed. "I'll take their orders.
You're bartender."

The *Wind Voyager*. It had taken Kiki a second to
recall the vessel's name, linking it to Tino Suarez.
She hurried behind the counter, filling glasses with
ice and brewing potfulls of fresh coffee for their sudden bonanza of business.

Ironically, their arrival didn't happen sooner,
while her sister was still there. Inez would have experienced a temporary lapse of poor sportsman-
ship—the unanticipated success of the restaurant,
even if it was for only one afternoon, proving her
wrong. Yet Kiki liked to think that, ultimately, her
sister would have been happy for La Sirena's owners,
that good cheer extending to her, as well.

And being right seemed so minor, in light of the
place coming to life. This place belonged to her, her
family, and her closest friend, housing their mutual
dream. It was nothing more than an eighty-year-old
brick building, with its as yet unrestored tin ceiling
and idiosyncracies, but looking back over her shoulder and seeing the buzzing activity, a glimpse at prosperity—Debby joking with her first real customers,
and Jazzy jubilantly getting into the act—it meant
something.

Incredibly, Tino Suarez had played a role in that
exceptional afternoon. Out of—what? Kindness? He

himself hadn't been to the restaurant, because she'd been there each day, and she would've remembered him. There was something unforgettable about him, difficult to pinpoint.

In between taking the orders for coffee and soft drinks from Debby, she made a note to herself to thank the prince in disguise. Personally.

Down through the centuries, according to David Suarez, the mermaid was such a poor, misunderstood creature, undeserving of the bad reputation bestowed on her through seamen's legends.

Tino Suarez found himself more inclined than ever to disagree with his father. The man who'd reigned as patriarch over his brood of four sons, until the stroke that ended his life, had had a lifelong fascination with the mythical beings. For a man who claimed freedom from superstition, he'd sprinkled his sons' childhood and youth with tales handed down to him by their grandfather. Back then, as a kid, it had seemed to Tino that his father had spoken of mermaids as if they were real, more than just the beautiful sirens created by the imagination and lust of seagoing men.

That mermaid *aficionado* had given him something of an education about the ladies of the ocean. He'd found the stories beguiling but had dismissed them as folklore. Collecting his things to leave the *Wind Voyager*, the "facts," as recounted by that salty Spaniard, came back to him.

The mermaid was the dream child of varied cultures, including the ancient Greeks and the Celts. From what Tino gathered, she was part flower child, part valley girl, leading an idyllic existence in Poseidon's kingdom. Though her lifespan was supernatu-

rally long, she was an eternally youthful knockout,
but eventually, her life would end.

Before then, however, the little vixen would find
time to wreak mischief in the lives of sailors. Because, every so often, that gorgeous half-woman,
half-fish, possessing magical powers and a penchant
for predicting the future, would rise to the surface.
She'd scout out a rock on which to seat herself,
comb her long tresses, and belt out a tune like a
Broadway diva.

What man could resist that? Except the eyes that
fell on her belonged to the poor slob of a sailor who
was doomed. Seeing her was a bad omen; the girl
was plain old bad news, determined to lure the man
down to the depths of the sea.

Pero no porque la sirena es mala, his father had explained, time and again. *No. Ella se enamora del marinero con un amor tan desesperado, que no puede
imaginarse estar separada de él.*

So, in other words, the mermaid was misguided
rather than wicked. It was the original fatal attrac-
tion. Perhaps his father had meant to tone down
her dark side for the sake of his little son, who'd
hesitate before stepping foot onto another boat
again. Nevertheless, the message Tino had derived
from the story was, "If you see a pretty *muchacha*
with long hair and scales, flirting up a storm with
you, run for the hills."

It was harder to run from her when she'd decided
to haunt a man. It was nonsense, his imagination in
overdrive, but he'd seen mermaids everywhere in
the past two days following the evening he'd chatted
with one seated on a fountain. They were silly things:
a mermaid tattooed onto a crewman's arm; on a
matchbook at the Atlantic Sea Breeze; a snippet of

"The Million Dollar Mermaid" with the American
actress, Esther Williams, on the old movie channel.

Coincidence. That was it.

It was even more difficult to run from her when
she assumed the form of a human woman and was
headed up the pier in the direction of his vessel.

He might have been a doomed sailor, but she was
in for the fight of her supernaturally long life.

"Ahoy, Captain!" She saluted him. "Permission to
come aboard, *sir!*"

That make-believe mermaid hadn't just sprouted
garden variety human legs. The limbs unobstructed
by those hip-hugging shorts were the kind that garnered wolf whistles down a busy intersection.

He'd given in to legs like that before. He'd
learned his lesson and wasn't going to be a pushover
for them now.

"Permission granted."

The woman who'd confided her fear of the ocean
approached the boat awkwardly. Grabbing hold of
a cable, she swung one leg onto the deck, her sneak-
ered feet wobbly before adjusting to the gentle bobbing of the vessel in the water.

"You caught me," he said. "I was just getting ready
to leave."

"Oh, that's fine. I won't keep you. They told me
I could find you here, so I came to thank you in
person."

"Thank me for . . . ?"

"What do you think? For recommending us to
people." She squinted at him. "The grand opening
wasn't so grand. I guess people still think there isn't
a restaurant on Jefferson Place anymore, so a couple
of days went by with hardly any business. But you—
you came to the rescue again. We really appreciate
that."

Tino ran a hand through his hair, avoiding her eyes. "I didn't do much, really. I happen to know how hard it is, running a business, and you start to know the faces that come on these trips, so . . . I just put in a good word for you. No big deal."

Kiki shifted her weight from one foot to the other. Her long hair was drawn back in a ponytail, swinging behind her with each motion.

"It was a big deal to my business partners," she told him, softly. "And to me. You didn't have to do it, either."

"But as I finished telling you, I've been there, done that. People get off these boats, they're tired and want to grab some lunch. Why shouldn't they try the new restaurant in town?"

"*Verdad!*" Shrugging, she took hold of the cable. "Hey, *Capitán.* One more thing."

"What's that?"

"You don't like me much, do you? Why is that?"

His eyes shot up at her from across the deck, studying her expression. Kiki didn't seem to be confronting him; she was earnestly confused.

"Is it that you're this superior Spaniard," she guessed, "up on your high horse, and I'm this New Yorican—?"

"Uh huh. I'm a hero because I recommended your restaurant to people, but then I'm 'this superior Spaniard.' Does that make sense to you?"

"No. But then, it doesn't make sense that you do something so sweet, then you act like a cold fish when I go out of my way to thank you." Stepping back onto the deck, she smiled. "Or is it that you're a cold fish to everybody, and I'm taking it personally? Is that it?"

"Woman, what did you *want* me to say?"

" 'You're welcome' would've been nice, Tino.

'Glad to help out a fellow Hispanic. I know if you, running a restaurant that sells fish, do well, then I, the fisherman, do well.' But 'you're welcome' would've been sufficient."

Giving a curt nod of his head, he conceded, "You're welcome, Miss New Yorican."

"Thank you."

"You're welcome. Again. And incidentally . . . I'm *not* a cold fish."

A wind gusted in from the sea, rustling his salt-and-pepper hair. He looked different from the night she'd met him, without the baseball cap, stubble darkening his face. The sailing man had thought to wear a light jacket against the cool of the evening, its collar turned up. She wore the same short-sleeved top that had been comfortable during a scorching and humid day; now she was hugging her arms to ward off the chill.

"Well, then I'm—"

"I mean it. I'm not a cold fish. Maybe that's how I come across, but I'm a . . ." He took a deep breath. "I work hard, I work long hours. I go out sometimes, with the crews, and I'm gone for days, so that's—that's where my head's at. It's not that I'm cold or detached, or that I don't have anything in the way of social graces. As a matter of fact, I think the opposite's true."

Was that a glint of hurt in his eyes? Kiki got the distinct impression he'd used that same line of defense before.

"You don't have to explain yourself to me, Tino. All I wanted to know was if there was something about me, personally, that . . . never mind."

"Kiki, what would there be about you to be disliked? You're friendly, you're . . . *simpática*."

"Really? Well, I find you *simpático*. Very. You're a hot kisser, too."

It was a joke, a tease, meant to lighten the conversation, to make him chuckle. He obliged, halfheartedly, trying not to notice the memory of that kiss rushing back into his thoughts. To his recollection, Jamila had never kissed him like that, or if she had, it had been long before that other one had come between them.

Neither had his former fiancée been as disarmingly forward as this woman with the heart of a flirtatious sea siren. Jamila had been more like him, reserved and serious.

More like me. What a laugh. She'd hidden her deceptive side so well, along with the fiery, passionate side she'd saved for someone else.

"What were you doing here before I rudely interrupted you?" Kiki asked, sensing his discomfort had triggered the silence between them.

"Routine stuff, after a boat gets through with repairs and has a trip to make. Checking her gauges, her engine, the radio, the fishing equipment. Taking inventory of what my crew's going to need for the trip. Nothing that would be of interest to you, I'm sure."

"You're sure, are you? You hardly know me. You're the first fisherman I've ever met. I mean—the first one who does this for a living. You must have stories to tell I'd be interested in hearing. For instance . . ." She leaned closer to him. "When the day's over and his boat's docked in the harbor, what does the captain do, just for fun?"

Three

Fishermen were blessed with the memory of that nonaquatic mammal, the elephant.

Under ordinary circumstances, Tino would have steered clear of the Atlantic Sea Breeze, especially if accompanied by the town mermaid. Moreover, this was no ordinary circumstance. The plan had not been to drop by the bar at all that night. For once, work hadn't been on the agenda. Exhausted, he'd looked forward to his head hitting the pillow at a decent hour.

How he had gotten himself talked into a date was a mystery. Perhaps it wasn't an official date; it sure as hell wasn't a planned date. Technically, it couldn't have been a real date. Yet, in his mind, spending time with a woman and buying her a drink was a date—unofficial and unplanned, the first since the wedding that never was, but a date, all the same.

To his chagrin, that was how the Sea Breeze regulars perceived his being there with a young woman, as well.

"This round's on the house, 'kay?" the strawberry-blond waitress said, setting down another Absolut on the rocks for him and a ginger ale for her. "Compliments of the bartender. She said it's so you can 'toast your cozy home aquarium,' whatever that means."

Kiki glanced toward the bar. He was afraid to do likewise, reluctantly spotting Sandy at the bar, grinning impishly back at them. The circle of men and women surrounding her raised their glasses to him and Kiki, as they warbled an off-key chorus of "Strangers in the Night," most forgetting the words, their voices trailing off in scooby-dooby-doobing.

Adding fuel to the fire was his supposed "date," raising her arms to applaud them and joining in their laughter.

"They look like a fun bunch! If you want us to go over there and hang out with your friends, that'd be all right with me."

That was still another indication of how strange the situation was. Tino lifted his eyes to see the woman across the table, whose green eyes caught the light from the flickering candle in the center. She was sincere about having no qualms about joining people she didn't know, simply because they were his "friends." She was social, gregarious, not an ounce of shyness in her.

She was not the type of woman he'd been attracted to in the past.

"No, I'm fine here. I don't . . . 'hang out' with them, they're just here when I'm here."

"Oh. You come here to drink alone?"

He tipped the glass to his lips, taking a long swallow. "Yeah. To unwind after a day of hard work. Two drinks, maybe three. I don't need company while I'm drinking them, but then, I'm a lone wolf."

She appeared disappointed. At last—something that discouraged her, because through that first round, he thought he'd seen the onset of something warm and affectionate in her expression.

I'm a loner. You're Miss Congeniality. Ain't no future there, baby.

"You know, there are other ways to unwind." She kept her tone light. "To relieve the pressure of the day—like watching movies, reading a good book. That's something I never did when I was younger, but I'm finding out how much I love to read, now that I'm an old lady of twenty-eight."

Before he could catch himself, he chortled, "Oh, you're ancient! What constitutes a 'good book' to you? A romance paperback?"

Kiki leaned forward in her seat, folding her arms on the table. "Those are like chocolate. A delicious food group unto themselves. I didn't read in high school because they forced you to, you know? And you had two weeks or a month to finish one book, and it never seemed enough time. Now I'll read anything, and if it grabs me, I'm obsessive about it. I'll finish it in two days flat. One month, I read a current novel; the next month, I read a classic. Steinbeck, Joyce, Hemingway . . . You know Hemingway, don't you? *The Lone Wolf and the Sea?*"

Pointing at her, he said, *"That* one, I read—*The Old Man and the Sea.*"

"Same thing, believe me." Her laugh was unintentionally alluring. She took a sip of her soft drink before going on. "But back to methods of unwinding. Nothing beats listening to music. Finding a comfortable spot—for me, it's the front steps of the porch—putting on a set of headphones so I don't disturb anyone, and tuning out. I love music. Better than drinking, any day."

"Ah ha. And the music would be . . . Victor Manuelle? *La Banda Loca?*"

She laughed at the mention of Latin music. "Oh, so you know them? *La Dueña de Mis Amores.* I love that one! Sure. Why not something happy? We deserve that much, in this short life. We could also use something soothing. Something that wakes up the soul. Like *Nessun Dorma.* Turandot wrote some beautiful music. And I don't know exactly who wrote it, but . . . *La Granada.*"

That classic beauty, originating from Spain, was slipped in purposely. She wanted to divert from the fact she was preaching to him. No amount of preaching—or tears or crying, for that matter—had ever changed anything during her marriage, but it was important to her to try. Maybe Tino hadn't noticed.

"Te gusta 'La Granada?' That was a favorite of my father's. I remember him enjoying a glass of port wine while listening to it. He combined your way of relaxing with mine. But you have some problem with liquor, no?"

He'd caught her red-handed at the pulpit. "No, no, I don't have any . . . well, all right. Drinking ruined my marriage. I'm sorry, I know that has nothing to do with you, but if you ever watched someone you loved hurting himself, over and over again— that's impossible to forget."

Kiki braced herself for the inevitable. Shortly before the application went through with the Small Business Administration, she'd been outnumbered three to one on the issue of whether or not to serve liquor in La Sirena. Ceci, Debby, and even Miriam, who'd known the particulars her sister-in-law had kept secret from her brother and best friend, had all been in favor of hiring a bartender for their customers. The expense of obtaining a liquor license had settled the argument.

Everyone who drinks isn't an alcoholic, Kiki. Ceci's words were now to be repeated by Tino Suarez. For some reason, from him, the chiding tone was going to hurt more.

"You were married before?" he asked, looking surprised.

"Yes. To the same guy I dated all through high school. I knew him for a long time. Before he drank."

"And when, uh . . . when he drank, he didn't . . . he never . . ."

"No, not physically." That question had come to her before, many times. Mostly from a brother vowing to beat up her husband, if he so much as dared to raise his hand to her. "He hurt me with disappointment, instead. With broken promises. With worry. In and out of rehab, never able to hold down a job, disappearing for days without telling me where he was. But you don't want to hear this."

Licking his lips, Tino leaned forward. "Who . . . ended it?"

She paused. "I had to. Nothing was going to change. Naturally, my family kept telling me that, my best friend, but I held on. Until I realized my love wasn't enough for him."

"Yeah, I know that feeling," he muttered into his glass, tossing back his head and draining it. "Where's that waitress?"

Number Three, coming up. He was going on to his third drink. Kiki wondered how many it took to make the captain drunk. She didn't want to stick around and find out. She began sliding out of the booth.

"Listen, it's getting late, so I'd better—"

"Hey, I don't blame you for walking out on that." He stopped to motion to their waitress. "He was in hell, and he was taking you down with him. You had every right to walk out. But to tell a man you love him, and to know he loves you more than his life, and then to abandon him and humiliate him by . . ."

"By what?" She moved back into her seat. "Are you divorced, Tino?"

She watched a stern scowl line his brow. "That's personal."

"Is it, really? Oh, so it's okay for you to hear the true confessions of my life, but yours are, what—property of the CIA?"

"We were supposed to be talking about fishing. Remember? You were so interested in hearing about my profession."

"And I still do want you to tell me about it. But you asked me who walked out of my marriage. That's personal, too, but I answered it. I think that's more intrusive than a simple question like, 'Are you divorced?' "

Now he recalled why he preferred drinking alone. He regretted having ordered that third drink, but the waitress was bringing it to him at that moment. He cursed himself for not paying the check and shuffling her out of there, ending the date he'd been roped into by a bubbly female who reminded him, ironically, of a bottle of pink champagne.

No, he had to go and order another drink. To scare her off. To discourage her. And himself.

"I'm not divorced. There, are you happy? I never got married. I got as far as the altar, but the bride didn't show up. Cute, huh? No wedding, no marriage. No marriage, no divorce."

"You were left at the altar?"

"Yep. The young lady up and decided she didn't want to be my wife after all. Never bothered to tell me. All was not lost, though. I heard she had a great time on our honeymoon with the man of her dreams—who just happened to be somebody else."

Tino Suarez in a black tuxedo, black sash around that lean waist, hair combed back, adoration for his bride making that face even more handsome. Kiki rubbed her arms again, this time not from the cold, but from the shivers on her skin. She'd forgotten she was still wearing his windbreaker, which he'd slipped onto her shoulders while leaving his boat.

"And you don't have to look at me that way, either," he warned.

"What way is that?"

"Like it's sweat off my brow, Jamila not showing up for the wedding. It was embarrassing, in front of two hundred people. Otherwise, it worked out for the best. She got what she wanted, a big, powerful executive for a husband. And I'm better off, too, finding out a fisherman's love wasn't enough for her before the rings were exchanged."

"That's true. You are." Her hand closed firmly around his hand, preventing him from lifting the glass. "But I'm not so sure about her. Throwing away a fisherman's love seems very foolish—to me."

The second she released his hand, he proceeded to down half the drink. It was a strained action, evident in his wince afterward. She preferred how he'd looked on the deck of his boat, or when they'd first walked into the Atlantic Sea Breeze, when she'd gotten him to talk about his line of work.

He hadn't been a cold fish. He was capable of passion that reached past his work, invigorating her. That way he had of meeting her eyes whenever she spoke heightened the intimacy of their conversation.

But he was trying to prove something. That was what she gathered. What he was stubbornly intent on proving, she didn't know. She wasn't risking anything by blowing the whistle on whatever game he was playing.

"I have to go. I report for work early. Well, you know the rules of running your own business." Resolutely, she rose from behind the table. "Hope you don't mind. I didn't expect to be out this late."

That was the worst vodka on the rocks Tino had ever swallowed. He was accustomed to nursing his drinks, not slamming them down his throat, for the vodka to chart a burning course for itself all the way down to the pit of his stomach. A small price to pay, considering she was leaving. The goal of discouraging her was accomplished.

He should've been counting his lucky stars, not choking out the words, "Wait a sec, Kiki, I'll pay the bill and walk you back—"

"No need. It's not that far."

"But it's late."

"Ahh, but that's why I took the form of a woman. These legs are a lot more efficient than that tail when it comes to running away from trouble." She smiled, bending over to give his cheek a kiss. An innocent kiss, warm and tender. "Good night, Captain. Remember La Sirena in your travels."

With her gone, Tino gave the last half of his drink his undivided attention. Almost undivided. His beloved father and his crazy stories infiltrated that booth, blocking out the ruckus of the nocturnal crew living it up that night at the Atlantic Sea Breeze.

Cuando la sirena coje la forma de una mujer de carne y sangre, es un secreto. Nadie lo sabe. Los únicos que lo saben son la sirena y el marinero.

What had been seated across that booth *was* a woman of flesh and blood. A woman who'd survived a marriage filled with pain, who wasn't the leggy airhead he'd first assumed she was. She'd managed to recount that part of her life without the strain of bitterness. The opportunity had been there for her to call her drunken husband every name in the book, but she'd risen above that.

Like a lady. A lady who grew up in Spanish Harlem, who'd become an avid reader and—curiously like the heroines of his father's stories—loved music.

Still, she deserved to get chased away. Regardless of what the woman had gone through, where did she get off, questioning him about his runaway bride and his after-hours drinks? Bachelorhood was not without its virtues. He came and went as he pleased, enjoyed an unpredictable but honest living, answering to no one.

As soon as he was out the door, the brisk evening air slapped at his face. He'd gotten a buzz he hadn't needed or wanted from that last drink—the disillusion-the-mermaid drink.

Stupid.

He could still see her, walking toward Jefferson Place. Her back was turned to him, that mane of hair bouncing back and forth across his windbreaker's collar, her head held high. She was a proud one.

Well, so was he. It took effort for him not to run after her, admitting he'd misled her, persuading her to linger a little longer in his presence.

Tino walked the four blocks to his home, trying to ignore the burning sensation inside him that had nothing in the least to do with vodka.

Downtown. She'd gotten on the A train somehow, coming home late from waiting on tables at Allie's. The moment was surreal and vivid at the same time.

She didn't work at Allie's anymore. And where was she going? Back to the apartment she'd tried to make a home for Xavier? Or to the old place, where Leidi, the baby of the family, still lived with Mami?

This was ridiculous. As soon as the train stopped—if it ever did—she needed to catch the LIRR back to the Island.

Home to her new life.

The lights in the empty subway car flicked on and off as the train barreled through the subterranean tunnel. Through its windows, the 14th Street station appeared. Grinding to a shrieking halt, its doors slid open, and she hastened onto the platform.

This was a dream. The stench of fuel and dampness and God knew what else clung to the air, but none of this was really happening. She chose to hurry down one end of the platform, passing only one other person—a homeless woman in an old gray coat, sitting on a pile of newspapers, looking like something out of "Les Miserables," slowly veering her aged face up at her.

Not stopping, she climbed the staircase. Graffiti and political campaign stickers decorated the walls in flagrant imitation of real life.

It didn't matter. Once she reached the top of the stairs, the dream would be over. She was climbing those stairs, climbing out of her sleep, to find—

—a deserted beach.

The city was gone. The train hadn't left her on 14th Street, or in Long Island, or anywhere else recognizable to her. There was just a dismal stretch of sand, a slate-gray sky, the surf pounding along the jetties in the distance, and a long, wooden bridge.

"Goin' to Long Island?"

The voice had come from a teenager on a bicycle, an American boy with longish brown hair, who'd come out of nowhere. He pedaled alongside her, asking again, "Goin' to Long Island, right?"

"Trying to."

"Same here. It's over the bridge. Make it fast, though. High tide."

That was where the scene took on an all too familiar feel.

The young biker rode away, disappearing over the bridge. She'd been there before; the setting had been different. It had been a long time since she'd revisited, yet she knew what was coming next.

Maybe she could run back down the stairs, catch another train, figure it out from there. She'd be out of harm's way, if nothing else. But when she turned, the subway station had evaporated into thin air.

That left the choice of the beach or the bridge. No choice at all.

Walk across a bridge from Manhattan, arrive in Suffolk County. It was so absurd, it had to be a dream. She did it anyway, walking quickly, hearing her heels clicking against the planks of wood beneath her.

Slowly, slowly, the ocean rose under the bridge.

On the other side was beautiful, glorious dry land—several hundred feet away. She picked up her pace, the waves crashing into the side of the bridge, which was shaking treacherously beneath her.

She was running now. She could hear the swells on either side of her, growing in height and power, the groan of the bridge's support beams, her heart beating furiously—

Then her eyes opened.

Kiki sat up in bed, consulting the alarm clock on the nightstand: 5:12. She'd been cheated out of her last twenty minutes or so of sleep by the theatrics of her unconscious mind. An old rerun, no less.

She wasn't frightened—annoyed was more like it. Knowing she was up for the day, she tumbled out of bed and reached for her terry-cloth robe, once white, made beige with too many launderings. Opt-ing for a caffeine fix before her shower, she walked toward the kitchen.

Her kitchen. Small as it was, it was part of *her* apartment—not under her parents' roof, not under her husband's, but the first place she'd ever called her own.

The kitchen of the one-bedroom cottage looked out at the yard separating it from the main house, which her brother and his family now called home. The purchase of the property had been heaven-sent, an estate sale ending Ceci and Miriam's year-long search for an affordable homestead. Close to the restaurant, tucked into a cul-de-sac, the icing on the cake had been the backyard cottage, used as a guesthouse by the original owners. It was tailor-made for Kiki, who was as yet unprepared to marry herself to a mortgage, which was just as well for Ceci and Miriam, who applied her rent to their monthly payments.

Stirring sugar into her mug of coffee, she positioned herself at the butcher-block table for two, ensuring her view of the backyard. On either side of the narrow, cobblestone walkway were peachtrees, planted by the previous owners. There was room for a garden of flowers on one side and some cherry tomato and strawberry plants on the other. Next year. At the beginning of the season, she'd set time aside for gardening. She'd always wanted to try her hand at it, but city apartment dwelling had prevented it.

Gardening was only one of the big plans for her little corner of the world. In the hallway closet waited rolls of wallpaper, cans of paint, and strips of wood moulding. She didn't need much more than her own creativity to make that place sparkle with warmth and personality.

If she could only channel that creativity into producing some new material for her dreams. Last night's journey through familiar territory was nothing but a leftover, she assured herself. As a child, she'd had those recurring dreams of a turbulent sea, marked by massive waves. Although those mysterious dreams had all but ended when she'd entered adulthood, their impact on her hadn't.

The sea could never gain her trust. A day at the beach was a pleasure, and she'd immerse herself up to her hips—but depending on the sea's mercy was out of the question.

She liked the other dream last night more, if it could be called a dream. Conceived in that island of consciousness between the state of being awake and dozing off, she'd seen Tino Suarez in bed with her. The sheets thrown off the mattress, he'd covered her naked body with his, him wanting her, his kisses urgent and demanding.

Before going to bed, she'd draped his windbreaker over the other kitchen chair. Kiki pulled it free and examined it with her senses of sight, touch, and smell, especially the last one.

It smelled so good. Just like him.

Not good, girl. Another Mr. Wrong.

Maybe. Or maybe Mr. Right was incognito, protecting himself.

From out of the right-hand pocket she took a set of keys dangling on a metal ring. Attached to the ring was a round piece of black plastic, bearing the words ROYAL BOAT WORKS in gold. Beneath the words was the emblem of a gold crown.

Something a prince in disguise would hide.

And in her hand, the keys to his kingdom.

Four

How could any man be foolish enough to lose a woman like that as his wife? And all over a craving for alcohol? Tino Suarez would've thought making love to her was enough of an addiction to last a lifetime.

He sighed to himself, exchanging a cursory greeting with a man and woman entering the restaurant, arm-in-arm.

Once again, he was doing it—observing Theresa Figueroa, a.k.a. Kiki, through a window glass. This one was untinted, belonging not to a bar but to a restaurant—*her* restaurant. By the looks of things, business was definitely looking up. Customers occupied a few of the tables and booths; cars were in the parking lot, including his blue Grand Am.

But he wasn't there because of his interest in La Sirena's prosperity. Truth be told, he shouldn't have been there at all. If he hadn't hired Jesse Cochoran beforehand, he might have captained the *Wind Voyager* himself. It was gone at four-thirty sharp that morning, as scheduled, thanks to that spare set of keys. He would have been productive, getting his hands dirty with work, rather than swimming straight into temptation.

So far, she hadn't noticed him, peering in through

the picture window and glass door, debating with
himself whether or not to forget the boat keys. He
couldn't care less about the windbreaker. Replacing
the keys certainly wouldn't break him. And it wasn't
like Kiki—who'd admitted the ocean instilled trepidation in her—would be capable of boat-jacking the
vessel for a joy ride.

No, his motives for being there were more com-
plicated than that. Motives that were a matter of
pride . . . matters of the heart.

Intermittently, he caught glimpses of her, when
she wasn't disappearing behind the counter or into
the kitchen. He recognized the other woman, holding down the fort at the cash register, as her friend
from that first night he'd been there. The little girl
handing out menus and refilling the salt and pepper
shakers—had she been there that night? Tino
couldn't recall. Yet her features were amazingly similar to Kiki's; she was a kid-sized version of the
woman.

Her daughter? She hadn't mentioned a daughter
from her broken marriage. Not that she was under
any obligation to, either.

But if that was her child, that was further proof
her ex-husband was screwed up, besides being an
alcoholic. It was easy to see the man had been married to a honey of a wife. Her affection was subtle,
but it was there. He witnessed it in the interaction
between her and her friend, and the loving manner
with which she stroked the girl's pigtail as they
passed each other. She was smiling with genuine
warmth at a customer, making Tino ache a little to
know that smile wasn't for him.

At that moment, two elderly people, Hispanics, ex-
ited the restaurant. In recent years, more and more
Latinos had migrated into Suffolk County, moving

from the urban burroughs of Brooklyn, Queens, and the Bronx. Having felt like the odd man out when he'd first settled there, Tino welcomed the influx.

"Pensando para entrar?" the old gentleman asked him.

Tino loosened his necktie, which he was positive was cutting off the circulation in his neck.

"Eh, sí, señor. Estoy pensando en comer aqui." That declaration wasn't too far from the truth.

"Lo recomienda mucho. Verdad, corazón?" He linked his wife's liver-spotted hand through the crook of his arm. *"Te gustó este lugar?"*

"Sí, bastante!" the silver-haired woman agreed, smiling. *"La comida está muy buena, el servicio muy agradable."*

More pleasantries were passed between him and the old lovebirds before they departed, walking slowly down Jefferson Place. Their praise for their lunch in La Sirena brought a surprise swell of pride to him.

She and her co-entrepreneurs were doing well for themselves. On the downside, she didn't need any assistance from him anymore.

"You waiting for a personal invitation?"

Busted! And he'd believed he'd done such an A-1 job in front of that window and door, too. Obviously, he wouldn't be quitting his day job and becoming a spy anytime soon.

Running his hand through his hair, he faced Kiki, who was leaning out the open door. She was smiling at him, radiant, in a short, short skirt and chunky, high-heeled sandals.

"As a matter of fact," he said, "I was just going in."

"Mmmm, hmmmm. Whatever you say. By the way, you look real handsome in that suit. You really got it goin' on, Valentino."

He hesitated, his hand on the door handle. "It's Augustino. But I think I like Valentino better."

"Yeah, you're more of a Valentino than a saint. Come on in. I believe I have something that belongs to you."

Like what? he was itching to demand. *My heart?*

Stepping into the dining area, he watched her slip through the kitchen doors, her svelte hips doing a number on him with that left-right swing of theirs. Her hair drawn up in a high, swaying ponytail of curls and the low cut of her pullover let him see a delicate birthmark on the back of her neck. Teasingly, it invited a kiss.

He'd lived in town long enough to remember the place's prior life as a luncheonette. A place that dated back to the 1950s, the house specialty had been fabulous Philly cheese-steak sandwiches. Seated at the old-fashioned soda fountain, customers used to sip at traditional New York egg creams, either vanilla or chocolate.

Music provided the backdrop for the sounds of lunchtime conversation and silverware clinking against dishes. Classical music, a piano concerto piece, lent its quiet elegance. On one wall stretched a large, colorful map of the lady's native homeland, with the Puerto Rican flag right above its capital, San Juan. Tino chose to sit at a table near the opposite wall, decorated by a framed oil painting of a lone lighthouse on a cliff, overlooking a tranquil sea at night, the moonlight falling softly on the breakers. Curiously, the artist's name sketched in the bottom right-hand corner read "Leidiana Figueroa."

"*Hola.* Thank you for coming to La Sirena. Menu?"

Standing on his left was the little girl, greeting him with a smile and kid-like poise. Dressed in red cargo jeans, a BackStreet Boys T-shirt, and a pair of high-top sneakers, she looked more comfortable than he felt, trapped in that suit.

How his brothers—and other men clinging to the corporate ladder—did it every weekday made him passionately grateful for his profession, which had him practically living in denim.

"Gracias, jovencita." He nodded, accepting the menu.

She was a charmer. Clasping her hands behind her back and rocking her weight back and forth on her skinny legs, she recited, "Our special today is broiled red snapper. That's fish."

"Mmm, yes, I think I've heard of that." He folded his hands on the menu, turning his full attention to her. "I've been here once before, right before your grand opening. But I don't remember seeing you. I'm Tino Suarez."

"Uh huh. You carried Titi Kiki home that night, when she was dressed like a mermaid. I remember *you.*" She held out her hand in grown-up fashion. "I'm Jazzy. Nice to meet you."

"Jazzy. Ah. *Encantado.*" Amused, he took her small hand in his calloused one, lightly kissing her fingertips. "Always nice to meet such a mature young lady."

His sweet hostess blinked a couple of times at his gesture, then a giggle bubbled from her lips.

"I knew it. *I knew it!*"

"Knew what?"

She twirled around, skipping toward the kitchen. On the way, she called out, "Titi Kiki, hurry up! Your prince is waiting for his lunch—and he is so *fine!*"

The customers looked on curiously, turning their heads from her direction to his. He was the first to admit he was clueless when it came to kids. He liked them well enough, despite his limited experience with them. Other than his own nieces and nephews, whom he only saw a couple of times a year, he felt ill-prepared to interpret his little hostess's remark.

Neither was there time to dwell on it, with that man at the kitchen window giving him a critical once-over. *The brother.* Him, Tino did remember. Cecil, or "Ceci," as Kiki had introduced him, had the same complexion as his sister, sharp features, same lean build. He was a good-looking guy, but then good looks seemed to run in the Figueroa family. Realizing Tino was looking back at him, he cracked a reluctant grin.

Tino nodded, more to himself. As far as he was concerned, Latinos single-handedly invented the institution of the protective brother. Ceci's expression clearly growled, *You watch the way you treat my sister, bro.* Even though there hadn't been a girl in the whole Suarez bunch, he respected that, particularly coming from a man who'd already watched his sweet sibling hurt once.

"I thought we had it bad," Kiki was saying as she returned from the kitchen, his windbreaker draped over her arm, "getting up early for the breakfast crowd. Guess I wasn't early enough. I stopped at the marina on my way here to drop this off, and your boat had already left."

"Well, that was thoughtful of you to try. . . ." He was subdued, smiling when she slipped his key-ring from the windbreaker's pocket and dangled it on her fingers. "Yeah, I know. I completely forgot they were there. You could hold on to them, if you want. Take the family out on a cruise, one sunny afternoon."

She laughed. "You have the wrong girl for that.

The only boat I've ever been on is the Staten Island Ferry. And that had me freaked out. Have you decided what you're having?"

"What? Oh . . . I'm gonna need a few minutes. And . . ." Tino rested his elbows on the table's edge, rubbing his hands and meeting her eyes.

The sooner he got it off his chest, the better he'd feel.

"And?"

"And I want to apologize for the other night—at the bar. I really made a jerk out of myself."

Kiki's eyebrow arched. "I'm not sure what you mean, Tino."

"I mean I didn't come here for my jacket, or my keys, or even for lunch—although, I *want* to have lunch here, you know. Check out your place." He took a deep breath. "I came here because I left you with the wrong impression of me—an impression that has nothing to do with me, really. And I don't want that to be the impression of me that comes to your mind."

Without missing a beat, she asked, "Does it matter what I think of you?"

It was a simple question, direct. Her pull-no-punches, city girl streak was showing.

"Sure, it matters. Because I don't want you to think I'm someone I'm not. And I'm *not* some hard-drinking guy, bitter over a relationship gone sour. I don't want to be that guy to you. I think maybe you perceived me like that."

She had to work to keep her laugh behind her smile. Folding her arms across her chest, she informed him, "Don't worry. I didn't buy that at all."

"You . . . didn't?"

"Well, okay. Maybe you had me going for a minute. But maybe I should be the one apologizing, for getting up on a soapbox. I should've just minded my own beeswax and let you have your drink in peace."

"I understand, though. After what you went through—"

"That's all in the past. That's what I have to remind myself, you know? Catch myself, because the only place to go is forward. And I like that . . . that business about you caring about what I think. Pray tell, Valentino, what impression do you have of me?"

The woman knew how to put him on the spot! What part did she want to hear first? What part could he say without encouraging her or himself— that his impression of her was of a woman any man in his right mind would have fought heaven and hell to keep, much less a cruel vice? Of a young woman, the first in a long time, he would've wanted to take to his bed?

Or of a lovely soul that had risen from the depths of the sea, or maybe even time, as if her desire had been waiting for his.

"My impression of you is of a good woman, an intelligent and interesting woman, whose opinion of me does matter."

A moment passed while she digested those words, spoken so softly and sincerely.

"Well, I've been in that kitchen all morning. I'm kinda starved. I think I'm going to break for lunch. Should I . . . bring out a plate for you, too?"

"Please. And sit here with me, Kiki."

"And you're having . . . ?"

"Whatever you're having is fine with me." His eyes danced at her. "I'm starved, too. I have a craving for anything Puerto Rican."

Playfully raising an eyebrow at him, she turned,

liking the sound of that masculine chuckle behind her.

"Twenty minutes," she told her sister-in-law, scooping *arróz con gandules* onto two dishes. "That's all I'll be. Maybe even less."

Miriam leaned closer to her, wiping her hands with a dishtowel. "You're talking to me, remember? It'll be longer than that."

"No, no. Twenty minutes." Putting down the metal spoon for the rice, she inspected the contents of the other pots and pans.

"*Bistec en salsa.* How can you serve a prince anything less than steak?" Miriam was having fun, teasing her. "And besides, everyone else already ate, *nena.* Lunchtime's slowing down, anyway. You're the boss now. You can take as long for lunch as you like."

"Remind me later to tell you what he said to me."

"Why not tell her now?"

Both women regarded Ceci, looking over his shoulder at them while preparing more *recaito.*

"What pretty thing did this guy say to you that you don't want me to hear?" Her brother was challenging her, making it sound like a jest. "Just remember, girl, a guy'll pour on the honey but he's got somethin' else on his mind."

"Absolutely! Worked for you with me, didn't it?" Miriam punctuated her words by copping a squeeze of the seat of his jeans.

Kiki laughed with her at her brother's expense, getting a firm grip on both full plates and pushing the kitchen door open with her back.

My impression of you is of a good woman, an intelligent and interesting woman, whose opinion of me does matter.

Pretty words. Yes, they were. So sweet, so kind. They fed her self-esteem, which had come a long way since her younger years and the divorce. The time of day and being in the restaurant and the voices around her running interference wouldn't permit her to dwell on them, like a wonderful meditation.

What a difference from the last time she'd seen him. What had caused the change? It was safer not to read too much into it, to enjoy the moment for what it was.

"There's an artist in the family, or is the name a coincidence?"

She'd just set down their plates and seated herself. Glancing at the painting, she replied proudly, "There's an artist in the family. My baby sister, Leidi. She didn't do that just for the restaurant, though. She painted it two years ago, when she was a sophomore in high school, for an art contest. Took first place."

"That's the work of a teenager?" Tino paused to observe the painting again, pointing at it with his fork.

"A very talented teenager, yes. She's majoring in art when she gets to college, if she ever decides which one she's going to attend. Three schools already accepted her. Leidi's the genius of the family. And the first one to go to college."

"The first between you, Ceci, and the baby of the family?"

"Um . . . there's another sister," she answered, after her initial surprise at his sharp memory in remembering her brother's name. "Inez. None of the three of us furthered our education. Inez mostly worked in offices, Ceci took the first job that came along and learned he was good at construction, and I . . . wouldn't have made it through high school if it weren't for that lady over there."

Tino followed the nod of her head to her best friend, talking briefly with customers as she rang up their orders.

"Debby talked you into staying in school?"

"Talked me into staying? She *fought* with me about it. She cried, pleaded, until I gave in."

Seated at the table behind them were three middle-aged men, engaged in loud conversation. They were executive types lunching away from the office, calling to mind his brothers, though the slightly overweight one commandeering the discussion lacked their finesse.

". . . And I'm tellin' the stupid idiot," his voice elevated, "I don't give a damn if you already scheduled your friggin' vacation and your kids have their hearts set on goin' to Disney World. I say you gotta get in here this weekend, and that's that. I mean, he's got an obligation, right? That obligation's to the firm first, the lazy bastard . . ."

Kiki raised her head in time to see Tino shaking his, noting his irritation. Was it something she'd said? Or was it that loudmouth in the three-piece suit behind them?

"Debby sounds like she's been a good friend to you," he told her, composing himself.

"Always. She's great for the business, too. Debby studied business and marketing. I have a degree in . . ." She hesitated, some embarrassment in her laughter. ". . . Waiting on tables."

"Nothing wrong with that. Everybody has to start somewhere. And I have something in common with your sister, Leidi."

"What? You're the only one who went to school in your family, too?"

"No, the opposite. I'm the only one of my brothers who didn't go to a university. A degree's not nec-

essary for catching fish or handling two commercial
boats in nasty weather—"

"One friggin' little report! That's all I asked for.
The scrawny little bitch doesn't have any friggin'
work to do, anyway. She's dead weight. Shoulda been
gone a long time ago . . ."

Tino set down his fork and ran a hand through
his hair. "Would you excuse me for a second?"

"Sure."

Her curiosity was satisfied immediately, seeing the
fisherman turn in his seat to tap the pompous businessman on the shoulder. The other man muttered
a "Yeah, what is it?", each word reeking of arro-
gance.

"Sorry to interrupt your meal, but, uh . . . is it
possible for you to express yourself a little more like
a gentleman?"

The executive squinted at him, not understanding. Either he wasn't used to having his authority
challenged, or raw stupidity was doing his talking
for him.

"What're you talking about?"

"I'm talking about when there are ladies present—and a child, right over there, your hostess—a
gentleman doesn't swear his brains out. He shows
some respect and watches his language."

Kiki watched Tino, given solely his profile. He was
speaking quietly, not trying to denigrate the man in
front of his colleagues, yet getting his point across
firmly. The churlish businessman, whose personality
was identical to a former employer of hers, was certain to have a stand-off with him, right there in the
restaurant.

To her relief, the businessman blinked first, mum-
bling sarcastically, "Oh, well, I do beg your pardon,"

and cleared his throat loudly in cowardly protest as
he turned back to his awe-stricken colleagues.

It seemed Tino hadn't lowered his voice enough,
being overheard by a trio of women at a nearby table. Done with lunch and lingering over their coffee,
they showed the fisherman their appreciation with
a robust round of applause, the one with the ciga-
rette dangling from her lips tossing in a cheer for
him.

"Only in New York, huh?" Kiki murmured, amused
by the color in his face. "And you. You're always the
captain, aren't you? On land or at sea."

Tino fidgeted with his tie again. "It's probably ar-
chaic. I guess it's my upbringing. I'm not the world's
greatest gentleman, either, but I just don't think
you—or any of them, or Jazzy—should be subject to
hearing that. And in case you're wondering, no, I
wouldn't let my crew get away with cussing up a
storm in front of a woman, either."

She reached across the table and loosened his tie
for him. "I think you're a gentleman. I don't know
about the world's *greatest* gentleman, but . . . you're
a gentleman. Were you on your way to a meeting or
something, all dolled up like that?"

Stalling, he took another healthy bite of his *bistec
en salsa.* He couldn't very well admit he'd worn his
Sunday best for her—not without placing himself in
a more vulnerable position than he was already in.

"Actually, this is a free day for me. A free . . .
night, too. I was thinking about taking the *Wind Voyager* out for an hour or so. Ever see the ocean at
night, Kiki? It's beautiful."

"I've seen it. Mostly at night." She braced herself,
afraid of what was coming next.

"Not from a boat, though, right? Would you like
to come out with a gentleman?"

She gave him a nervous smile. "I don't know . . ."

"You haven't told me why you're afraid of the sea. Did you have some bad experience? That's usually the case. Getting caught in the undertow as a kid, that sort of thing."

"No, that's not it. It's silly, really." A smile came to her as she pushed away her plate. "I've never had the experience of almost drowning, but I imagine that's terrifying. No, with me, it's . . . these dreams. They happened more when I was little, they don't happen much now. *Pero eran muy impresionantes.*"

Nudging his own plate aside, he told her softly, "They're just dreams. You can't let dreams rob you of real-life experiences. I don't want to push you, but we'd only be out there for an hour, not that far from shore. It's going to be a beautiful night, and the water's as calm as bathwater."

Whatever was he doing to her? A flood of emotions swept into her, the strongest of which were apprehension and excitement. The thrill of doing something she'd restricted herself from doing, over an unreasonable fear, was ever more thrilling because of the company she'd be keeping while the experience was happening.

"Only for an hour?" she repeated. "And close to shore, right?"

"One hour. Close to shore. We'll pretend it's the Staten Island Ferry."

Five

Even on a night as humid as that one, it was cool out on the water. The *Wind Voyager* sliced through the currents at a swift pace, the sea spray and breezes making the deck seem cooler than it had been on shore.

Kiki buttoned her light sweater, which she'd worn over a flowing sundress. It was not precisely adequate boating attire. She was trembling, perhaps not only from the mild chill, one hand gripping the steel railing. Her breath caught now and then in her throat.

What am I, of all people, doing here?

Hours earlier, she'd been on dry land, taking turns with Debby and Miriam in La Sirena's kitchen. Now she was on the boat, a sight before her she thought she'd never see. The Long Island Sound opened up before her, resembling a desert of dark water. There was still enough light, as the sun took its time dissolving into the horizon, for her to see the shore. It might as well have been in another country.

I wonder how deep the water is, right here. Kiki pushed away the thought. It was deeper than any water, fresh or laden with salt, that she'd ever been in in her entire life. Never having learned how to swim, she'd drown in less than six feet of it, so it was illogical to worry about the fathoms beneath her.

She could hear the waves, small and benign, slapping against the boat's hull. She heard the boat's engine dying down, the sound of her own heartbeat pounding furiously. And she could hear the boat's master, the man who'd brought her to that point, coming down the steps from the wheelhouse.

"Beautiful, isn't it?" Tino asked, smiling. "Having a nice time?"

"Oh, just great!"

She bit her lip and faced the water again. Foolish, foolish, unreasonable fear. Anyone else, who hadn't dreamt for years about being swallowed alive by terrifyingly huge waves, would've enjoyed the cruise. How much she wanted to enjoy it, as well.

"Sure you like it?" He came up from behind her, placing a hand on her waist. "Because if you don't feel comfortable, just say so. I'll turn her around and get you back to shore."

Looking up at him, she saw the concern in his eyes. Her heart calmed itself for a moment.

"I'm afraid, but . . . don't they say you're supposed to face your fears to overcome them?"

"That's true. But if it gets to be too much, let me know. I want you to enjoy this, not make you more frightened of the sea."

"No, it's all right. I'm doing okay."

No one else had joined them on the private cruise. She'd neglected to tell Ceci where she was going that night, knowing what he'd say. Most of it she couldn't have argued with, either.

What a vulnerable position for her to have put herself in, as a woman. She was miles from shore on a boat, alone with a man she'd only recently met—at his mercy. Anything could happen: forcing himself upon her, throwing her overboard, sacrificing her to his North Atlantic mistress.

Yet it seemed far more likely for that jealous mistress to turn on her, exclusively, than for him to suddenly betray her trust.

He hadn't removed his hand from her waist, the effect soothing to her.

"I know this is a crazy question, Tino . . ."

"Hmmm?"

"But . . . are we on automatic pilot or something?"

He looked amused. "I dropped the anchor. We're not moving at all."

"Oh." Kiki swallowed, asking the next question hesitantly. "Any chance of the anchor . . . getting stuck down there or anything?"

"Hasn't happened yet."

"No. *Claro que no.* That's silly." She grasped the railing with a death grip. "What's that?"

"That sound? Whales."

"Whales?"

Tino nodded, politely biting back the urge to laugh. "Yeah, whales. You usually find them further out than this, though, so we're lucky tonight."

"Yeah. Real lucky."

"Hear them singing?"

She didn't reply, inclining herself to listen. The whales couldn't be seen; they were out there somewhere, in their watery domain, lifting their voices to the atmosphere. It was a soul-stirring sound, above the wind whistling through the cables and the gentle rocking noise of the steel hull bobbing in the water. It was like nothing she'd ever heard before.

The fear in her loosened, though not all the way.

"What kind of whales would you say they are?"

He shrugged. "Whales. *Ballenas.* Humpbacks,

maybe? Hey—I wonder if blue whales would travel
this way? I've always wanted to see one of those.
They're the largest mammal on earth. And they're
familial animals, so they bring the whole clan with
them."

Blue whales. That was the type of whale on display
in the Museum of Natural History, wasn't it? Her
mind conjured up the room she'd been to numer-
ous times, where the replica hung from the ceiling.
It was a very long ceiling, and the replica had taken
up an enormous amount of room. Rare and huge,
its dimensions magnified in her mind, truly the largest animal known to man.

Big whale. Little boat. A disaster of biblical pro-
portions.

"Is it . . . possible for, um . . . a whale to get carried away, while it's having fun? I mean, like . . .
getting under the boat, thinking it's a playmate, and
tipping it over?"

"Hasn't happened yet," he repeated. "But then,
there's a first time for everything, isn't there?"

At that suggestion, her stomach tightened, until
she raised her head to catch him winking at her,
chasing away some of the fear and drawing her
laughter.

"Porqué te pones a pensar así?" He chuckled, putting
a hand to his temple in demonstration. "You got
this incredible imagination, I have to say. Anchors
getting stuck in the ocean bed, stranding a boat.
Giant blue whales capsizing us. What's next—the
Force 5 Hurricane from Hell?"

She threw back her head, relaxed, and laughed at
herself.

"Kiki, you're doing this to yourself," he went on,
soberly. "You have it in your mind that something's

gonna go wrong, a catastrophe. All you're doing is psyching yourself out to be frightened."

"Oh, I know. Can I try it again?"

"Try what again?"

"Listening to the whales. Or—let's do this. What does your crew think about, when they come out here?"

"Well, they better think about working. About catching fish, and making the trip profitable, because it's certainly expensive." That wasn't what she needed to hear. Realizing that, Tino added, "But there are times like this, when it's quiet. And I'm sure they do what I've done, from time to time."

"And what's that?"

"I let my imagination rest. And I take it in—this whole other world, apart from the one we see every day. I touch it."

Her gaze lingered on his face as she nodded, before she tore it away to look out at the ocean. There was an innocent quality to her concentration that appealed to him.

And what about her *wasn't* appealing?

During that lapse in their conversation, which had become so easy between them, he listened with her to the whales in the distance. He also questioned his own judgment in bringing her out there, following his impulse to do so earlier that day in the restaurant.

Bringing a woman out on the boat and having her to himself in all that solitude was no way to discourage her unspoken feeling, or his, for that matter. Never mind that he rarely took such excursions on his own. Both the *Costa del Sol* and the *Wind Voyager* were workhorses to him. He'd owned another boat—a twenty-two foot cabin cruiser, pleasure

craft—in his twenties, and that one he'd taken out
for some R & R.

This was another date. Kidding himself and insist-
ing otherwise was impossible. He wanted to spend
time with her, getting to know her, seeing what lay
beyond the physical loveliness and surface details.
And a bad job he was doing of it so far, being so out
of the loop, never having been very good with women.

At first, bringing her on the boat had seemed a
good idea—being in his own element. She was still
timorous, probably traumatized, although he had to
hand it to her: the woman was a good sport. He'd
talked about whales, for God's sake.

Finally, she spoke, without looking at him. "You
know, it is like another world out here."

"Isn't it? Listen, Kiki, I'm going down below for
a minute. I'll be right back."

Was she appeasing him with that comment? Was
she simply being courteous? He hurried down to
the cabin, taking out the bottle he'd placed in the
freezer before she'd arrived at the pier. Tino
frowned at the two glasses on the shelf, borrowed
from home.

The plain truth was, after so long, he could've
used some pointers on creating a romantic atmosphere. But he didn't own any fancy champagne
glasses. These were regular drinking glasses, short
and stout. Ironically, they were the kind used to
serve whiskey and water. A lot of women, he knew,
would've been delighted by the champagne ones,
had time permitted him to find any.

Realistically, however, this woman didn't care for
champagne. And if she could laugh at herself so
heartily, maybe her sense of humor would be on his
side.

Not wanting to keep a lady waiting, he shot back

up the steps. He was met by the sight of a wayward breeze lifting the skirt of Kiki's sundress, raising it to her waist. That wind teased him with a titillating peek at those great legs and baby-blue bikini panties, discreetly concealing another part of her body that, to his knowledge, was foreign to mermaids.

She saw him and laughed, frantically holding down the skirt, fighting another lusty wind. Secretly, he wished the wind would win that round.

"Well, that was fun," he admitted, laughing with her. "Care for some champagne? It's nonalcoholic. It won't give you a buzz, but the guy at the liquor store assured me it tastes pretty close to the real thing."

"Nonalcoholic? You got that especially for me?" She held their glasses while he opened the bottle. *"Que dulce!"*

Another wind swept onboard, this time rustling Tino's hair. Momentarily, Kiki forgot her fears, watching him with fascination as he wrestled with a corkscrew to pop open the bottle.

What was it about looking at him that made her want to kiss him? Particularly the way he was now, his head cocked to the side, his sleeves rolled up halfway, exposing arms made muscular by hard work, a sad sort of smile on his lips.

"They even gave this phony champagne a French name," he quipped. *"Vin de la Vide.* Translated that means, 'if you can get this bottle open, you win a trip to *Par-ee.'"*

"All that from *Vin de la Vide?"* She giggled. "I'll bet you've seen *Par-ee.* Besides Madrid."

"Yeah, I've been there. The City of Lights. Whoa!" The cork blasted off, the nonalcoholic bubbly erupting in a joyous, white spray. He held it away from them, letting it fizzle over the railing, then filled

each glass halfway. "I've been to Hawaii, too. I like
to travel. Though I don't get to do as much as I'd
like, running two boats constantly."

"That's something I'd like to do someday. I think
I will, too. Now that we have La Sirena, and I helped
make it real, it feels—sometimes—like no doors are
closed to me."

"Te expresas de una manera tan bonita." The thought
had been there before, finding his voice. *"Te gusta
la poesia?"*

She shrugged, taking the time to enjoy his pro-
nunciation of the Spanish language. His accent returned whenever he spoke it, while his English was
interestingly peppered by the different places in
which he'd spent time.

"Only what I read in school. You know, you're the
first one who's ever told me that, about how I express myself. What about you? You like poetry?"

"I love it. I love reading it out here. And at . . .
other times."

Like right before I make love to a woman.

"You have a book of it onboard? You wanna read
it to me?" Her smile was coy. "I'd like that."

"Read it to you?" Tino took a deep breath.

For him, that would be dangerous territory. How
was he to read lines from the romantic poets to her
and not want to touch every part of her womanly
body?

Jarring them both to reality was a sharp knock
from beneath the boat's hull, followed by a pronounced left-to-right swing of the vessel. Startled,
Kiki lurched forward, supporting herself with an
arm around his broad shoulders. He steadied her,
his arm reaching around her waist, the rocking becoming less and less.

"What was that?" Her voice came out in a tight whisper.

To hold her so close again ignited his emotions. That was no act on her part; the violent motion of the vessel had frightened her, that tremble of her body was real. His hand raised from her waist to stroke her hair in a comforting gesture, but feeling awkward, he dropped it back down.

Peering past her over the railing, Tino investigated the cause of the boat's rocking.

"That was the first time for something," he replied, pointing out toward the water. "Look."

Another second more and Kiki would have missed it. A gray form in the water, indistinguishable except for the magnificent, huge tail flipping in the air before descending beneath the water's surface.

"That's a humpback. And I guess we're lucky it *wasn't* a blue whale."

Because a larger animal might have put the Costa del Sol *in jeopardy.* Tino had left it unsaid, yet Kiki caught his drift. She managed a nervous laugh, licking the droplets of nonalcoholic champagne that had spilled onto her hand in the motion.

"That's the first time, in all the time you've been doing this, that that ever happened to you? Well, I'm lucky, then. I get that first time out."

He laughed at her sardonic statement. She was still trembling, in all likelihood looking forward to losing her sea legs back on dry land. Through it all, she'd counted on her sense of humor and the inner strength that drew his respect.

"I'm turning her around." He drank some of the contents of his glass, thinking it tasted like white grape juice. "You have to be up early tomorrow. That's enough sailing for the first time, anyway."

Kiki released him from her hold, watching him

ascend the steps back up to the wheelhouse. She heard a cranking sound, which she assumed was the anchor being pulled back from the depths, heard the vessel's engine roar in the night, and steadied herself with a hand on the railing with that first strong jerk forward of the boat.

Why had she let her unreasonable fear get the best of her? The captain was disappointed, and rightfully so. She finished her drink, turning the glass in her hand and smiling.

He'd gone to such lengths to create an atmosphere that any woman—well, any woman who hadn't dreamt of malevolent seas since she was a kid, anyway—would have found romantic. She could blame the whales for that. It was silly, but made sense. *There are whales here; this is really the ocean.* It was the one thing in the world that she couldn't handle, even above the hardships she'd faced.

The ocean was also Augustino Suarez's territory—the prince's kingdom. That put a whole new spin on it, the first time she'd ever seen the sea that way. She held onto the railing, looking out at the foam-capped crests becoming one with the hull, trying to will herself to accept that watery desert, if not earnestly love it.

Kiki cast a wistful glance at the wheelhouse. He probably couldn't wait to get back to the marina himself, to get the evening over with already. She wouldn't be getting an admission from him of his disappointment, of that she was certain. Firstly, because getting him to open up and speak honestly about himself was about as easy as her jumping overboard for a late-night swim. Secondly, because he was a gentleman. If he wasn't, he wouldn't have come to her earlier that day to right a wrong.

Sighing, she climbed the steel stairs to the wheelhouse, grasping the railing tightly so as not to lose her footing against the boat's motion. He had his back to her, looking straight ahead through the window as he plowed the *Wind Voyager* through the water. She leaned back against the door frame, observing him.

Detecting her presence, the boat's captain gave her a smile, returning his attention to manning the wheel.

Watching him was exhilarating. A ship's captain was supposed to be some old, salty relic, if you believed in the clichés fashioned by the movies. Until that night, that had been the extent of her experience with men of the high seas: whatever she'd seen on television or on the wide screen.

This sea captain was younger, more vital. He turned the job of commandeering a fishing boat into something sexy, so provocatively masculine.

And there was more to him that she didn't understand—his ability to stir feelings in her that she'd convinced herself, over time, were dormant.

"It wasn't so bad, you know. Being out here." She added a tone of conviction to give herself credibility. "I think you're right. It was mostly in my mind, because I had fun."

"That's good to hear. *Me alegro mucho.*"

There was a formality in his disposition. He was aloof, but not cold. Kiki didn't know whether that was due to his temperament, or a bit of restrained disappointment in her behavior during the cruise. She pursed her lips in silent protest.

It wasn't as if he hadn't known what he was in for, taking her out there. She caught herself in time before she slipped into a silence conveying her own disappointment.

"Give me your advice, as a businessman." She

changed the subject. "Miriam, Ceci, all of us—we
just want to stay afloat. It'd be nice if we got rich
from La Sirena, but we're not counting on it. How
long does it take for a business to really take off?"

"I'm not the best one to ask. Maybe you should
check with other entrepreneurs in the restaurant
business. You can't go by the fishing industry, that's
for sure."

She was undaunted. "Why not? You've done well
for yourself. You can tell me if we're doing something wrong, at least."

"As far as I can see, you're doing everything you
can do—working hard, giving it a hundred and ten
percent." Then he muttered, more to himself,
"Some of us put that in and more, and still come
back in the red."

She was surprised. "I'd think you'd be in the
black. With two boats, really, wouldn't you . . ."

"Two boats, yeah. Sometimes I think I bit off more
than I could chew, buying the *Costa del Sol* after running this baby for a couple of years. Two boats to
maintain. Two boats to equip, to repair. Two crews
to pay. And a lot of days with no fish in the hold.
No fish, no profits. Not to mention the regulations
the feds come up with, that you gotta follow."

A glint of bitterness, so unexpected. Kiki thought
back to Jamila and her successful businessman responsible for Tino's broken engagement. Had he
thought her innocent remark about his business
meant she was *una interesada*, a woman out for a
man with money?

Because if he did, she was one to avoid confron-
tation, but she had her limits, too.

"Then it must be your stubbornness that keeps
you going." She chose her words carefully. "I can
understand that because that's what keeps me in the

game, too. That . . . and the fact I know I can stand on my own two feet. I don't want to depend on anyone but myself."

His smile infuriated her. "Well, lady, you're in for a rude awakening."

"Oh, yeah?"

"Yes, ma'am. You want some business advice, right? Here comes the best advice you can get. You ain't no island. Nobody is. Try running La Sirena by yourself. With no partners, maybe. With no 'crew' you can trust . . . I doubt it."

She shook her head, unwilling to go with him in another direction.

"That's not what I meant. I meant, for the most part—other than what you're saying—I don't look for anyone else to take care of me. I can take care of myself. I always have. And like I said, I don't need to be rich. If something belongs to me, then that's enough. I throw myself into it to make it work. With all my heart."

Once more, he regarded her, this time with a mysterious smile.

"Then you'll do well," he announced. "At business."

Well, thank you for your blessing! Realizing she couldn't say the words without heaps of sarcasm, she decided to forego it, deciding instead to ask the question that had been on her mind all evening.

"Without making myself look like *una cobarde*, which I've been all night, anyway—"

Before she could finish, he laughed.

"You're not *una cobarde*," he corrected her. "I didn't think that word was even in your vocabulary, to tell you the truth."

Appeased, she smiled. "What about the danger? Of doing this, I mean."

Tino shrugged. "You never know what she's going to do, the ocean. That's all I can say. And you do what you have to do."

"What're you saying, though? Have you ever been in any danger out here, or . . . is that a stupid question?"

"Stupid, no. It's a question coming from a lady who doesn't trust the sea, as it is." Quietly, he went on, "There've been a couple of storms. Okay—more than a couple. They caught us by surprise out here—thirty-foot swells, force four winds. It felt like an amusement park ride that went out of control. We made it through, though, thank God."

Thirty-foot swells. She took a breath, exhaling it loudly.

If she permitted herself, she could envision the scenario—see it, hear it—the terrible creaking of the vessel, the moaning of the wind, the waves sounding more deafening than thunder.

If she permitted herself. Her imagination, like a thief, robbed the image of him from in front of her—this physically strong man, proud and yet vulnerable, defending his crew and himself from that wheelhouse.

Finally, she forced aside that image, along with an odd sliver of deep pain.

"That has to be hard on a fisherman's family. His wife, the kids . . ."

"The woman that marries a fisherman knows the score. She knows what her husband is. There's gonna be times when he's gone, sometimes for weeks at a time. She doesn't know what's gonna happen to him out there, but that's the hard part of real life. You have to put a roof over a family's head and food on the table and shoes on your kids' feet;

you're not gonna stop a man from earning a living the way he knows how."

"I understand that, but there are other ways to earn a living."

Tino narrowed his eyes at her. "Not for me."

"No, of course. Not for *you*. Makes me wonder how much you can sympathize with your crew's wives. I'm sure you wouldn't be so cavalier if you had someone waiting through a storm for you."

"*Cavalier?*" He huffed. "That'd be true if I'd never been on the other side of the window, waiting for my father to come home after one of the thousands of storms that could've taken him from us. That kinda thing makes a man out of a boy pretty fast."

"Sure. Especially if Daddy doesn't come home."

Wisely, she didn't venture any further. To do so would've been criticizing his admittedly machismo views, but to submissively agree wasn't her style, either.

Besides, she felt she grasped the concept of "real life" better than most people. For all her dedication invested in keeping her marriage together, real life had proven itself too often a force to be reckoned with. Xavier usually couldn't hold onto a job; when he was sober, he talked of going back to school and learning a trade, passionately promising her better times on the horizon.

Better times that never materialized. She worked double shifts at Allie's, bringing home a meager salary, portions of which would disappear, that rarely covered the mounting bills. Despite her resourcefulness at finding hiding places in that upper west side apartment, Xavier's determination to find the money—and in effect, to drink it—usually won the battle.

She couldn't fault the average, hard-working fisherman for not finding less difficult, steadier, and safer work.

"And while we're talking about it, the fisherman's wife is no wilting flower, either. The ones I've known are tough ladies. They deal with it."

Oh, so *he* didn't know when enough was enough? Childishly, she made a face at the back of that salt-and-pepper head. And wouldn't she have known, he turned around in time to catch her.

"What's that? Your way of telling me I'm full of it?" To top it off, he was amused.

"No, I'm not disagreeing with that. In fact, tell me more about these 'tough ladies.' I wonder how many of them, who grew up in sweet, suburban Long Island, know what it's like, going to a city school. Having girls, who could beat the living daylights out of a boy, try to get you into a fight with them. And having to wear the same clothes your big sister wore the year before, and everybody knowing it."

"You went through *that*? No kiddin'. Were you able to get out of the fights, or did you . . . end up in the schoolyard for this girl-rumble?"

In spite of herself, she wanted to laugh at his curiosity.

"I got out of as many fights as I could—"

"Oh, good."

"*However*, the ones I couldn't weasel out of, well . . . taught me how to fight. *What?*"

Tino gave an exaggerated shrug after giving her slight, feminine frame an incredulous once-over. He kept a chuckle at bay.

"Nothing. I'm sure you were very . . . uh . . . intimidating. I guess. Naturally, if I'd gone to school with you, I would've pulled you out of there—and fast. Even if I did find it kinda . . . cute, in a strange way."

She rested her head back against the door frame. As a man, and a Spaniard *machito* to boot, he'd surely find a cat-fight humorous. Never mind that those urban fights went deeper than a silly girl-fight. It had more to do with the image some urban kids held of themselves, or the chip some carried on their shoulders.

In bantering with him, she'd forgotten they were out on the Sound. For that time, she realized, she'd been released from the fear that had gripped her since they'd set out. Now she could feel the wind, heavy with that ocean scent, on her face and saw the silvery lights of homes and establishments not far away along the shoreline.

Her first ride on a boat. She'd made it without the sea, that predatory animal, smelling her fear and swallowing the *Wind Voyager* whole. She felt foolish, she felt relieved, she felt the spirit of celebration coming over her.

They were *dreams*. Nothing more. Powerless, silly dreams. Barring the last one, she'd outgrown them. Her unconscious had discarded them, like less-favorite toys from her childhood.

No. Toys were a lousy metaphor. Those nocturnal images had kept her captive, afraid of new experiences that, while not necessary, shouldn't have been avoided.

Lingering at the bow, Kiki watched Tino as he secured the boat to the dock. His life differed radically from hers. She didn't fully understand him any more than he seemed to understand her, if he even cared to. Giving him the benefit of the doubt, he might have.

The thing was, she cared to make the effort. And not for the superficial reason of that experience having been offered by him.

The reason was more personal and affecting.

"Can I come out with you again sometime?"

His eyes widened at her. "You'd want to go again?"

"That depends."

"On?"

"On if you wanted to take me. I don't know if I'd go with anyone else." She rolled up her sweater sleeves, subconsciously. "And on other things, too. If you have time. If I can get away from the restaurant."

"Tonight, on the *Costa del Sol*, was unusual for me. But if you've never gone deep-sea fishing, and think you'd like to, I'll take you out on one of the party boats some weekend. I didn't think you liked it."

"You know what you're doing. I think that made the difference for me."

Tino stepped onto the pier first, turning to lift her off the boat by her waist.

"Oh, then I made you feel safe, out there, on my dangerous mistress?"

Kiki noticed his hands made themselves comfortable, resting on her waist.

"Curious point—how a man attracted to such a dangerous 'woman' can make another woman feel protected."

"Even more curious when the one he's protecting is almost as dangerous as the first one."

"Don't tell me you're loosening up . . . at last?"

"And why not? We're not exactly strangers anymore."

"No, that's true. And I don't consider you a stranger once you've been served at La Sirena."

"And you're not a stranger once I take you out on one of my boats."

The man was getting adventurous, shedding his

armor of reserve to flirt with her. She was struck by the tenderness, a moment later, of him leaning hesitantly closer to her, coaxing a soft kiss from her mouth.

Playfully, she prompted him, "Kiss me the way you'd kiss her—the dangerous one, if she was a woman on two legs."

"That *is* the way I'd kiss her. And this is the way I've wanted to kiss *you* all night."

Another light brush of the lips, and another, and then her lips parted eagerly to receive his tongue.

Now why couldn't he have kissed her that way before? The boat could've passed through the eye of a hurricane and she wouldn't have flinched.

Six

Two days later, the forty-five foot *Wind Voyager* returned to dock, carrying a fishhold of good fortune.

The whimsical sea, that could be as miserly or as generous as she pleased, saw fit to bless the crew with her rich bounty. It was the best fishing either of Tino Suarez's boats had seen all summer. Accordingly, some local fish store merchants waited anxiously on the pier for the boat to pull into its slip, her high-spirited crew moving deftly to secure her.

Tino returned the wave of that trip's captain, Nate Wagner, stepping down from the wheelhouse. One of the younger but experienced crewmen, Santiago Peña, spotted the boat's owner and flailed both gloved hands in the air, comically.

"Yeah, you're gonna like this one, boss!" The crewmen behind Santiago rowdily hooted and hollered, "We're gonna be rich! Maybe only for a day, but dammit, we're gonna be rich!"

Tino saluted him. "That's what I like to hear, my man. That's what I like to hear!"

He loved those successful trips. Aside from the monetary benefits, there was nothing more uplifting than four or five men rejoicing over the knowledge that nets full to the point of bursting meant cash in their pockets. The productivity of a trip compensated for the days away from land, far from their girlfriends or wives and kids, the sunburn or the cold, and the nerves often on edge.

Coming back from a commercial trip psyched, dirty, and smelling of fish beat downtrodden attitudes, long faces, and empty pockets any day. Hands down.

The morning of a huge catch meant pandemonium to a certain extent. The fish merchants pushed and shoved for choice fillets, most of the bounty going to local fisheries and the restaurants. The crew worked vigorously to keep up with their orders. Gray gloves became a dark crimson from the fish blood; money exchanged hands; voices shouted through an otherwise ordinary and quiet morning, haggling over prices and bickering.

Drunken pirates couldn't have matched the energy and craziness.

Life would've seemed faultless if every trip came to such an intoxicatingly victorious close. But since no trip was a guaranteed winner, Tino reasoned to himself as he counted a thick wad of bills, a fisherman had to make the most of those good times.

"I'm taking my girl out for dinner tonight," he overheard another of his blood-soaked crewmen, Mitch, telling Santiago. "After dinner, I'll take her to the Sea Breeze, and party till we drop, man."

"Hell, you wanna eat and drink with your girl, man?" Santiago scoffed. "Who wants to eat and drink? I've been on that damn boat so long, me and my lady, we're gonna make love all night long!"

Under his breath, Tino laughed. But boy—a combination of those plans sounded good.

And wasn't it ironic that, dangling from Mitch's ear, there was a tiny, gold-plated earring in the shape of a mermaid? A small, insignificant reminder sending the face of a very significant woman into his memory.

Work. He had work to do. Between the preparations for the *Costa del Sol's* upcoming trip and the *Wind Voyager's* big win, he didn't have time for Kiki Figueroa.

All right, so the woman almost had him two nights ago. He'd sensed the warnings, telling him to back off. Don't be a fool, getting so close to the riptide. He hadn't wanted the night to end, part of him hoping to take her to one of the boat's cots and release the desires clamoring for satisfaction.

Through some resolve, he'd talked himself into taking her home. He'd been caught unawares by the sudden emptiness that came at him like a sharp blow, as he left her side to drive alone to his place.

She hadn't liked the cruise one bit, although it was gracious of her to insist she had. He'd still played the fool, taking her out there, probably seeming callous toward her fear of the ocean.

There was also that little matter of her disapproval—glossed over, yet it came through loud and clear—of his profession. He had a good mind to take the *Costa* out as captain to prove his point. Not that he'd be seeing her again, because it was better to get out of the blossoming relationship before he got himself in too deep.

Still, if he'd chosen to see her, he would've settled that disagreement early on. He wasn't about to replace his livelihood with any other trade in the world, surrendering an integral part of himself, for any woman.

When all was said and done, it was time to dole out the wages to his captain and crew for their troubles and hard work, not to mention some hours of boredom out on the open sea. His own take as owner was the most impressive it had been all year, including a percentage to be reserved for business expenses and taxes.

Thanking the men and praising them one final time, he headed toward the parking lot for his car. In the hustle and bustle, he hadn't seen the oh-too-familiar face of a man leaning over the railing and watching. At the sight of him, Tino groaned to himself, hoping to avoid the spectator.

It was Seth Ramsey. Tino almost didn't recognize him, now that he'd put on some weight and was sporting a full beard. Even from that distance, he saw the eyes smiling at him through silver wire-rimmed glasses, and out of common courtesy, waved a greeting.

A mountain of a man, Seth had all but disappeared from town for the past year or so. To Tino's recollection, their parting had been a tumultuous one. It had climaxed with him firing one of the best fishermen who'd ever worked his boats.

The truly upsetting thing was that, regardless of how irascibly they'd ended, he'd always liked Seth Ramsey. Their life experiences were similar, the American having practically grown up on his father's clam boat down in South Jersey. The common bond ended there, with Tino's character being reserved and businesslike, and Seth being a man who thrived on good conversation with the intensity of his love for the sea. He'd never quite figured out how Seth did it, but he'd always managed to draw him into deep, evocative, man-to-man conversations that filled those restless hours away from land.

"Here's what I make of it," Seth began, as Tino reached him on the pier. "One of two things: either your captain made a pact with the devil to get a catch like that, or your crew got buddy-buddy with some *very* hospitable mermaids."

Another reference to sea sirens. Tino was starting to feel perfectly spooked.

"I'll leave you to wonder which. I'd rather not give out trade secrets." Out of respect for their former friendship, he offered Seth his hand to shake. "Good to see you, man."

"Eh, you and me both know that's not true. But I appreciate the thought." His handshake was as firm as ever, the chortle more rounded, perhaps because of the added weight, which suited him well. "I like what Santiago said, when I saw him. 'You still around, Big Man? We thought you were dead.'"

Pretty logical conclusion, Tino agreed inwardly with his crewman. The thought had occurred to him, too, in the stretch of Seth's lengthy absence.

"Where've you been?" he asked. "Whose boat you workin' on these days? You must zip in and out of here, because I know our paths haven't crossed in awhile."

"I wish I could rattle off the name of every damn boat in the place. Especially the *Wind Voyager* and the *Costa.* But, no—I just got back to the Island."

"Oh. That's good. Real good."

Seth squinted at him, knowingly. "Aren't you gonna ask me how I've spent this lovely year?"

"That's none of my business. If you want to tell me of your own volition, you will."

"Yep. I'm talking to the same Tino Suarez. Good man." Seth laid a large hand on his former friend and employer's shoulder, proceeding to stroll slowly with him along the pier.

"Okay, then, of my own volition . . . I've been getting my act together."

Here it comes. Tino said nothing, automatically

phrasing in his mind a brief *"No, I'd rather you not work for me anymore, sorry"* speech.

Seth stammered on, "I spent about three months in the hospital."

"Oh? What happened?"

"Uh . . . use your imagination. Totalled my car, banged myself up somethin' wicked. I gotta just thank my lucky stars nobody else was hurt in the accident. I would've done time for doing crack and then getting behind the wheel."

"Yeah, I'd say you would've." What else could he say? Not surprisingly, the news of his old friend's whereabouts pained him. "Glad to hear you're all right now. Well, I gotta get to the bank—"

"I spent the rest of the time at rehab," Seth interrupted him. He took Tino by the arm in a manner that seemed an unspoken plea for him to listen, immediately releasing him. "This place in the City. Top-notch. I got clean there, Suarez."

Tino distanced himself with a generic response. "Oh, well . . . I'm happy for you, Seth. For you and your family."

"My family. Yeah. That's what I, uh . . . I came down here to talk to you about." Thrusting his hands into his pockets, Seth cleared his throat, sounding no less hoarse. "I hear the *Costa del Sol's* going out this week. I need a job, Suarez, I really do. And I was wondering if you had a spot open for that trip. If you'd . . . if you'd hire me again."

"A spot open on the *Costa.* Eh . . ." He shook his head in unspoken doubt—a lie, and a painful one, as well. "Sorry, man. Offhand, I don't think so."

Seth shrugged. "Yeah. Look, uh, you don't have to tell me right here on the spot. I don't wanna pressure you. It's just that . . . Emily's not with me anymore. Oh, she lets me come over sometimes, and she's never stopped me from seeing my kid. But she wants to see proof that I've turned my life around before she takes me back."

Tino was pensive. Emily reminded him of another loving wife, one who'd fought for her marriage, who'd held on, hoping against hope. He felt his heart softening.

"I start working again," Seth continued, "start being a man and providing for my family . . . That's proof, right? I start working, be a real human being again, I . . . get my family back."

That's it. I'm gonna cave.

Tino knew himself, and he was going to give in. Although, how could he? He'd originally fired Seth because he'd committed himself to two trips and, in the haze of drugs, had never shown up. Contrary to Seth's easy-going nature, he'd become belligerent with his shipmates on the last trip, a dangerous situation out in the middle of the Atlantic.

Their impromptu meeting was so different from the day they'd parted ways, which ended in a shouting, head-to-head match where the shoving had almost led to a fistfight.

Yet, staring back at him, anxious for a positive answer, was an old friend and a fine fisherman. Seth was smiling, trying to keep his dignity and pride intact while humbling himself. Tino couldn't help himself; he respected that, and he clearly understood a man's right to his pride.

"Just think about it. All right?" Seth was subdued. "That's all I ask. If you decide yes, you can call the old number. My phone's not hooked up yet, but Emily'll give me the message."

"I'll give it some thought," Tino promised.

Seth shook his head again. He turned to walk away, keeping his back erect and his head high.

"Oh, and—Seth!"

"Yeah?"

"I missed those long, long conversations of ours."

"They're called bullshit sessions, buddy." A shadow of the old Seth, before his drug problem, surfaced in his impish grin. "I can say that. There are no ladies present, if you notice."

If nothing else, his comment won him Tino's hearty laughter.

That Wednesday night was a "night off" in name only. Miriam, Ceci, Debby and Kiki had been alternating evenings off from La Sirena for rest and relaxation away from the restaurant.

Tonight was Kiki's turn, and she was spending her free time exactly as she'd spent the last night off: catching up with household chores.

She didn't mind. Now that she had her own washer and dryer, she'd washed two loads leisurely while reading Terry MacMillan's *How Stella Got Her Groove Back.* It was so pleasant, lounging out in her little house, folding clean clothes and sipping a cup of *manzanilla* in her kitchen, instead of being stuck for hours at a city laundromat.

It was so peaceful. The music of Marc Anthony played from her aging stereo system. Kiki sang along with him, having memorized the words of a romantic bolero, amusing herself by mimicking the singer's same emotional overtone to the song.

Hey, why not? All this feeling has to go somewhere, right? I might as well use it up with singing.

Rankled, she sighed. Two days had come and gone since she'd cruised the sea with Mr. Augustino Suarez. She didn't claim any right to those feelings of frustration after so short a time. To his credit, the

man had mentioned *maybe* taking her out again—
sometime, as in the future. The future didn't neces-
sarily mean within the same week. He hadn't made
any vague promises or led her on at all, and by the
same standard, neither had she obligated herself to
anything more.

Yet what she felt couldn't be expressed easily.
They'd exchanged their home phone numbers, and
the itch was there to give him a buzz and invite him
to share her precious free evening. He was on her
mind constantly, almost to the point of obsession.

A sweet obsession, something supernatural and
awesome, bringing to her both affection and desire—as if they weren't people who hadn't known
each other that long, but lovers attached by their
human spirits.

She laughed at herself, setting a bundle of folded
towels on the rack in the bathroom. That was the
silly and desperate ardor of teenagers, and she definitely wasn't a teenager anymore. Her only serious
relationship had been with Xavier, making Tino the
only other man in her life who'd ever effected her
so powerfully. And even with Xavier, it had been different. Their love for each other was born when they
were fourteen years old, so it hadn't really been love
at the start. The relationship, through time, grew
into love.

Kiki was a girl when Xavier came into her life; she
was a woman when she first laid eyes on Tino—a
man who, for all intents and purposes, could either
take her or leave her, judging by how he kept his
distance from her.

And there was nothing she could do about it.
She'd flirted with him, given him more than ample
hints of her interest in becoming more to him. She

wasn't about to cast aside her pride and openly fling
herself into his arms.

Except I belong to you.

There was that thought again, as unreasonable
and mysterious as her fear of the sea. She didn't
have to say it out loud because she knew he didn't
reciprocate her feelings.

The doorbell chimed as she was about to tackle
the last round of unfolded clothes. According to the
microwave oven's clock, it was 7:22. Her people were
all still at the restaurant, which meant it was probably one of the neighbors, perhaps Mrs. Frobisher,
the elderly lady in the house across the yard. Ceci,
as a good neighbor, had taken it upon himself to
mow her lawn along with his own, and she was a
dear lady who repaid the Figueroas with her home-
made butter cookies or flowers from her garden.

"Mrs. Frobisher?" she asked through the door, out
of habit.

"No, it's me. Tino."

Speak of the devil! He was standing in her door-
way of his own accord.

"Tino?"

Incredulous, she opened the door to see him
standing there, his hands in the pockets of his windbreaker, his legs spread slightly apart. He lifted his
head, his smile endearingly shy.

"Hi. I was in the neighborhood and thought, uh,"
he stammered, "I'd drop in. Unless you're busy. I
know I should've called first . . ."

"No, no. *Por favor, entra.* I'll try to tear myself away
from the excitement of folding the wash to entertain
a guest." She opened the door fully, inviting him
in.

"*Gracias*! Actually, I passed by the restaurant to see

you. Your friend, Debby, told me you had the night off and where I might find you."

So much for his excuse of "passing through the neighborhood." Neglecting to tell him he needed no excuse to come to her home, Kiki efficiently cleared the pile of clean clothes from the table, putting the white clothes basket aside.

"Let me turn down that stereo a little," she said. *"Y quieres café?"*

"Okay."

"Americano o expresso?"

"Ay, americano."

Tino seated himself on one of the two chairs at the table, taking a moment to appreciate his surroundings. The kitchen was small but friendly and intimate, scented with the aroma of pine cleanser. Colorful ceramic canisters lined the wall beneath the wooden cabinets. Beside them, a small spice rack with room made for *bijol, comino, Sazón,* and Adobo, and a little trophy for "The World's Greatest Aunt" helped to compose the cheery arrangement.

He sat upright when she breezed back into the room, setting the teapot on a burner for herself and preparing the coffeemaker for him. A wide hairband tamed her thick mane away from her lovely face.

Lovely was not the word to describe her; she was *preciosa*—and naturally so, relaxing in her home, her face clear of cosmetics.

For a woman to be, at least outwardly, unimpressed by her own good looks made her even more irresistible. His former fiancée had been beautiful, too—but vain, very vain. She wouldn't have been caught dead receiving a guest, whether it was her fiancée or anyone else, dressed in an oversized T-shirt and flip-flop sandals. With her back to him,

Tino was free to admire her curvaceous behind in those cut-off shorts and her tawny, willowy legs until she turned around.

"I won't stay long," he told her. "I just passed by to see how you're doing, and . . . for a couple of other reasons."

"I'm doing pretty well. You know. *Siempre en la lucha!*" She smiled, setting onto the table a dish with a bar of cream cheese, a bar of guava paste, some Ritz crackers, and a butter knife. "So. What brings you here tonight?"

She nodded at the plate of goodies, motioning for him to help himself first, as her guest.

"Well, I have the *Costa del Sol,*" he began, slicing a sliver of cream cheese onto a cracker, "going out this week on a trip . . ."

"And you were wondering if I'd like to be part of the crew?"

He winked at her, easily teasing back. "Exactly! You interested?"

"Sorry. I'd love to, but I have a previous commitment on a boat down in San Juan. We're going out for mahi mahi."

"I don't blame you. Sounds like more fun." He handed her the knife, taking a bite of the snack. "Seriously, though. I was approached today by a guy who used to work for me, a guy I fired over a year ago."

Kiki leaned forward, interested. "Why'd you fire him?"

"That's just it. He had a little problem with drugs—as in, he was addicted to them."

"Hmmm." She listened as she sliced away at the guava paste.

"Nice guy—when the drugs weren't doing his talking or thinking for him. He says he's cleaned up now, after some time in rehab. He and his wife are separated. They have a little boy. Seth wants a job for obvious reasons, to make some money, but also to show his wife he's back on track."

"I see. And . . . this has *what* to do with me?"

"Well . . . I've been tossing this over in my mind, all day long. I didn't commit to anything, but do I hire him? Do I believe he's all right now, or am I supposed to be suspicious and tell him to get lost? I thought I'd talk it over with you, get your perspective on it."

She blinked. "Because I have experience with an addictive personality?"

"No. Because I'd be interested in hearing your opinion. And maybe advice."

"My . . . advice?" A slight smile broke on her lips. "You know, I'd probably consider his wife, too."

"That's what I'd hoped. I've known Emily a long time, too. She's a nice lady. He's American, she's another *boricua*, like you."

"Ah. An American with good taste!" she observed, laughing deliciously. "What happened, specifically, that you fired him?"

"You can imagine. He slacked off where his responsibilities were concerned, and worse—he got into a fistfight with a crewmate on the *Costa del Sol.* Seth would've thrown him overboard if the other guys hadn't pinned him down."

Kiki shuddered. She ate in silence, thinking. On the one hand, she was touched by his respect for her, having gone out of his way to seek her opinion. Or was there more between the lines that he wasn't saying? It would've been simpler and more convenient to pick up the phone.

But he wanted to see her again, to pass some time with her. All the more reason for her to be cautious with the advice he'd solicited from her on handling such a delicate situation.

"He gave me permission to call Emily," Tino said, "to check out if everything he'd said about being off drugs was true."

"How sad to have to do that, because he knows his word's not good enough anymore."

"I know." Finishing another cracker, he leaned forward. "To tell the truth, it upset me. I know it's not a position I'd want to find myself in. Part of me wants to be the hard-lined businessman, but another part of me wants to hire him. Hey, if it's true, if he's got his life back and I can help him and his family in some way . . ."

"That's very noble of you."

She'd almost forgotten his coffee, already brewed in the carafe. Rising from the table to pour it, she said, "And that's what I want to tell you is the right thing to do. But . . . did you call his wife?"

"Not yet. I'm doing that as soon as I get home."

"Good. Call her. And then if she tells you he's telling the truth, give him a job, Tino. I mean . . . at the end of it, that's your boat, it's your decision, but you have to do what you feel inside is right. And I am thinking of his wife and kid, too."

"I thought so." He accepted the mug from her, his hand brushing against hers. "I'm trying to think of them, too. It's just that—"

"He let you down before. I know. Besides that, you're responsible for what goes on on your boats. You're right to be careful, Tino."

"Which brings me to my other reason for coming tonight." Drinking his coffee black, he said, "I'm going on this trip."

"You are?"

"Yes, I am." He made the declaration with finality, sternly.

"Excellent!"

Suspiciously checking her expression, he repeated, "Excellent?"

"Sure. That's for the best, that you'll be on this trip." With gusto, she cut a slice each of cream cheese and guava paste onto a cracker. "You can monitor his first time back at work. And with the boss himself onboard, I'm sure—what's his name—Seth?—will be on his best behavior."

"Yeah. That's . . . my exact thought, too." Tino sniffed. "Seth respects me. I think he himself will feel more comfortable, knowing I'm there."

"Wonderful!"

"And, uh . . . on a personal note, I'll be gone for over a week, so . . . I thought I'd see you before I left."

Kiki finished her chamomile. They'd come to the tricky part.

"Would you need me to keep an eye on the *Wind Voyager* for you?"

"No, nothing like that. On a personal note, I said. I just . . . I wanted you to know, in case you didn't hear from me, you'd know where I was. So you wouldn't wonder about it."

An interesting development. Kiki felt as if he'd dealt out the cards in some game of emotional poker, leaving her to decipher his hand before playing her own.

"I would've assumed you were busy," she told him, honestly, "if I didn't hear from you in a few days. Or thought . . . you weren't interested in seeing me again."

"If I wasn't interested, I wouldn't have come tonight."

She cut another thin slice of guava, this time resting it on the length of her finger instead of a cracker, and offered it to him. His mood lightened, and Tino ate it from her hand, thoroughly licking the stickiness from her finger.

"You okay with that?" he asked. "With me going on this trip?"

Understanding right away where he was coming from, she smirked.

"Sure. That's your work, isn't it?" She was coy and charming, parroting his sentiments on the subject back to him. "And are you forgetting I'm a tough lady? I can stand the trials and tribulations of the fisherman's life."

He'd been put in his place quite well. Amused, Tino took the handle of the butter knife, preparing to slice a piece for her, then set it back down.

Should the little game continue, he wouldn't be leaving that little house anytime soon.

"It's fortunate that one of us can deal with it," he admitted, reluctantly. "Because this will be a long trip for me. Longer than usual."

"Why's that?"

Shifting uncomfortably in his seat, he avoided her eyes.

"Oh, because I haven't been out in some time. It's hard to get back into the swing of it."

"Oh."

"And because it's not every day I find myself babysitting one of my crew."

"In a way, that's what you'll be doing," she agreed, smiling.

"Yeah." He was going to regret the next part, but said it anyway, having taken a deep breath. "And it'll feel like a long time before I get to see you again."

The tea kettle sent a loud whistle through the kitchen. Kiki had lost her yen for that second cup of herbal tea.

"And in that vein," she murmured, "when you come back, I want to be one of the first people you see."

"You will be."

She went to the stove to switch off the burner. At a loss for words temporarily, she stood with her back to the counter, watching him turn at the waist to look at her.

"I don't expect anything while I'm gone." He sounded hesitant. "What I mean is, I don't expect you to sit and wait for me till I come back. If there's someone you want to see, well . . . I know how long the days are."

He made it difficult for her, more so than it had to be. She was faced with the decision of making herself out to be some kind of party-girl, or the equally unflattering status of a wallflower.

"I don't have time to sit and wait," she told him, flat out. "I wish I did. While you're working, I'll be working. But when your boat comes back, I'll make the time to be with you. And in the meantime, I'll be thinking of you."

"What are we to each other?" Immediately, he shook his head, after asking the very question on the tip of her tongue. "I shouldn't ask that. It makes it seem as though I'm bringing commitment and demands onto you, and I don't want to do that."

Smiling to hide her disappointment, she reached out her hands to draw his face to hers for a kiss. He gave into her willingly, and with her eyes closed, she heard his chair move noisily aside as he stood to his full stature.

What are we to each other? She didn't have the complete answer to that, being that her own role in his life was murky. All she knew was what he was becoming to her, and that was the only man she'd wanted since the disintegration of her marriage, the only man who haunted her thoughts.

"I have to be going," he said abruptly, in a raspy voice.

Kiki pressed her body tighter against his. "A little while more. Stay."

Moments away. That was all he was from obliging her. Tino buried his face in her hair, holding back a moan. The invitation to stay would inevitably lead from the kitchen into the bedroom.

It was the real thing, not the performance of a fantasy through a bar window.

"Stay," she whispered again.

And how much he wanted to remain there. He didn't even know if he could make it the short distance through the living room to the bedroom, wanting to take her right then and there. Just to push everything off that table, clearing it to sprawl her onto it, and be inside her, finally. It'd be animal and wild and against his reserved nature, but he ached for it.

Whatever was coming over him, he fought like the devil to restrain.

"When I come back," he found his voice to tell her, kissing a handful of her tresses. "Please understand. I have to go."

Seven

"He's gone. He's been gone for days. But it feels like he's here with me. So tell me the truth: do you think I'm crazy?"

Debby Wilcox sighed, dropping her chin into her hand.

"You're crazy," she confessed, whimsically. "And I'm insanely jealous that I don't have my own fisherman to miss."

Those slow days at La Sirena were bad for business—good for girl-chats between Kiki and her best friend/business partner, but bad for business.

That was all right. The last two evenings had made up for it, with an entire church youth group dropping in for dinner with the minister and a slew of employees from a local radio station choosing La Sirena for a coworker's birthday bash.

Ceci was in the back, checking the stockroom for supplies. Miriam had taken advantage of the opportunity to take Jazzy shopping for school clothes.

And Kiki sat at a windowside table with Debby for a heart-to-heart over Cokes.

"There's not much to be jealous about," Kiki said. "I don't know, Deb. It's too early for all this yearning on my part. The relationship—if you can call it that right now—is still young."

"I'd call it a relationship. And what's even better, it's a *healthy* relationship." Debby laid it on the line, with the frankness and familiarity of an old friend. "It's not like with Xavier, where you wondered if he'd gotten hit by a car or if he'd fallen down drunk in a ditch somewhere. You *know* where this man is. He's on a boat, for heaven's sake—out earning his living."

Kiki stirred the melting ice in her glass with the straw.

"I'd feel better if I knew where I stand with him."

"He told you it'd be a long trip for him without seeing you, right?"

"Right. And then I asked him to stay the night—twice—and he told me he couldn't stay and left."

"You asked him to stay the night?"

"Twice.

Debby gave her a bad-girl smirk. "You somehow forgot to tell me that part."

"I didn't forget. It was a calculated move on my part." Kiki studied her nails absently, then folded her hands in front of her. "I was rejected. Let's face it. I made a pass at him, and he left me cold. He must think I'm this wanton woman—"

"Which you are not," Debby emphasized without hesitation.

"Which I am not, that's right. But, oh, Deb—I am *so* out of practice when it comes to being with a man again!"

"And he was a groom left at the altar by some cold-hearted bride." Her best friend sipped her soda. "You have to take that into consideration, Kiki. That might be why he's not moving faster with you. Everyone knows women are more resilient than men in that area. Once bitten, twice shy, as they say. We women bounce back, emotionally; men'll fight to the death not to have their hearts and pride battered again."

"I know, I know." Kiki's sigh was impatient. "But if he would just let his guard down, just a little. And if we could have one night together. One. I'd give him what he was missing. He'd leave my house, Debby, feeling loved inside and out."

Debby looked reflective. "And that's what it is with you, Kiki. You're scarred, too, you know."

"No, I'm not—"

"*Yes, you are,*" her friend argued. "You have all this love to give inside you, and you got cheated out of giving it. You finally meet someone who sounds like he's worth it, like he wants you, no matter how much he fights it. I say, hold on and don't let go. You did that before. You can do it this time, and this time, it's worth it."

The door to the restaurant opened, causing them both to glance warily at the couple strolling in arm-in-arm. Their conversation ended automatically with Debby heading to the counter for a menu.

There'd been a store on the strip, some blocks down, that had been robbed a few days earlier. The news had travelled through the grapevine to the Figueroas. It was startling in that their location was a good one, part of their reason for setting up shop in that section of town. Two young men had entered the store, forcing the cashier to empty the register at gunpoint.

The poor cashier and store clerks were shaken, but no one was hurt, fortunately. Still, it was something one expected to happen in the city—not a quiet, residential fishing town.

The potential for danger was everywhere—by land or by sea. Kiki realized that when she heard the report of the burglary, relating it to Tino out on the *Costa del Sol.*

The situation was becoming an emotional one for her. If Tino Suarez had meant nothing more to her than someone to pass the time with, his safety out on the sea wouldn't have weighed as heavily on her mind. She wouldn't have found herself, a few days earlier, worrying about him, saying a prayer for him while a late-summer thunderstorm moved through the coast.

It was even nice, she thought, to have someone to worry about—even if it was still connected to an unreasonable fear.

"Easy one," Debby said, as she stepped behind the counter. "Two coffees and two flans."

Kiki was about to help her when another customer walked in, a woman with a small child. She nodded at Debby, getting another menu and checkpad.

"Hi, welcome to La Sirena!" she greeted the woman. "I'll be back in a minute."

The customer smiled shyly at her. She was a young woman, a Latina, petite but slightly chunky, her shoulder-length, brown hair tinged with auburn highlights. Her little boy was six or seven, with her features, but of fair complexion. In tender motherly fashion, she helped the little one off with his light jacket and got him settled at the table.

"Are you Kiki Figueroa?" she asked, as soon as two glasses of iced water had been placed on the table.

"Yes, that'd be me!"

"Hello, Kiki. You don't know me, but my husband works for—um, I'm Emily Ramsey." Extending her hand in the offer of friendship, she said, "A friend of yours, who my husband works with, recommended your restaurant to me."

Kiki made the connection instantly with Tino's crewman, shaking the woman's hand firmly.

A friend of yours. Her shoulders sagged mildly. She would've preferred another description, but her smile didn't falter.

"Tino Suarez's word-of-mouth is better than having an advertising agency," she said, with a laugh. "Thanks for coming. I hope you enjoy it, and . . . who is this?"

"My son, Christopher." Motherly pride shone through a veil of shyness. Firmly but gently, she eased the fidgeting child back in his seat. "Don't mind him. He's a little cranky now. I've had him out running errands with me all day."

"Believe me, I have a niece around the same age. She's six, and she's my sweet, baby girl, but when she's tired out, she can be a terror."

"She's six? Oh, Christopher's only four."

"Really?" Kiki glance at the boy, complimenting his mother with, *"Tremendo varoncito por tener solamente cuatro años!"*

"Verdad que sí? He's going to be big, like his daddy."

"Yeah, and with those eyes, he's gonna be a real ladies' man, too! Let me get your order for you and I'll be right back."

Mother and son both decided on light fare. A steak sandwich for Emily, a ham and cheese sandwich for Christopher. Kiki spooned a little extra sauteed onions on the steak and used equal care in ensuring the child's sandwich was delicious. She prepared all of her customer's orders diligently, but not always as lovingly.

This was a friend of Tino's. That entitled her to the red carpet treatment. Although, if Emily's husband hadn't known Tino from Adam, and Kiki

would have known her background, she would still
have been treated as a queen at La Sirena.

This was a woman who was doing the best she
could, holding her family together, with a child to
raise. From behind the counter, Kiki watched her.
As shy and soft-spoken as Emily Ramsey was, she'd
steeled herself against the man she loved, refusing
to accept unnecessary misery and hardship from
him for her son's sake and her own. She was the
queen of her modest home and deserved every
ounce of respect owed to her.

In the situation where a customer was known to
a friend or relation, Kiki was never sure whether to
linger at the table and chat or permit the person to
enjoy his or her meal without disruption from her.
She neither wanted to make the person feel obligated to talk to her, nor seem cold and walk away.
When the place was packed and things were hectic,
that problem usually resolved itself, but on that day,
the only other customers were being attended to by
Debby.

Emily Ramsey's shyness didn't help, either. So
Kiki decided to leave her alone with her son, customarily interrupting them halfway through to ask
how the meal was. Everything was wonderful, she
was told, and when she had a chance, Christopher
was now asking for a chocolate sundae, with
whipped cream and two cherries for dessert. He
received a little extra chocolate sauce and five cherries, to his delight.

There was genuine appreciation in the woman's
eyes. Perhaps she wouldn't have been as appreciative
if she'd realized how much Kiki wanted to pick her
brain. She felt a bit guilty, itching to ask Emily what
else Tino had said about her, personally, if he'd been
given to confide in a long-time crewman's wife. She

wanted to ask her what it was like to have a fisherman as a husband, how their relationship was af-
fected or not by his time spent at sea. It would be
pleasant, helpful, too, if she became acquainted with
someone experienced at being a fisherman's lady.
And mostly, she wanted to ask if Emily knew of any
other women in Tino's life, or if she was his only
one.

They were questions better left unanswered for
the time being. The understood protocol of two
women meeting for the first time prevented her
from delving in those directions.

"I hope you'll come again," Kiki told her, after
the meal was over and Emily was leading her son
toward the door. "It was a pleasure serving you and
little Mr. Ramsey."

"Oh, I'll come here again. I really liked your restaurant." Then Emily unwittingly teased her inquisi-
tive thoughts, saying, "And everything Tino said
about you is so true. You *are* as sweet as you are
beautiful. No wonder he adores you."

*Hi, baby! We're playing phone tag tonight, huh? Okay
then—you're 'it'! Just come over. I'll be home all night.*

Between the words "it" and "just," there'd been a
bubbly laugh, brief but sexy. Tino replayed the message on his answering machine three or four times,
for no other reason than to hear it and get that jolt
through his bloodstream at the sound of her voice.

Earlier that day, he'd called her to let her know
he was back. She'd returned the call, and he'd tried
again, nearly exasperated. He'd heard the phone
ringing once more while in the shower, dousing off
the stench of fish and sweat and seaspray.

Just come over? An excellent suggestion, one he'd

made to himself through all the hours spent on the boat. *Wasted* on the boat was more accurate. The fishing for that trip had been pathetic, hardly worth the expense of fuel, ice, crew, and all the other stuff to get out there.

Some trips were like that: fruitless and disappointing. Nets and lines reeled in, coming up empty, patience levels of captain and crew were tested. Moods grew somber, sometimes sullen. Conversation dwindled when it became apparent that the sea was being a miserable wench, yielding slimmer profits and lighter wallets. Each man went about his own business, doing what he had to do, hoping the technology of the boat's fish-finder would lead them to that surprise jackpot of fish before returning to port.

That jackpot had never come. The slightly inclement weather had made a date with the crew of the *Costa*, though. They'd been treated to segments of it, working in their rain slickers. There had been some jostling of the boat, rain, a spectacular lightning show, the winds less than monumental.

The real turbulence had taken place inside the captain, who now drove through the quiet streets of town. His seven-year-old Mercedes, purchased during a good year of fishing, was still dependable and still purred like a contented kitten. He was a good manager of money, riding out the lean months, a firm believer in making the most of those profitable times.

Yet, his mind hadn't been on fishing or money. Tino had been distracted during those nights and days at sea, as he was distracted now, anxious to reach his destination.

It was happening again. He'd done fine there, for a while, free from a woman's hold on him. But again, it was happening, that he found himself thinking only of seeing her, of touching her again.

She was making him suffer without wanting to, and he was loving every minute of it.

He came to her home and parked the car alongside the curb, clearing the driveway. The windows of the two-level main house were darkened except for the living room, where a hanging lamp shed light on the figure of a woman watering plants.

It was Kiki's sister-in-law. Miriam, he recalled, was her name. With some stealth, he steered clear of her view, walking down the passage on the side of the house to the back.

Social graces were the least of his concerns. He wasn't there to chat with the woman's relatives. There was a time and a place for everything. This sure wasn't the time or the place.

Kiki had offered herself to him before he'd left. Inwardly, he'd complimented himself on his restraint, on the strength of his will to resist the invitation, refusing to get himself too involved too fast.

And then he'd spent the entire excursion at sea plagued by a gnawing hunger only she could satisfy. He lost track of how many times he'd berated himself for his foolishness, possibly pushing her away from him and altogether ending any chance of being with her.

The lights in the window of the tiny cottage were dim behind the vertical blinds. He knocked on the door, taking advantage of those few moments before she appeared to compose himself.

Easy, boy. Down, boy.

Playing it cool was still a prerequisite to the evening. After all, they were two civilized human beings, not walking, talking libidos. He was a gentleman, she was a lady.

Through the peephole, a long-lashed eye peeked out at him.

"Tino!" He heard her call out through the door. *Take it slow, now.*

It wasn't as if he were a cave man, although he was fairly certain a cave man wouldn't have had that much trouble containing those carnal pleasures running rampant in him. He couldn't very well grab her, kiss her, tear her clothes off, for the sake of propriety—

"Welcome home, Captain!" She opened the door. "You were *so* missed."

Yes. And she was so *nude*. Without a stitch of clothing on, there was only that creamy, dark olive skin. Her tresses pushed behind her shoulders left her bare breasts, rounded and firm, displayed for him.

He couldn't move or speak at first.

"You said," she reminded him, "when you came home. Well . . . you're home."

So much for propriety. *Bring on those carnal pleasures!*

"I missed you, too," he growled.

The second he had his arms around her body and his mouth claimed hers, a good portion of that steady ache in him fell away. He only now recognized that pain as loneliness; he'd been lonely, specifically, without her.

Kiki took her time kissing him. He smelled of soap and shampoo and a fine after-shave cologne, blending in intoxicatingly with his own masculine scent, enough to drive her wild.

"I can't believe I walked away from this that night." He spoke his thoughts aloud.

She giggled. "I don't forgive you. Not unless you make it up to me."

"Oh, we're gonna be like that, huh?" Tino chuckled, running his hands down the small of her back to her behind, pressing her tighter against him. Her skin was cool to the touch. "Okay. I'll make it up to you."

"No, you won't. You're going to go on another of your fishing trips and make me wait again."

"No, no—"

Yes, yes!" Pulling free from his grasp, she backed up a few steps. Her mischievous streak was showing, among other fascinating things. "Let's make *you* wait."

"I already did. Kiki . . . don't do this to me, you hear?"

"I'm not your crew. I don't take orders."

"Hey—I'm still the captain."

"We'll see!"

He played along, chasing her from the kitchen through the living room. It amused him how she ran like a girl. The muscles of her bottom and thighs jiggling made the game even more titillating. With a cry, she burst through the bedroom door, tossing herself facedown onto the mattress. Immediately, his weight was upon her, his body covering hers.

"Well . . . looks like I win. You lose." He lifted off her enough to gently turn her onto her back. "I get the prize."

Her eyebrows flared upward. "Which is?"

"You."

His breath caught at the back of his throat. The exertion of running through the tiny house hadn't knocked the wind out of him. Rather, it was the pretty smile beaming up at him.

She wrapped her arms loosely around his neck. "I know I lost, so I'm not supposed to win anything. But you're not going to send me away empty-handed, are you?"

"I'm not sending you away at all. I'm not that crazy, to make the same mistake twice. And the only prize I have to give you is here." Tino slid one of her hands from behind his neck, kissing it caressingly and laying it on the left side of his chest. "This is yours. If you want it."

"I want it. I want . . ." she lifted her face closer to his, whispering, "every . . . last . . . piece of you."

Catching the swarthiness of his smile, she laughed.

"Yes, *that* part, too," she enthused. "And what's this?"

Slowly, she'd unbuttoned his shirt, flattening her palms against the muscles of his chest and weaving her fingers through the forest of hair. Something in the shirt's breastpocket brushed against her hand.

"It's, uh . . . from my collection." He produced a small paperback. "Keats. Longfellow. Romantic poetry. I brought it with me because I had in mind what, uh . . . what we're doing right now."

"Read it to me."

"Not now. I will, though." The pocket-sized edition landed with a soft thud on the nightstand. "I wanted to read it to you before we made love. To find something that would express what I feel."

Kiki paused. "And did you find it?"

"No. It makes me wonder if the poets ever experienced anything like this." He removed his shirt, his belt falling onto the floor. "I'm sure they did. It just feels like I'm the only man this ever happened to."

In an instant, he'd rolled onto his back, taking her with him. She wrapped her legs around him, stopping before unzipping his jeans to fondle the hard swell of denim beneath the zipper. Before easing out of his pants, she saw him removing not one, but a few, plastic wrappers from his pocket.

To her delight, the man had in mind a night filled with making love to her.

"What's happened to you?" The need to hear it in his own words pressed her. "Anything like what's happened to me? Because it feels like I'm the only woman in the world with a secret anyone would love to know."

He didn't respond. Whether he was being purposely evasive, afraid to reveal too much of himself, or so into the physical intimacy with her, didn't matter.

There was another language, the more expressive tongue spoken solely by tenderness and unbridled passion, intermittently, that he was now using to communicate with her. She could tell it took effort for him to slow down, that he was anxious to take her with the impatience of a starving man. And in a way, he was starving, relishing her body as if it were a delicious banquet.

Someone else with so much of himself to give, robbed of the opportunity to love. Once he was fully naked, she slid her hands and mouth down the course of his body, teasingly, lovingly. Her blood ran hot and fast through her veins, listening to the husky moans at the back of his throat.

They embraced and, kneeling on the bed, she guided him into her. He'd cast away all traces of reservation, moving inside her and bringing down one hand to stroke her, the other playing with her breast. She was fascinated by his eyes, which never once closed, but settled directly into line with hers as they made love. His breathing was coming faster, his lips parted and prepared for each kiss offered by her mouth.

"Like you could be the love of my life. That's what's happened to me," he explained unexpectedly, between breaths. "And I want to be the love of yours."

There couldn't have been a more poignant moment in time for that declaration to be made. Just when embers of pleasure were beginning, slowly and deliberately, to flow through her body, she felt a joy that could only be generated from within the soul.

Where had that moment come from? She shivered, holding on to him tighter.

It was exactly that: *one moment*—beautiful and rare and seeming to have travelled through the years of her life. The one resplendent moment that she knew would possess its own place in her memory for years to come.

His excitement accelerated with hers, their full satisfaction arriving with hurricane-like power. They collapsed together onto the mattress, each catching their breath while still entwined in the other's arms.

The moment tasted like forever.

Eight

Whereas before, Kiki was at a loss for fishermen's wives or girlfriends to identify with, kindred spirits now seemed to be coming out of the woodwork.

The candidate for the waitress position, a woman in her late thirties, had explained the two-year lapse in her working experience. She and her husband, a regular crewman for the commercial vessels, had agreed she would stay home with their baby daughter until she reached preschool age. The rough year of profits had changed that, sending the fisherman's wife, Zelda Meyer, back to the work force to augment the household finances.

Zelda was not the ideal interviewee. Her experience was spotty, including a four-month stint at the Atlantic Sea Breeze bar. Despite her list of waitressing jobs, she'd listed a Manhattan art school as part of her education, which won her some points, reminding Kiki of the Figueroa family artist, her younger sister, Leidiana.

Yet Zelda was, to put it politely, eccentric. Her hair was tinted a rock'n'roll shade of cranberry red. There was a tiny but noticeable earring through her left eyebrow, and under "hobbies" in the application, she'd scrawled out the words, "magic, my

coven, and getting in tune with Mother Earth and
my inner child."

Funky! Kiki had thought. An American *santera*.
And a benign one, or so she was led to believe,
watching how lovingly the applicant doted on her
toddler daughter, who'd tagged along for the interview.

"My mother-in-law will be watching Hailey for
me," Zelda said, in her smoky voice. "She couldn't
do it today, though. Sorry about that. Hope it
doesn't count as a strike against me."

"That's okay. I understand." Kiki pacified her with
a smile. "That's a pretty name—Hailey."

"My husband's idea. I really wanted to name her
Venus—you know, after the goddess. But my hus-
band talked me into making that her middle name.
So she's Hailey Venus Meyer."

Kiki nodded, refraining from rolling her eyes.
Who was she to disagree? Hadn't Hispanics spent
generations naming offspring after saints, biblical
prophets, and even soap opera characters?

Besides, everything was right with the world. Her
spirit was light ever since that night that had become
a spree of lovemaking, sprinkled with Tino reading
his favorite poetry passages to her. He'd called her
earlier that morning, wanting to hear her voice before starting his day.

"How about Monday, Zelda? Can you start this
coming Monday?"

The cranberry-haired witch dropped her lower
jaw. "Monday would be great. It gives me enough
time. And I promise, I'll have no problems with
Hailey."

"We'll see how it works out." Kiki shrugged. "I
don't know if a mother can make that promise, with

little ones. But this is a family business. We understand that family comes first."

"Thanks. And I'll try to do the best I can." Zelda
stood, scooping her little girl into her arms. She
added, seriously, "I don't know if anybody's ever told
you this before, or if it's out of line to say it, but . . .
you're an old soul. You know that, don't you?"

"No, I didn't. Is that good or bad?"

From across the room, Kiki saw Miriam, whose restraint couldn't keep her from some eye-rolling. Evidently, her sister-in-law had overheard portions of
the conversation.

"It's neither. Just a fact," Zelda answered. "Your
soul has been around a long time. It gives you
this . . . I don't know . . . ageless quality." She took
one of the menus from the stack on the counter.
"May I? I'd like to memorize it, as best I can. I'll
bring it back Monday."

"Sure. We'll see you then."

"Yeah, I'd like to get used to rattling off some of
your dishes. Like . . ." Zelda consulted the menu.
"Pas-tel-ies. And . . . toast-tonies. Oh, I like that,
toast-tonies. Sounds like something naughty!"

Kiki couldn't repress a laugh. "I wish they were!
We'd probably sell more of them!"

Miriam waited until their new employee had left
to suggest, "Hey, if she doesn't work out as a waitress, we can always have her read the customers' for-
tunes. That's kinda unique, isn't it?"

"You could've stepped in at any time," Kiki told
her. "You didn't want to do the interviewing, remember?"

"It's not the interviewing that bothers me. It's hiring and then maybe having to fire them that I'm
not too crazy about. But . . ." Miriam smiled reas-
suringly at her, "I trust your judgment."

"Ah, thank you very much for the vote of confidence, *nena!*" She gave a dramatic bow of her head.

Overhearing the women's conversation, Ceci stepped out of the kitchen.

"Okay. Sounds like we hired *la bruja?*" he muttered out of the corner of his mouth.

"We hired Zelda Meyer," Kiki corrected him. "Don't call her a witch. She prefers the term, 'Wiccan.' And I think she'll work out very well for us."

"Sure. And you, being a wise, old soul, would know what's best for us." Ceci ducked to avoid getting hit by a kamikaze drinking straw flung at him by his sister. "I still wish we could've hired Leidi. Like you said, it's a family business."

"It's also a small business that should open at least one job to the community. La Sirena did its part there today."

"And I thought we had that all decided," his wife joined in, "during our little meeting with you, me, Debby, everyone, that it wasn't necessary for the restaurant to interrupt Leidi's plans."

"Yeah, I know. That's what I get for being the only man in the bunch. I'm outnumbered by the ladies every time." Ceci succumbed good-humoredly to his sister's teasing.

"That's not true. We let you have your way. Sometimes. When you're right, which is usually . . . when you agree with us!"

Satisfied, Kiki returned to her work behind the counter, compiling a list of supplies needed. A small crowd of fishermen with a newly acquired taste for *cafe con leche* had gathered in the restaurant for breakfast that morning, but the afternoon—except for the single job interview—had been slow. Business came in spurts, either feast or famine, yet La Sirena was keeping afloat.

The prospect of Leidi postponing college for a year in order to save her earnings from working at the restaurant had been a minor bone of contention between Kiki and her brother. Only one year, that had been Ceci's argument; Leidi, who was receiving financial aid and two scholarships, would still benefit from a nest-egg stashed away, for all the extras the money wouldn't cover.

But Ceci hadn't convinced Kiki. She knew he wasn't thrilled about the baby of the family living on campus at the University of her choice, miles away in North Carolina. Kiki shared some of his misgivings on the matter, having heard the horror stories about college freshmen living away from home for the first time—the partying, the drinking, the running amuck of hormones. She had to admit Ceci had a point, taking into consideration that Leidi was only seventeen, having been pushed ahead a year in elementary school because her average had excelled that of her sixth-grade classmates.

Strangely, Inez had sided with her on the debate. Naturally, it would be difficult and lonely at first for Leidi, but she was, and always had been, a serious-minded young woman, however sheltered. Inez herself had rented a car, driving her down to the campus with the strict admonition that she and Kiki were counting on her to be guided by her maturity, and not to embarrass either of them in front of her overly protective brother.

Kiki hadn't spoken to Inez, learning of her words from Leidi's letter, in between the anticipated laments of, "I hope I'll be able to fit in," and the optimistic announcement of, "My roommate is so much fun!" As for those "little extras"—money for pizza to share with a studymate, clothes, cosmetics—she'd tended to them as best as possible, sending her younger sister a few dollars whenever she could. She was surprised and touched to learn Inez had been doing the same, saving about ten or twenty dollars to send to their favorite coed. In light of her family's situation, that was even more of a sacrifice.

For once, Kiki was on the same side of the fence with Inez, when Ceci—who thought it capricious of Leidi not opt to attend a school in Manhattan—told her that if anything bad happened, he'd hold both her and Inez personally responsible.

What a very Cecil Figueroa thing to say! He was a prime example of a hot-blooded Latin brother, throwing out his chest and trying to make the women in the family quake in their boots. As if she or the eldest Figueroa sibling had any control over a seventeen-year-old on her own for the first time in her life. Manhattan would have been the likely choice for the study of art, true. But it had been Leidi's decision to select a school that offered an excellent program in teaching as well, so that she could combine her double majors in an effort to have something to fall back on.

And the answer was yes—the college's location down in the southern state had been equally attractive to her—to get away from the city for a few years, to meet people from other walks of life, to ensure her independence. To Kiki, all of Leidi's reasons amounted to sure-fire evidence of the maturity she and Inez were banking on.

Trusting her sister to attend a school in another state and hiring a self-proclaimed witch to serve— and pronounce—*arroz con gandules*. Interesting choices she'd been making these days, she mused to herself as she folded the shopping list into her jacket pocket and strapped her purse to her shoulder.

Tino Suarez hadn't been a conscious choice. Neither had he been anything she could have, or would have wanted to in her right mind, avoided.

She stepped into the autumn air, walking past the now-familiar shop windows on the strip toward the spot where the pickup was parked. Summer was over, stepping aside with ladylike grace for the new season, alive with its own repertoire of color and flavor. Jazzy was in school full time now, coming to her aunt in the evenings to show off her test scores, drawings, and reports. Debby was in the old neighborhood, spending her day off with her parents and younger brothers. Kiki looked forward to her friend's return, to the updates on how her family was doing, the family that had accepted her, after so many years, as another daughter.

Simple things. She smiled to herself as she drew her keys from her purse. The simple things possessed their own, gentle brand of excitement. They were somehow more vivid now than they'd ever been before, and understanding why was insignificant. Leaving home to begin anew on the Island hadn't changed that part of her, as Inez had insinuated. And if she'd never spread her wings and agreed to come there with Debby and her brother's family, she would never have met Tino.

There was a trace of the tragic in that, to never have seen him walking into her life.

A strong hand on her forearm halted her in her steps. Automatically raising her eyes, she looked directly into the face of her past.

"I thought I'd be standing out here all day!" His laughter was robust.

Before she could stop him, his arms drew her toward him and he kissed her squarely on the mouth, in complete disregard to everything that had hap-

pened, to the good-byes that had been said, to finality.

"Xavier!" Kiki broke the kiss short and laughed
shakily. "What're you doing here?"

"Is that any way to greet me? Come on, now!" He
was jovial, in party-going mode. "You live so far, I
had to travel to the end of the earth to get here! I
waited outside the restaurant because you all looked
busy. I didn't want to get in the way, but . . . I
wanted to see you, *mamita!*"

Inadvertently, she raised an eyebrow. *We all looked
so busy. You didn't dare come in because you know Ceci
would get medieval all over you!*

"You came all the way out here to see me," she
repeated.

"That's right. I can do that, can't I? A guy don't
need a special pass or anything to come to Long
Island, does he? And you don't seem real happy to
see me."

Kiki switched gears. It wasn't seeing him that un-
nerved her. It was that business of him travelling
almost four hours through the dreaded Long Island
Expressway traffic to stand outside the restaurant.
Standing there, waiting for her to come out . . . that
reminded her too much of his often erratic behavior.

"Oh, you're not being fair. I'm . . . I'm just surprised." Easing herself out of his hold, she folded
her hands in front of her. "It's very good to see you
again. Really. How's it going?"

"Good, good. You look good, too. Good enough
to eat."

Her laugh was more of a reflex. "Unfortunately,
I'm not on the menu."

Xavier shook his finger at her, then pinched her
cheek. "You! You were always *una satica!*"

Setting her weight back on her heels, she studied him. In that span of time between the divorce and moving to Suffolk County, while she was still living in Spanish Harlem, seeing Xavier had been inevitable. Their marriage had meant sharing friends and, on his side, family. Although the Figueroas had placed a wedge between Xavier and themselves, his younger sister had kept in touch with Kiki. The times she and her former husband had met, normally for no more than ten minutes in the same room, had been chilly, to say the least.

Chilly and painful. Xavier behaved wounded and forsaken. Kiki wanted nothing more than to be out of there. Earlier on was the worst, as she recalled, since his personal grooming habits had ceased altogether. He'd appeared like what he was—a man who didn't give a damn about anything anymore.

That wasn't the same man in front of her that afternoon, facing her on the strip, with strangers passing them by.

"So, you . . . came all the way out here to see me."

"Yes, ma'am. You said that already." The twinkle was back in his eye, belonging to the boy she'd fallen in love with and stood beside at their civil wedding ceremony. "Uh . . . my sister told me about the whole restaurant thing, but I gotta admit . . . it's a lot bigger and a lot more terrific than I thought it would be."

"Hmmm. At least from the outside, right?"

He dug his hands into his pants' pockets, his suit lightly rumpled from the long drive.

"Yeah. Inside, it must be heaven," he quipped. "Seriously, though. That's great. I'm proud of you."

Time hadn't been kind to Xavier, who was still young, three months younger than Kiki. There were

lines on his face put there by rough living; his hair-
line had receded; the body, though, was stronger,
the bones fortified by flesh and muscle tone once
lost during the worst of his illness. There was also a
quiet dignity that had been missing for years.

"Thanks. That means a lot to me." She'd said
the words quickly, glancing around them to see if
anyone was paying attention to them. No one was.
"You still haven't told me . . . what's new with
you?"

"Oh, I'm doing good. Yep. I got a job down in
the Garment District. Pays pretty well. Been with the
same company for about six months. I like it."

"I'm glad."

She felt so stilted. It was hard to believe this was
the same man she'd called her husband. Like any
husband and wife, there'd been a familiarity between them, now defunct, replaced by the awkward
manner of strangers.

"I have a . . . girlfriend. We're thinking about getting married."

"Are you?"

"Yes, we are. And you are . . . relieved!"

Tossing back her head, Kiki laughed freely.

"Let's just say I'm . . . happy for you, Xavier." She
threw out her arms for emphasis. *"Te deseo lo mejor
que la vida te puede dar."*

"I figured you'd say that. You're still Kiki." His
warmth was filled with fondness. "I'm leaving now.
I didn't come here to see your restaurant. Not really.
I'm happy for you, Kiki, but I wouldn't come all this
way just for that."

"Then . . . why did you come?"

"To show you. Not let you just hear about it, sec-
ond-hand. Let you see it with your own eyes."
Xavier's tone softened. "I would've thought you

would want to see that I finally came in from the rain. I'm not drinking anymore. That's all in the past. I have my life together now. And, girl—what're you looking around for? What, are the cops after you or something?"

"I'm not looking around!" Kiki laughed through her embarrassment—guilty as charged. "But back to what you were saying. Thanks for coming here, letting me know. But I have—I have to go. You understand."

"Yeah. I do. Very well." He stepped up closer to her. "If you . . . Never mind. I wish you only happiness, Kiki."

"And that's what I wish for you, too."

His good-bye kiss arrived uninvited, a noncommittal peck on the cheek. None of the former emotions surfaced. Xavier seemed to sense that, backing up a step and turning to walk away.

Without a backward glance, she proceeded the last few steps to Ceci's truck. She held onto the handle long enough for her breathing to return to normal.

If you . . .

What would have been the completed thought? *If you would take me back, I would leave her?*

She opened the door and slid in behind the steering wheel of the pickup, comforted by the beaded ornament Jazzy had made, hanging from the rearview mirror, and Ceci's coffee cup in the console holder. Familiar things of her present world.

That would never happen. Even if Tino hadn't been in the picture, seeing Xavier again hadn't elicited any of the former feelings. Only a deep sadness had been present; her body itself remembered that time of her life. It was a time when she'd been more of a girl than a woman, unsure of the future or even herself.

Suddenly, she laughed. Kiki adjusted the seat and the mirror, turning the key in the ignition.

If you . . . thought this would be a romantic reunion, I spent most of it looking around, making sure no one who'd run back to tell my fisherman saw you kissing me. Because, honey, I worked real hard to earn his trust.

And it was hers now. She was going to hold onto it.

Tight.

"Xavier came to see me today. We must not have seen each other for . . . oh, I don't know . . . months. Threw his arms around me, kissed me, right there on the street."

Tino's mug stopped midway to his lips. Rarely hearing the name, it came to him slowly that Kiki was speaking of her ex-husband.

"Something wrong with that?" he asked, cautiously. "I didn't think you two ended on bad terms."

"We didn't. Not hatefully, not really." She hadn't yet touched her own coffee, cradled between her hands on her lap, the steam floating up from it.

"Does he still live in Spanish Harlem?"

"He didn't say. He said he had a job, he's been able to hold onto it. He's not drinking anymore, and he's got himself a girlfriend. Sounds pretty serious, too."

Tino looked out over the railing of the *Wind Voyager* at the black velvet sky. "And how do you feel about that?"

"I feel like he could've said whatever he had to say over the phone; he didn't really have to travel four hours to get out here. Otherwise, I think it's wonderful."

Smiling, she shifted to face him. It was quite cool

to be out on the deck at night, yet in jackets and snuggled together, their body heat shielded them from that autumn nip in the sea air.

"I only told you this because I wanted you to know," she clarified. "There's always so many people out on that strip, doing their shopping or whatnot. I didn't want someone to see me and tell you, and you'd get the wrong idea about what was going on."

"Oh. So do I make you feel like you have to report your every move to me?"

The sentiment was a knee-jerk reaction, and he regretted voicing it as soon as it was out of his mouth. Nevertheless, Kiki remained even-tempered.

"I don't think of it that way. I want to be open with you." Curiosity struck her. "Let's put it this way. If Jamila came back to see you, for any reason . . . threw herself at you and kissed you, and there were people around to see it . . . wouldn't you be worried it would get back to your mermaid?"

"I don't know. That's a hypothetical situation, since it was Xavier who came back and not Jamila." He resisted the urge to kiss her, preferring to admire the sassy expression on her face, with her chin tucked into his shoulder. "Why? Would my mermaid have a problem with that?"

"Like you said, hypothetical situation. Probably, though . . . yes, I would." On a whim, she nibbled hard enough on his shoulder to get a mock scolding groan from him.

"I think he wanted something, Kiki. I can't see the man coming here when, you're right—everything he said could've been communicated over the phone."

"Well, it doesn't matter. Xavier was always unpredictable anyway. To me, that's over. It's been over. I wouldn't have gone through with the divorce if it wasn't."

Finally, she tasted her coffee, which warmed her from her throat to her belly. The taste of coffee seemed always more enhanced when it served to comfort from the cold, and as a backdrop to light-hearted conversation.

That evening, Tino was more quiet than chatty. Meditative. He appeared content to sit with her, as close as possible. She'd surprised him by asking him what the chances were of them giving it another go out on the water. Not miles and miles out into open sea, to where the land disappeared from view, but far enough to obtain that "other world" type of atmosphere and its corresponding solitude, the one thing she had enjoyed about her first time out on a boat.

They'd dropped the anchor at a spot where they could still see the rows of homes on shore, the glow of the lights forming a silky halo where the sky met the land. There were no singing whales that time, though she could've sworn the sky was bejeweled with twice the amount of stars. Maybe because she'd gotten out of her system the initial shock of seeing the boat pulling away from the dock, or because her mood was right—whatever the explanation, she loved being there.

"I appreciate that you told me. You confessed. You . . . came clean!" Unable to keep a straight face, Tino laughed with her. "But if anyone had seen you and came back to me with it, I would have asked you about it. Or waited for you to tell me. And I would believe whatever you said."

"You would trust me, then?"

Nodding more to himself, he came to the realization as he replied, "Yeah, I do. You could hurt me if you wanted to that way, but I can't live my life like that. I'd rather live it having some trust in you."

Delighted, she hugged his neck and kissed his cheek. "I still want to know, and you didn't tell me."

"About what?"

"About Jamila. If Jamila had been the one—"

Tino waved his hand in dismissal. "Jamila wouldn't come back."

Kiki persisted. *"Hypothetical,* remember? Humor me. If she came back and said that things didn't work out with her husband, that she came to her senses and realized what she lost when she walked out on your wedding . . . would you take her back?"

"No."

"No, before I came, or no, now that I'm here?"

"No, on both counts." Sighing, he stretched out his legs, which were stiff from sitting in the same position for too long. "I knew what Jamila was doing. I didn't know then, but I know it now. I know she didn't meet the man and he swept her off her feet the night before our wedding. Now I know what was going on behind my back for a while, and that he didn't 'steal' her from me. She left me to go to him because she wanted to. When I realized she deceived me, I couldn't feel the same way about her. Whether she came back and begged me or not."

After another sip of her coffee, Kiki didn't say anything, but rather remained quiet, looking alternately at him and the calm water.

"Was that something that was bothering you?" He had to know. "Because Jamila and Xavier, they're two different people. Even if she came back—which I know she wouldn't—I wouldn't hurt you intentionally."

"I know. But would you stay with me for the sake

of not hurting me, or because I was the woman you really wanted?"

You're good at that, aren't you? Tino secretly complimented her. She was skilled at drawing him out, at approaching deeper waters than he cared to verbally explore. By nature, he wasn't given to such revelations, conversations so intimate.

Perhaps that was something Jamila had found lacking in him. He'd seen his former fiancée as a shallow villainess, yet every so often, he felt his own moodiness and difficulty in revealing things may have contributed to the destruction of that relationship.

If so, he wasn't making the same mistake twice. And especially not with Kiki.

"Because you and me are the same in that area," she added, before he could speak. "I don't see a future in making a man stay with me, if he doesn't want to be there. I'd prefer to set you free, let you go to her, though it would hurt so much to lose you."

"What? You wouldn't fight for me?" His eyes widened, he was showing the mischievous side of his personality. "You wouldn't give me the pleasure of seeing you dragging her off to some schoolyard to have it out with her?"

That garnered him another bite, this one on the neck.

"I wouldn't give you the satisfaction, Captain!" She made him laugh.

"Oh, no? Well, you wouldn't get off as easy as she did."

"Why's that?"

"Because I wouldn't let Xavier—or any man— have you so easily. I'd try to win you back. Because I don't consider this to be just any love affair. You

would have to tell me, point-blank, that you didn't
want me anymore."

The tender sincerity in his eyes brought her arms
around him tighter.

"You won't be hearing that from me," she promised, licking her lips. "Because you're right. This
isn't 'just any love affair.' I feel like all of my life
has been going in one direction, and the destination
was always you."

Without missing a beat, he admitted, "That pretty
much sums up the way I feel about you, *cariño*. Now
I talked a lot, didn't I? Do you want to go back now,
or . . . do you want to go below and we can communicate another way—the fun way?"

She relieved him of his mug, setting it down with
hers on the deck.

"I want to go below with you." She dusted teasing
little kisses on his mouth. "I'm not in a hurry to go
back to shore. I love the sea! Don't you?"

"Oh, we're making some progress now, overcom-
ing your fear!"

"Mmm, hmmm. Right now, I don't think there's
anything that can make me afraid."

Nine

It was October when the *Wind Voyager* set out again with Tino as her captain. Instead of a romantic evening cruise, the commercial vessel was put to the use she'd been created for. And for a trip that had nearly been cancelled the day before, it was proving to be productive.

Jeremy Boticelli, who'd led previous crews on Tino's boats, had called to say he wouldn't be able to keep his commitment. A sudden death in the family was sending him out of town for a few days. Likewise, Jimmy Hewitt, a crewman scheduled to join Seth Ramsey and Santiago Peña, was laid up in the hospital with a three-week long cold that had developed into pneumonia.

That left Tino to head the crew himself, and no one—on such short notice—to replace Jimmy. He would go it alone with Seth, who'd been back on track since his return, and Santiago, complaining, throughout the time, of a scratchy throat.

Each man, at the start of the trip, suspected it would be cut short. Yet, with only three of them manning the trawls, the fishhold was already half-loaded with flounder and pollack.

Indian summer had graced those first two days out at sea. It felt more like June, the unseasonably warm temperatures causing the men to work in shorts and joke about *La Niña's* more accommodating side.

But on that third day, the weather did a dramatic about-face. The sky was bleak and chalky, pouring occasional light showers through colder air and over choppier waters than there'd been at the beginning of their trip. It was a nuisance more than anything else, working in rain slickers that shielded them from the rain but not the cold. That day, as luck would have it, no matter where they cast their nets, they came up with catches scarcely worthy of their efforts.

"The way you pop those," Seth was saying, as he negotiated his large frame behind the table in the cabin, "you'd think they were doing something for you besides coating your throat."

The chill in his body subsiding, Santiago realized his crewmate referred to the box of cherry Vicks in his hand.

"You do your drugs, I'll do mine," he tossed back, kidding. "You know, I'm just starting to get the feeling back in my hands."

"Aw, come on. It's not that cold out there." Tino filled three mugs with steaming hot coffee. "Everybody's seen a lot worse."

"Spoken like a true boss." Seth tipped his mug to him in a salute. "Hey, Santiago, be grateful it's only the common cold. Otherwise, Mr. Suarez would be sitting here saying, 'Come on, it's just a little case of pneumonia! You've been through worse, haven't you?' "

"Hey, don't laugh, that's possible!" Santiago blew his nose. "Watch. I'm gonna end up like Jimmy. That'll be my reward for being so dependable."

"Well, we appreciate your great sacrifice. But what

do you mean, 'spoken like a true boss?' I'm not that much of a slave driver," Tino disputed, chuckling. "At least, I don't think I am."

He nodded at Seth, who brought out a deck of playing cards, shuffling them with the flair of an Atlantic City casino dealer.

They played a game of gin rummy to pass the time, nothing at all happening with the nets. It was a far cry from the last time Tino had been on the boat, making love to his favorite passenger.

God, he missed her. Kiki was probably still at the restaurant at that time in the late afternoon. He recalled the last night they'd spent together, huddled at a table in the Atlantic Sea Breeze with her brother and sister-in-law. She'd wanted him to become better acquainted with her family, signaling to him that the relationship was becoming serious.

As was its natural course, he believed. Those compulsive feelings, that inexplicable desire to be with her, had matured into something deeper, more solid. He'd been leery about her brother, who'd seemed so protective of her the first few times Tino had met him. Putting his best foot forward, even putting on a sharp sport jacket for the occasion, propelled by the urge to please her, he'd had a good time that night. Ceci Figueroa, without much ado, had accepted him as fully as the charming Miriam had.

Seth dealt the cards as Santiago hacked an admittedly graveyard cough. Gradually, with the game progressing, the rocking motion of the vessel became more pronounced. The sound of the rain and the wind picking up disturbed the tranquility in the room.

"Before calling it a night," Tino murmured, "maybe we should take her out a little further."

" 'Kay. I'll keep you company." Seth, having lost that hand, tossed down his cards.

"I'm going up to reel in the nets." Santiago was slurring from fatigue. "But then I'm coming back down here. I really don't feel good."

On their way back up from the galley, Tino and Seth exchanged glances, their laughter low. Undoubtedly, Santiago was under the weather. Customarily as energetic as a hyperactive kid, once a cold or other minor ailment attacked him, his behavior was more like that of a hundred-and-sixty-pound baby.

"Would you consider being my best man, Seth?"

The crewman known as "The Big Man" stood beside his captain in the wheelhouse, doing a double-take.

"You getting married, Tino?"

"What? Is that so shocking?"

"Well . . . yeah!" Seth laughed boisterously. "Yeah, it kinda is. Didn't think you'd ever want to see another trip down a wedding aisle."

"No, neither did I." They listened together to the nets being cranked back into the boat, the anchor following suit. "One of my brothers was supposed to do the honors way back when. But when this happens—if it happens—I'd rather stand with another fisherman. A good fisherman."

"I certainly fit that bill!" Seth jabbed a thumb into his expanded chest. "I'd be honored. Who's the lucky girl? That Puerto Rican mermaid?"

Tino eyed him. His crewman answered with a sheepish grin, "You two are sorta an item down at the Atlantic Sea Breeze. Emily's met her, too. Says she's a beautiful lady. But what's this about her being a mermaid?"

"She is a mermaid. Didn't you know? They really

exist." Tino smiled, teasing him. "And I got the only
one that made it all the way up here to the Sound."

Yet, in the past day, their search for fishing had
taken them farther out, beyond the Long Island
Sound. Tino fired up the engine, steering the vessel
over the foam-covered breakers of dark water.

They hadn't ventured too far to see land several
hundred feet away. Black rocks glistened in the distance, rising high out of the water. It was not a sandy
shoal, but the tip of Crane Island, privately owned
for decades by one of the Island's most prestigious
families. The section of the property visible from the
boat was better defined as wilderness.

Santiago could be heard dragging his feet up the
steps to the wheelhouse.

"That's it for me, ladies." He winked at them.
"Next time, I'm booking reservations on Carnival.
They got better food."

Distracted, Seth ignored him, letting out a whistle.
"Will you listen to that wind! What do we got comin'
our way? A cyclone?"

Tino listened. "That's not the wind."

There were no words to describe the sound
stealthily approaching in that early evening. It was
growing in volume and intensity, above the sound
that were normal and natural to the elements. It was
like thunder on the water, extending as far as the
human soul.

Seth leaned out of the wheelhouse door, looking
to the portside of the vessel. His voice sounded like
a strangled prayer. *"Oh, dear God . . ."*

Tino's gaze searched the wheelhouse windows. His
heart skipped a beat, then began pounding furiously
against his chest.

In the distance was a rogue wave. His father, in a
lifetime at sea, had never come face-to-face with one,

acquainted exclusively through the stories of merchant seamen and fishermen. The rogue, supposedly, came out of nowhere, rising from the depths of the sea or hell or both, a freak of nature oblivious to man's mortality.

Few encountered the rogue and lived to tell the story.

"It's headed straight for us," Santiago whispered, grasping the door frame. "Can we take a wave that size?"

"We're not even gonna try it," Tino said. "We're getting out of its way."

"Too late." Seth's voice cracked. "We're going down."

Again, Tino looked out the window. A wall of water forty, forty-five, perhaps even fifty feet high, coursed a direct path of destruction toward them.

Nothing was of value then except the safety of his men. He forced the engine to its limits, yet to no avail. His stomach lurched with the onset of a hellish shadow looming over them, darkening the boat from bow to stern.

Santiago grappled with the radio transmitter, hoarsely shouting, "Mayday! Mayday! This is the *Wind Voyager* . . ."

His cry of distress was severed by the brutal roar of disaster coming aboard the vessel. Instinctively aware that they stood a better chance outside the wheelhouse, where they could be trapped, Tino pushed Santiago through the door. The three men stumbled like rag dolls off the steel ladder as the boat was swept into the trough of the massive wave, being turned onto its side, as if in slow motion.

Tino's mind struggled to believe it was happening. It *couldn't* be happening, neither to him nor his

crew. It was surreal—a nightmare that had strayed
into the realm of reality.

Glass and wood and steel protested miserably beneath the weight of the crashing wall of water. Lines
unraveled, nets fell into the sea. Tino heard a terrified cry from Seth as he rolled across the deck, the
first man overboard. Santiago, who only a few moments earlier would've been trapped below, was
struck by a bucket and other debris rolling around,
his form disappearing from view as the crest of the
wave descended over them.

Capsized. The thought came to Tino together with
the final shock of cold water engulfing him. Dazed,
he realized he was under the damaged boat and
would have to swim out from under it.

What about the other two?

The water was cold. Yet his mind rationalized: it
could have been worse. It could've been December
or January—the cold would've been unbearable
then. Still, as he tore through to the surface, he shivered violently. The water was cold, the rain was cold,
the night unbelievably savage.

The rogue had left a strong current in its wake,
tugging at his body and threatening to pull him back
under.

Where were the other two men?

Oh, please, God.

The *Wind Voyager* lay on its side, pitifully trying to
right itself. The wheelhouse windows had been shattered, a section of the portside totally ripped off.
Neither wood nor steel had been a match for nature
at its deadliest.

"Tino! Tino! Help me! Help me out here! It's
Seth!"

He uttered a low prayer of gratitude to be hearing
Santiago's voice.

"Where are you?" he hollered at the night.

Santiago's voice was garbled, something about having lost his knife. It was coming from the other side of the boat, jutting halfway out of the surface. A cloak of sadness passed over Tino's heart.

Upon finding Santiago, he sobered instantly. Seth's upper torso, including his head, was wrapped in part of the lines from the heavy net. He thrashed about terribly in his panic, cussing loudly and incoherently.

Forcefully pushing him against the overturned hull, Tino spoke to him firmly but gently.

"Hold yourself up," he instructed. "Hold onto the side, if you can. Don't move. Just hold on." Reaching down to his side, he dug into his pocket, producing his knife.

The cutting device of choice would have been one of the larger knives used to cut the fish, but the pocketknife's blade was sharp enough, provided he pressed it against the line and sawed.

"I'll cut what I can," he jerked his head at Santiago. "You unravel what you can. And swallow that."

"Swallow . . . what?" Santiago's hand reached to the warmth on his lower lip. He stared at the blood on his fingers, comprehending.

"Swallow it, man." Seth echoed Tino's order.

No one had to say it. Hearing it aloud, that the smell of blood would attract sharks, would have poured fire over the fear already there. As it was, Santiago looked about them for telltale black fins, a thin river of blood dissolving under his tongue.

"They had to hear the call," Seth said. He tried to get a grip on the hull, forcing himself to calm down. "They'll be here soon."

Tino was silent, maintaining his focus on slicing at the line.

"I don't think we should wait," Santiago disagreed. "She's sinking. Can't hold onto her until a cutter or anything else gets here. Who else is out tonight?"

A list of fishing boat names ran through Tino's head, the exact location of each unknown to him.

"This water's cold," was all he trusted himself to say.

The men worked without speaking to free the fisherman from the line. Buckets, equipment, and supplies floated on the surface, bobbing up and down.

"How far would you say that is?" Seth asked.

Tino trailed his gaze to Crane Island in the distance. His hands shook from the cold while he sliced away at the last section of line.

"Close to a mile, that's for sure."

"Can we make it over there?"

"I don't know. That's a long hike."

"Current's moving in that direction, though. It's better than staying here. I don't wanna die out here."

The slow throb of fear became a piercing pain through Tino's chest. He bit his lower lip to keep his teeth from chattering, reaching up to steady himself against the hull.

"That's the choice, isn't it?"

To remain there while the *Wind Voyager* became the sea's next wreck, possibly succumbing to hypothermia—or swimming to land—were their only choices. Hypothermia could occur at any time of the year, even in the summer, should a freezing current blast its way toward them.

Crane Island was their only chance—land that was deserted, except for a single home, occupied exclusively during the warmer months. But at the very least, they'd be dry and safe from drowning and sharks.

"What if another one comes?" Santiago asked. "I'm outta here. I'm not waiting for it."

"Another what?" As soon as the words were out of his mouth, Seth appeared to understand.

Another rogue. As huge and as murderously powerful as the last one had been.

"The island can't be that far," Tino told Seth, pushing away from the hull in the direction of land.

A nerve-racked chortle intertwined with Seth's coughing.

"Oh, no, Mr. Suarez. Might even be fun. Hell, it'll be great exercise!"

Tino was at a loss for words. They were being faced with the possibility of losing their lives, a possibility so real and unspeakable.

If they could make the distance to that rocky shore of the island, they'd be safe. Someone—the Coast Guard, another boat, anyone—must have heard the signal. They hadn't had time to give their location, and as it was, the massive wave had carried them a distance, so it could take longer.

How much longer, he didn't allow himself to dwell on. Tino threw his concentration into keeping an eye on his men, and on survival.

Over the TV's volume, Kiki could hear the soft patter of rain against the windows. It hadn't quite qualified as a major storm, but the winds had been strong, beating and shrieking through the aged timber of her little home. The October rainstorm was winding down now, the quiet comforting her.

She set aside her needlepoint long enough to do some more channel-surfing. Whether the caffeine in that hot chocolate was the culprit or she simply wasn't sleepy, she'd whittled away her time by working with her hands and watching snippets of uninteresting programs.

Some bubble-headed fashion models jabbered away about clothing and makeup on MTV. An old spaghetti western with an obligatory shoot-out scene was on AMC. A wiry, energetic Asian-American on the Food Channel sauteed Chinese veggies and beef strips in a large wok. She was reminded of an old Bruce Springsteen song, about there being ninety-nine channels and not a thing to watch. At last, she decided on the remaining half-hour of a cheesy made-for-TV movie to either entertain her or invite sleep.

Everything's fine. That phrase kept repeating itself in her mind, becoming a mantra of sorts.

Beside her on the couch lay Jazzy, who'd fallen asleep an hour earlier. Her little niece spent some nights with her aunt/best buddy. She'd brought over her homework, and Kiki had helped her with her reading, playing a game of Mousetrap with her once the dishes were done and put away.

Lovingly, Kiki stroked the little girl's curls. She resembled an angel when she slept, doing more to divert her attention from her worry than the actor and actress on the screen, who were embroiled in a 1970s style argument.

Everything's fine. The storm didn't even last that long.

She turned her head back to the TV. Under the battling couple, a news-flash strip rolled. She was only able to catch part of it.

. . . *COAST GUARD IS CONDUCTING SEARCH . . . DETAILS AT 11:00.*

The words rolled off the screen, as if they'd never been there at all. And then the actor—popular in

the mid-70s, rarely heard from now—flailed his arm
and slammed the door behind him before the station faded to a commercial.

Kiki sat forward. What she'd expected was a
weather advisory. To see the words, "Roads Hazard-
ous" or something to that effect. Even "Small Craft
Advisory" wouldn't have had as much of a ring of
terror to them as what she'd just read.

*How many fishing boats are out there? The whole place
is filled with fishermen. It could be anyone.*

That sudden spurt of selfishness stunned her with
guilt. It was like that, though, wasn't it? A purely
human reaction to say, *Please let this be happening to
someone else.*

Seven, eight, nine, ten, eleven. The channel
changer aimed at the set, she clicked her way back
up the stations, searching for a news broadcast.
Those she did find were discussing the latest hap-
penings in Washington and a premiere gala for the
newest action film from Hollywood. A lost fishing
boat and the working men aboard her constituted
local news, insignificant to the rest of the world.

To give herself something to do, Kiki headed to
her bedroom, returning with a spare pillow and
blanket for Jazzy. Afterward, she sat back down at
the end of the couch, waiting for the news to come
on.

She had no choice but to sit up and wait. She'd
wait to hear it was some other boat lost out there,
its passengers hopefully rescued before morning.

Or she'd wait to hear her worst fears confirmed.
And then morning would never come.

Close to an hour had passed by the time the men
reached the rocky shoreline of land. That was Tino's

rough estimation, the best guess he could make. The night had wiped out the boundaries of time. An unexpected act of mercy in a night devoid of compassion.

He'd looked back only once. What was left of his boat was covered by the waves, taller than normal but nowhere as freakish as the one that had taken down the *Wind Voyager*. It didn't matter anymore, anyway. What mattered, halfway to their destination, was taking turns with Seth in assisting Santiago to safety. More than once the crewman had warned them he felt consciousness slipping from him and urged them to save themselves.

There came a moment, a charred-black, hideous moment, when Tino believed none of them would make it. Like any sailor, he'd always respected the ocean and her strength. That night, for the first time in his life, he'd experienced an encompassing fear of her, between the fatigue and cold and seawater he occasionally swallowed.

It was enough to make him sick to his stomach. Cold and nauseated and tired, he continued to move his aching limbs, bearing Santiago's weight besides his own, until the water level grew shallow and his hand touched a seaweed covered rock.

The rocks were slippery, so easy to lose their footing on. Seth was right behind him, helping him to lift their crewmate up the jagged rocks to the top. The tide was relentless, pounding beneath them threateningly.

At the top, Tino stumbled lying face-down, on a bed of cold sand. He heard Seth a few feet away, coughing and retching up the salt water from his lungs. Lying next to him was Santiago. His eyes were closed; he'd passed out, but his chest rose and fell with his faint breath.

They were safe. But for how long?

Lifting himself as far as he could manage, he looked around at the barren beach of Crane Island. In the distance was a forest that stretched out to infinity, its trees wearing the golden and burnt coloring of deep autumn. Not a person or car were in sight. There were no lights, with the exception of what little filtered down from the faraway stars.

He turned onto his back and closed his eyes. His own breathing was labored, and it seemed to be the loudest sound, heard above the breakers below and the wind. Behind his closed eyes, an unwelcome scene emerged, and he could see the rogue vividly, looming like a watery demon over them.

His eyes snapped back open and he trembled.

"Think about something else."

Seth unwittingly startled him, staggering across the sand to rest at Tino's left.

"Better yet, don't think of anything," he advised.

"That's easier said than done. It's not every day you see something like that."

"Yeah. Thank God! I know what you mean, though. I'll be seeing that monster in my dreams till the day I die."

"Which won't be any day soon, right?"

His crewman and friend hesitated. Turning his head, he gave him a determined smile. "Not any day soon, no."

"You know, until tonight, I didn't even believe . . . I didn't believe things like that existed. You hear about them happening, but you think they're exaggerated. That they're fishermen's folklore."

"Well, they exist, all right!" Seth's sense of humor was no worse for the wear, his ability to laugh admirable after such a horrific episode. "You'll never let anybody tell you they don't. But, listen . . . mermaids are supposed to be folklore, too. You, better than anybody, know they're real."

My mermaid. Tino shuddered with the realization that it could've been worse. It could have happened with Kiki aboard, and he could only imagine how terrified she would have been, particularly already given to fear and mistrust of the sea.

There was one thing to be grateful for, that she hadn't been present at the time.

Actually, that's not true.

He shut his eyes a second time. It was a physical pleasure to do so; he was so tired, every inch of him rebelling at the thought of moving a muscle.

She had been on that boat with him, all through the trip. The memory of her was a sweet presence, one not to be seen but rather felt. She'd been with him when he was cast out of his boat by the elements of nature, during those first few minutes when he found himself trapped several feet below the surface. All through the arduous struggle to reach land, he'd sensed her presence. And not in some metaphysical, hocus-pocus way, but in a manner harder to pinpoint.

I feel like all of my life has been going in one direction, and the destination was always you.

Ever since she'd said those words, he couldn't get them out of his head. Nor did he want to. They'd echoed softly in his being throughout the whole ordeal, coaxing him not to surrender to death. She expected him to return to her; she had told him so before he'd set out with his crew. Kiki had plans to be with him, to stay with him, to hold dear what they shared so that it would thrive and endure.

He couldn't disappoint her or himself by never seeing her again.

Was that the voice of the mermaid he'd heard out

there, that he could still hear now as a soothing backdrop to much-deserved sleep? More likely, the voice of a woman he wasn't ready to leave forever— the woman who had been the destination of *his* life.

The lethal rogue wave had proved itself more than a myth that night. It was a mystery to science, difficult for the mind to comprehend, even when witnessed.

Yet life held terrible things like rogue waves—and beautiful things, like mermaids and the human will to live, and pure love itself, that were not meant to be understood.

They were only meant to be believed.

Ten

The very next morning, Kiki opened the restaurant for business, the first of the partners to arrive.

What was she going to do at home? The temptation to skip work in favor of staying glued to the telephone, waiting for a call from the U.S. Coast Guard, hadn't appealed to her. She knew herself better than that. They had the restaurant's number and could contact her there, where she'd keep busy instead of making herself sick with worry.

"Search and rescue." That was how the man over the phone, whose name and rank were scribbled on her pad at home, had referred to the procedure. The distress call from the *Wind Voyager* had come in at night, obligating the Coast Guard to take the cutter out, past the Sound. No location had come across Channel 16, but they had a bearing, a general idea of where the vessel had gotten into trouble, according to their directional finder.

So far, the "search" had been conducted—but not the "rescue." It would be easier to find them during the day, the Coast Guard personnel had assured her. In the daytime, the sea wasn't obscured by the darkness of night.

Thankfully, the morning had chased away the night's rain. The sun was out, its rays travelling down onto Jefferson Place and making the rain-soaked pavement glisten. Kiki drew open the venetian blinds, yanking them as far up as they would go, unable to get enough of that radiance.

Today. They'll find them today.

Little by little, her partners drifted in. Ceci was first, Debby arriving a few minutes later; Miriam was the last coming in, after dropping Jazzy off at school.

Kiki worked in the kitchen with her brother, unwilling to face the customers as yet. She preferred being alone with her thoughts, the solace of slicing onions and peppers and preparing fresh *recaito* for the day's entrees comforting her. They all took turns in the kitchen, though Ceci rarely chose to deal with the public. He was a self-proclaimed "behind-the-scenes" man, and he enjoyed cooking, only taking over the counter when one of the women insisted on him taking a break from the grill.

And he either hadn't heard the news or wasn't commenting. Customers began coming through the door, their orders for breakfast brought by Debby and Miriam, neither of whom were saying anything, either.

For the first hour or so, Kiki left it at that. Yet, not talking about it was worse.

"The *Wind Voyager* is lost somewhere at sea." It was the first time she'd said it out loud, something inside her resisting its reality. "That's one of Tino's boats."

Ceci, preparing another order, bore his eyes into her.

"Yeah, I know. The other one's the *Costa del Sol.*" He looked away from her. "This is the first I hear about it being lost, though. Was he on the boat last night?"

"He and two other men. Emily's husband was one of them. Him and Santiago."

Her brother recognized the names. Seth's visits to La Sirena were too infrequent for Ceci to recall him, but both Emily and the other crewman had become regular customers.

"What happened?" She noticed he was keeping his tone light.

"Nobody's too sure at this point. Someone on the boat called 'Mayday'. They haven't found the boat or the guys yet."

Ceci's reaction was cautious. "I'm sure they're gonna find them. How are you doing with this?"

"I'll be better when I get a call telling me they're on their way home." She gave him a half-smile. "And that'll probably happen later on today. Maybe this afternoon."

"That's it, *mamita*. Things like that happen. You'll see. Everything'll be fine. Let us know as soon as you hear."

"Oh, I will."

I'll want to shout it from the rooftops, she mused.

Everything's okay: Two simple words that could put an end to anguish and a night like that one, devoid of sleep.

That was so silly. The man she'd spoken to over the phone had seemed so at ease. For him, this sort of thing was routine. To her, with her lifelong fear of the ocean, there was difficulty in treating a boat that no longer transmitted messages over its radio as something commonplace.

Especially when Tino was onboard. Or had been.

She shook her head, trying to clear it of thinking about anything except getting through that day's work. Worrying her family would be anything but expedient, so she went about her business without another word on the subject.

"Emily's out there. She wants to talk to you."

It was late afternoon, close to dinnertime, when Debby whisked into the kitchen to relay that message.

"Maybe I can call her later?" Kiki suggested. "Tell her we're kinda hectic here right now."

"Oh, yeah? Seems to me it's slowed down some out there. Best to go before the dinnertime crowd gets here." Debby tugged on her apron. "Let me have that for a while. You've been hiding in here all day."

"I'm not hiding." She had to work to keep the irritation from her tone. "I just felt like cooking today—"

"Yeah, well, my feet are killing me from running from the counter to the tables. Let's switch for a bit."

Kiki stared at her, but Debby wasn't accepting an argument. She also wasn't one to complain about any of the duties shared by the partners, always dipping in her hands and getting them dirty with whatever had to be done.

"Unless you really don't want to see her right now. Which is fine. I can go out and tell her that for you." It was a soft challenge, Debby's eyes aligning straight with her own. "But I think the lady really needs to see you."

"Fine. I don't have a problem with that."

It was a lie, and from Debby's expression, she recognized it as a lie. Kiki didn't care, wiping her hands on the apron before handing it over to her.

Maybe Emily Ramsey had information—possibly

information she wasn't prepared to receive. In all
likelihood, she was still in the dark, as Kiki had been
for almost twenty-four hours now.

Why couldn't she just get through that day without
talking about it? Hiding in the kitchen was about
right. If there was no hiding in her work, there was
no hiding anywhere.

She painted on a smile and held up her head,
marching into the dining room.

Seated by herself at a table under Leidi's portrait,
Emily straightened in anticipation. She dropped
into the restaurant every day at the same time, after
leaving the office where she worked and before picking up her son at daycare. In place of her usual cup
of espresso, she halfheartedly nibbled on a snack of
two *pasteles* and a Coke.

There was no excuse not to share her break with
Emily. Debby was right; there was only one other
table occupied, presently by two feisty older gentlemen, savoring a spirited discussion over an early dinner.

Kiki sat across the table from her, the way she
had in better times. They opened their conversation, chatting about work and the playful antics of
Emily's little boy. It amazed Kiki how they each
avoided the obvious in an awkward game of you-
tell-me-first.

It was a silly game, brought to its end by Kiki.

"I haven't heard anything yet, Em. Have you?"

Relieved that the ice was broken, the young
woman's shoulders relaxed.

"Nothing yet." Her laugh quivered with uncer-
tainty. "I should've stayed home today, for how
many times I called and checked my answering machine at home. I think I died a little more each

time I heard the computer say, 'You have no messages.' "

Kiki smiled through the guilt that confession
brought her. Misery really appreciated company.

"I'm probably making too much of it. You know."
Emily perked up. "This is the first time anything
like this has happened to us. Seth told me about
other times, when the sea was so rough, you had all
these seasoned fishermen turning green."

Kiki shrugged, her manner cavalier. "Oh, I
wouldn't get sick, and I'm not a seasoned fisher-
woman," she boasted. "My stomach would be
steady as a rock. But it would be helpful if somebody onboard knew to perform CPR on me."

"Oh, me, too!" Her friend laughed sincerely, most
likely for the first time that day.

Becoming serious, Kiki asked, "What could've
gone wrong out there last night?"

"With the ocean? Anything." Sighing, Emily
nudged away her plate of half-eaten *pasteles*. "But,
you know, it's not unusual for people to be out there
this long. Even longer. I think it was down in Jersey
where it took about a week to find a couple out in
a small boat. They were just . . . drifting out there.
For days."

"A week it took?" She couldn't control the mild
high pitch in her voice. "A week is a long time."

"Especially when you're waiting for a phone to
ring. But I know those three. Well, mostly Seth and
Tino. They're strong. Built to last."

Kiki's smile matched hers in fondness and pride.

"They're experienced navigators." She joined
Emily in praising them. "They're smart. And
they're fighters."

Emily nodded. "Now, you say, you and me . . .
we'd be in trouble out there!"

"No, I don't believe that. We're strong, too. And we're both what you might call fighters."

For a moment, her eyes shifted past Emily to the restaurant's spacious picture windows. The street-lamps hadn't yet gone on, but the traffic and crowds were thickening in number, people heading home at the close of the business day. It was autumn, when the days shortened and night made its appearance sooner, and the sun was in a hurry to set.

Zelda, whose shift that week began at three and ended at nine in the evening, passed their table to ask if Emily wanted anything else.

"Just the check, Zel. I have to pick up my big boy." She glanced at Kiki. "And I'm keeping you too long, anyway."

"I haven't taken a break all day. And it was good to see you, girl."

Speedily, Zelda wrote out the check, tore it from its pad, and placed it at Emily's left. Then she lingered at the table, looking from one woman to another, and departed following a reassuring squeeze of Emily's shoulder.

"Well, you're going to let me know if you hear something?" she asked Kiki, as she rose from her seat. "And I'll do the same?"

"Of course. You're the first one I'll call."

Emily paused. "You know, the part that's unfair . . . I mean, so unfair, is that this happened *now*. Things were really good, Kiki. They haven't been for a long time, that's the truth. But these past few weeks, things have been . . . I don't know—right. The way it's supposed to be."

Kiki stood, drawn to a halt by the look on Emily's face. She looked on the verge of admitting how afraid she was, but in a show of defiance and courage, that jaw was set firm, that smile was in place, and those eyes were dry.

What could she say to her? Some stock phrase about everything being fine, that time was on their side, seemed so superficial. To give false hope in the face of the unknown made her falter.

Yet hope was the essence of the moment, and it was always better to share than doubt.

"Just remember," Kiki said, finally, "I'm waiting, too. You're not alone in this."

She didn't know who reached out first, but the embrace shared belonged to a strengthening friendship, inspired by circumstances neither woman would've chosen.

Another night went by. The new day was marked by activity from its onset. For the rest of the world, life was at full throttle, healthy and functioning vigorously under a cheerfully azure sky.

Kiki drove the pickup along what Ceci called "the scenic route," which took her along the marina. A few of the slips—some that memory told her belonged to commercial vessels—some to the partyboats—were empty. The *Wind Voyager's* spot was painfully vacant, alongside a leisure craft being prepared by its sixtyish owner for a pleasant Saturday cruise. She slowed the truck to gaze at the *Costa del Sol*, looking both serene and lonely, dismissing the urge to park the truck and get closer to the boat.

There wasn't time for that. Jazzy's ballet class let out in another ten minutes, and she had to be there to pick up her niece. Kiki had volunteered to drive through the busy weekend traffic, to Miriam's relief. Her ulterior motive was, clearly, some stolen moments of solitude.

It's so unfair. Besides Tino, Emily Ramsey had been on her mind. Those words she'd spoken made Kiki smile sadly as she turned onto the strip for the purpose of passing the Atlantic Sea Breeze.

Growing up, in her house, she'd become famous for that phrase. *It's so unfair that I have to listen to you!* she'd hiss at Inez. *It's so unfair that I have to go to school today. It's so unfair,* later in life, *that I can't have a baby right now because this man can't even take care of himself, much less a family.*

Inez now seemed funny in her rebuttal. *Bueno, nena, life is* not *fair! Learn that and learn it good, honey. Life doesn't owe anybody no explanations. So stop expecting them.*

The ironic thing was the validity of that advice. The truth to it didn't stop her human nature from feeling the emotions of frustration and anger and sadness, thrust at her in the past two days.

And yet the world went on. A sixteen-wheeler was parked outside the bar, its driver unloading cases of beer onto a handtruck. Through the window, Kiki saw the bartender, Sandy, attending to the lunchtime customers.

Across the street was the fountain. She swallowed hard, glancing at it only fleetingly, then pressed her foot against the gas pedal and accelerated to the intersection.

Emily has it harder than you do. She'd kept saying that to herself. That was the woman's husband of several years who might never come home. Awaiting her then would be the responsibility so unbelievably heartbreaking of having to tell her child the angels had spirited away his daddy, and he wouldn't be there while he grew up.

The back of her throat constricted. *Not again.*

She'd gotten through that first night without tears. Last night, though—last night had been tough.

It wasn't in front of her, but she was sure Emily had been doing her share of crying.

Now what was that you were telling me, Tino Suarez— about a fisherman's wife being tough as nails? If you come back, I'm making a point of setting you straight!

She steered the truck into the small lot between the diner and the dance academy. Her eyes were burning like crazy.

If he came back.

Things hadn't been going well just for Emily and Seth. She walked from the car toward the building's entrance, smiling at the mothers and fathers also picking up little ballerinas.

Deep down, she knew her situation was not much easier than her friend's. It was different, that was all.

At that stage in her life, love had walked in. Love that was passionate and vital, overflowing with promise. That love was unscarred by bitter disappointments and illness. Moreover, she'd seen it in his eyes, that love was returned to her in full measure. She and Tino could have become what his favorite poets so lyrically described.

Within a few minutes, she walked back to the car with Jazzy's dainty hand in hers. Her niece's little-girl-jabbering sent a smile to her.

". . . And when we do the recital, we get to wear lipstick and that stuff on your eyes." Jazzy stopped to brush a fingertip across her eyelid. "Oh, and you know—this girl had pink on her nails! She was showing them to all of us."

She flared out her hand in showy display. Starting the car, Kiki pursed her lips.

"Hmmm. Pink on her fingernails. *Que bonito!*"

"Right?"

"Don't forget your seat belt, *mamita*. And your friend with the elegant manicure is . . . how old?"

"Seven. But I'm more mature than her." Obediently, Jazzy fastened her seatbelt.

"That, I don't doubt. Tell you what. If Mami says it's okay, I'll do your nails for the recital."

"But that's not until January. Can you do it for me before?"

"Mmmm, that's not gonna fly, girlfriend."

"I didn't think so." She slouched in the passenger seat, sulking.

Kiki shook her head, concentrating on the road. Six years old and in such a hurry to be a grown-up lady. Remembering what it was like, she couldn't fault Jazzy. And her niece wasn't, by any standard, *una malcriada*. Yet the lull in their conversation caused by their minor disagreement needed to be filled. Right then, hearing Jazzy's voice was like a salve to her spirit.

"You gonna hang out with me tonight?" She was cheery in changing the subject. "You should bring your *George of the Jungle* video. That's so funny! I know how much you like it. And if you're in the mood, we'll practice some needlepoint together."

"Mmmm . . . no. I don't feel like sewing the canary tonight."

That long-suffering sigh told Kiki her niece's interest in finishing the pillowcase she'd started was already dwindling. Despite Miriam's cheerleader-style hard sell on ballet, that stood the risk of losing its novelty, as well.

"But I'm hanging out with you tonight, Titi, if you feel like it. I don't want you to be by yourself, because you're sad."

They rounded the corner onto Jefferson, where

two or three parking spaces were available for the
pickup. She often left the small parking lot behind
the restaurant for the customers.

"That's sweet of you, *nena*," Kiki said, softly. She
didn't question how, with all her efforts to appear
like nothing was wrong, Jazzy had figured it out. She
chalked it up to the unique sensitivity of a child.
"But I don't want you to worry about me. You're
not worrying . . . are you?"

"A little bit."

"Well, don't be. I'll be okay. But I appreciate that,
I really do."

Pulling up in front of a sportscar, she began backing up into the space, thinking hard about what she
was conveying to her niece. She sent a message with
her actions, whether or not she realized it, to be
interpreted by a little girl's experience.

She'd wanted to convey strength—something that
Jazzy would see in her, and hold in herself as she
grew older. That the world kept turning, as it always
had, as if nothing had changed.

But something *had* changed. And things—in her
own, small corner of the world, if nowhere else—
would never be the same again.

The truck parked, she pulled the key from the
ignition and faced Jazzy.

"You know about the boat? How they can't seem
to find it?"

Jazzy nodded, cautiously. "I heard Mami and
Debby talking about it."

"Oh, Jazzy, Jazzy!" She gave the little girl's braid
an affectionate tug. "Always at the right place, at
the right time! All right. I'll tell you . . ." Taking a
deep breath, she said, "He made me very happy. I
guess you know that, right?"

"Yeah." There was more than a dash of kindness in Jazzy's smile.

"Yeah. I was happy before I met him, too. But he was like . . . something extra. Like getting a surprise, something special that you didn't expect to get. Like somebody looked into your heart and gave you exactly what you would've asked for. And now it's like they . . . took the present away from me, and I don't know what's going to happen."

"But he made you happy. *He* gave that to you. That's yours, Titi. Nobody can take that away from you."

She was going to say more, prevented by the tightening at the back of her throat. Jazzy reached across the console to hug her neck. Her soft shoulder invited Kiki to rest her head. The tears were warm on her face, falling with the grace of pain being given the permission to be expressed.

When she'd composed herself, she released her niece. "We'd better go in. Your mom and dad are going to wonder why we're not back yet—"

"Just a minute." Kiki had dried her face with the back of her hand, but it was Jazzy who made it her business to smooth out her aunt's hair with her fingertips. "Okay. We're ready."

They walked together into the restaurant, Kiki's arm draped over Jazzy's shoulder. It was highly unusual, during a busy afternoon, to see the other partners, behind-the-scenes Ceci included, clustered together in one spot. Yet there they were; her brother, Miriam, and Debby, standing behind the counter. The only one who seemed to be on duty was Zelda, flashing her a mysterious grin before carrying a tray of orders to one of the tables.

"What is this, a coffee break?" Kiki playfully inquired. "Why isn't everybody at their stations?"

Ceci narrowed his eyes at her. "Guess who we've been waiting and waiting for? You took the scenic route, didn't you?"

Misunderstanding, Kiki passed Jazzy a conspiratorial wink, nodding in the direction of the counter.

"I thought you could hold down the fort without me for a few min—almost an hour."

"That's not why we were waiting for you," Debby corrected her. "You had a phone call."

She heard the announcement on her way to the kitchen. The door had just lightly smacked against her back when she pushed it open, peering out through it.

"I had a call?"

"Yes, ma'am. You did. Right after you left. So don't bother returning it now." Debby's lips tugged into a broad smile.

Kiki tried to draw a breath and had to dig further down her chest to find one. Miriam's smile was the next to break; Zelda's had deepened. Even some of the customers, regulars, were leaning sideways to gaze at her, smiling.

Then Ceci's no-nonsense expression broke.

"Out taking the scenic route!" he scolded. "No, don't bother calling 'em back now. Just get down to the marina. There's somebody waiting for you there."

Hearing that, she stepped out completely from behind the door, temporarily dazed. Jazzy—eager to be where the action was, as always—trotted from one end of the counter to stand beside her father. Ceci could no longer keep his own smile away.

"What are you waiting for, *hermanita?*" His head

cocked sharply in the direction of the restaurant's entrance. "Go. *Go!*"

Jazzy had already caught on. Her eyes bright, she smiled with glowing excitement.

"Your prince came back for you, Titi," she so aptly expressed. "I bet he missed you. Hurry!"

Eleven

Ceci was right. There she was, cruising through the neighborhood, missing the call that proved the world had every right to keep spinning.

What if the Coast Guard cutter had already swept into the marina in her absence? Kiki quickened her pace, half-walking and half-running toward the piers. She hated the thought of him stepping off the boat, after almost two days, and finding no one waiting for him.

And maybe you're overestimating how much you mean to him. Maybe being a survivor is enough for him, and he'll be happy to see you again, but the commitment is all on your part.

And what difference did any of that make, anyway? Word of the fishermen's return had travelled fast, or so she was led to believe by the crowds gathered on the grassy patched sand several feet from the piers. Consisting mostly of the curious, there were more than a handful of familiar faces, customers of the restaurant.

It made no difference whether his attachment to her was as strong as hers to him. What mattered was that she had to be there. She needed to see him again with her own eyes, and he had to see her with his. It would be an unspoken and frank way of telling him that her life had been altered by his.

Some distance away, she saw Emily Ramsey, who'd made it as far as the slip. Kiki called out her name, trying to be heard above the rush of voices around her, and the sound of the Coast Guard cutter's engine, simmering down as it was eased to the pier.

If that day was lovely before, then it was perfectly heaven-sent now. The saltwater-laced air carried a tangible jubilance, every second precious in itself. There was even wonder to watching the young Coast Guard personnel, decked out in their navy-blue uniforms, shouting orders and moving swiftly in securing the vessel to the pier.

She wanted more than anything to get closer, but it was a struggle. People weren't moving, standing and observing the sight, forming a haphazard maze for her to walk through.

Yet she could see Santiago, the first to step off the cutter. At the same moment, a woman cried out with joy. Instantly, he fell into the arms of an older woman; Kiki guessed it was his mother, and then a younger woman, his girlfriend. The two held onto each other for what seemed a long time, losing themselves in each other's touch.

"Hey, can't you see the lady's trying to get through?"

She whirled around to see a gangly, middle-aged man with a pock-marked face coming to her defense. He broke away from his companions to take her gently by the forearm.

"Come on, now! Don't you know who this is?" His voice carried above the others, having that certain ring of authority to it. To her amusement, people heeded him and began moving out of their way. "Make room for the Mermaid of Long Island! She's here because her ship came in, and one of those fishermen belongs to her. Now, let the princess of the sea through!"

Kiki heard some of the men addressing him as Captain Hugh. He might as well have been an angel disguised as a scruffy seaman, for how magically he'd come to her aid.

He'd also brought her closer to the pier. Seth Ramsey, wearing a heavy jacket, descended next from the vessel. Kiki's heart leapt upon witnessing his reunion with his exultant wife and son.

When my ship comes in. Captain Hugh had used that American saying in reference to her. She'd always taken it in its context: When someone's ship came in, it brought their long-awaited success. Good fortune. Their dreams.

In her case, there was no placing a price on that ship's cargo, which was happiness.

"Thank you so much," she took a moment to tell Captain Hugh. "I wouldn't have made it this far so quickly without you."

Cordially, he tipped his cap at her. Those few lines he warbled from "Strangers in the Night" answered the question in her mind as to how he'd known about her humorous alter ego, and she laughed.

But then her laughter faded.

Santiago had gotten off the cutter. Seth had gotten off. So where was their captain?

She hadn't been there for the call; neither had Ceci or the others gone into detail. Could it have been they'd forgotten to mention that only two of the men had been rescued—that the search wasn't complete?

Or would something of that nature be considered too sensitive to go into over the phone, which was why her family hadn't known?

Kiki held her breath. Her heart was suddenly rebellious, resisting the notion of getting through another day of nothing but waiting.

Before the trepidation could set in, her eyes caught sight of him, one hand on the railing, the other shaking the hand of a uniformed officer. Like his companions through that ordeal, he wore a jacket emblazoned with the emblem of the U.S. Coast Guard. Also like his crewmen, his movements were slow but steady, signs of notable exhaustion. He hadn't stepped foot onto the pier before his eyes scanned the crowds of onlookers.

Then his eyes fell in direct line with hers, stopped, and he smiled. It was a smile so sweet, so joyous, she could feel its effect in the shiver it sent through her body.

The other people around her melded in with the surroundings. She knew they were there, she could hear them, but she was only in tune with simply getting closer to him. Tino squinted from the sun, his salt-and-pepper hair in total disarray. He looked a little thinner, his face slightly windburnt, yet he was more handsome and desirable than she'd ever seen him.

She couldn't walk anymore, the mounting anticipation propelling her into running the rest of the way. And she watched him summon the strength to hurry, as well.

It was like making love. Being in his arms again, having him hold her, was like making love, with all the same heat and passion and intensity. And it felt good to feel him kissing her hair, something he loved to do, a sensation she'd thought was lost forever.

"Forever" was more than a concept. She could see it in his eyes as he tenderly took her face in his

SEA SIREN   169

roughened hand, getting a long, good look at her and chuckling. She wanted to hide herself in that one, delicious laugh.

"I don't know how many times I said to myself," he was the first between them to speak, "I kept saying to myself, 'We have to get out of this, we have to get out of this.' Because I wanted to get back so bad, because I didn't really get the chance . . ."

She smiled up at him through her tears. "The chance to what? Tell me."

Tino didn't even hesitate. "I didn't get the chance to love you like the love of your life. I had to come back, because that's what I want to mean to you."

"Oh, babe, you have no idea how close you are to reaching that goal."

The corners of his eyes crinkled with a smile. "The only thing is . . . I'm sorry about what you must've gone through, these last couple of days."

"That's all right. As soon as I get you home, I'm making sure you make it up to me." She giggled, wickedly. "And something else. Before I forget, which I'm not likely to do, but anyway . . . We'll have to have a little talk about . . ." mimicking him, she deepened her voice, "fishermen's wives, being the salt of the earth! They're just so tough. Solid as a rock—"

"Excuse me? Did I say that?" He tilted his head, offering his most innocent gaze. "Must've been in a very foolish mood that day. You really have to excuse me. All that time at sea does that to a man."

"Hmmm. Plausible excuse. I might've known you'd blame the sea." She snuggled closer to him. "I don't know what happened these last couple of days. I'm not sure I want to know."

"Take it from me. You *don't* want to know!"

"No. I didn't think so." Kiki wrinkled her nose,

amusing him. "And I know you'll be going back out there, sometime. That's not just your livelihood. That's part of who you are. And I'm in love with you. There's nothing about you I would change."

He expressed his appreciation by way of a possessive kiss. With that kiss, she wasn't going back to La Sirena. Work, for her, was over for the day, and she knew none of her partners would dispute that.

Her arm hugged his waist, and his rested across her shoulders in an unhurried walk away from the pier. They'd walk to her house or his, it didn't matter to her. Kiki would leave the decision to him, showing that, wherever the location, she could create a well-deserved, comfortable, and relaxed evening for him.

She had plans that included soft candlelight . . . a massage to knead the fatigue from his muscles . . . a good, hearty meal to restore his strength . . . and to spoil him with the love that had waited for him.

"You know, maybe I inherited some of my father's superstition. That's embarrassing to admit, but it might be true . . ."

"Why is that?"

She looked up to see him smirking wryly.

"Because a couple of times out there, I thought about those dreams of yours. The ones where the sea goes crazy. I wondered if they were meant for me instead."

Amazed, she asked, "Really? That crossed my mind, too. Except they stopped a long time ago."

"Hmmmm. And maybe the meaning behind them is something deeper. Something in your life that was resolved, and that's why they ended."

"Well, that's easier for me to believe than what I used to think—that those dreams were pictures of the future." She wrapped her other arm around his waist, tilting back her head to smile at him. "You can waste the present, as beautiful as it is, you can throw it all away by being afraid of the future."

"That's something we can't afford to do. Although . . ." Tino paused to kiss her again. "I've never been more interested—or excited—in what tomorrow will bring than I am right now. In fact, that's something else we should talk about. All afternoon, if you're up to it."

"If *I'm* up to it?" She laughed, knowing he was a man who expressed himself in few words. "Don't you mean we'll talk until you say, 'Okay. I've talked enough, don't you think? Let's communicate another way.' "

"Oh, don't worry. We're gonna do some talkin' in *that* area, too." He punctuated the promise with a squeeze of her waist. "But while I was gone, I thought of so many things I wanted to say to you. So many things I want you to feel you can share with me. We don't even have to talk about anything in particular, as long as I can listen to your voice. I missed it so much."

Kiki touched his face, which bore two days' growth. In the past, she'd always preferred a man to be clean-shaven. On Tino, it was becoming. Mysterious. Like everything else about him, wildly sexy.

And oddly, having been invited to flaunt her voice, she could think of nothing to say. Words would have distracted her from the immense joy flowing from her heart, in the simple act of walking beside him again, on a day seemingly made for lovers and heroes and sea gulls, breathtaking in their flight, lazily coasting on currents of an autumn breeze.

LOOK FOR THESE NEW BILINGUAL
ENCANTO ROMANCES!

Love's Song/Canto de amor
by Ivette Gonzalez $5.99US/7.99CAN
Although Violetta Sandoval always dreamed of becoming a successful
singer, her dreams had all but evaporated by the time she met sexy
record executive Manny Becker. He's amazed by her talent and
captivated by her beauty but can he convince her that he can make
all of her forgotten dreams a reality?

Intrigue/Intriga
by Daniela Salcedo $5.99US/$7.99CAN
When Antonio Colon sees the ravishing, and naked, Isabela Santiago
through her window, he tries hard not to look. But when he meets
her at a nightclub, he realizes that she is the first woman who could
claim his heart . . . if her lets her . . .

All of Me/Todo de mí
by Berta Platas Fuller $5.99US/$7.99CAN
Vinter Alina Marquez is smitten by handsome wine judge Felipe
Rodriguez but the dashing Felipe is keeping a secret and if Alina
knew the truth, she might never let him sample kisses more luscious
than her finest vintage . . .

Debt of Love/Deuda de amor
by Luz Borges $5.99US/$7.99CAN
Soledad Cabañas is upset to learn that her new boss is Alvaro de la
Daga—the only man she's ever loved . . . until their romance
unexpectedly shattered. Yet even as Alvaro contemplates revenge on
the only woman who ever broke his heart, a forbidden desire sparks
between them once again . . .

USE COUPON ON NEXT PAGE TO ORDER THESE BOOKS

¡BUSQUE ESTAS NOVELAS DE ENCANTO EN EDICIONES BILINGÜES!

Canto de amor/Love's Song
por Ivette Gonzalez $5.99US/7.99CAN

Aunque Violeta Sandoval soñaba con ser una cantante exitosa, sus sueños ya se habían evaporado cuando conoce a Manny Becker, el apuesto ejecutivo de una compañía disquera. Él queda deslumbrado con su talento y cautivado por su belleza, pero ¿podrá convencerla de que él puede hacer realidad todos sus sueños?

Intriga/Intrigue
por Daniela Salcedo $5.99US/$7.99CAN

Cuando Antonio Colón ve desde la ventana a la seductora Isabel Santiago desnuda—hace lo que puede para no mirar. Pero cuando la encuentra en un club de baile, se da cuenta que ella es la primera mujer que podría robarle el corazón . . . si él se lo permite . . .

Todo de mí/All of Me
por Berta Platas Fuller $5.99US/$7.99CAN

La vinicultora Alina Márquez queda enamorada del atractivo juez de vinos, pero el apuesto Felipe tiene un secreto y si Alina supiera la verdad, tal vez no lo dejaría catar sus besos—más dulces y jugosos que las uvas más selectas de sus viñedos.

Deuda de amor/Debt of Love
por Luz Borges $5.99US/$7.99CAN

Soledad Cabañas está emocionada al saber que su nuevo jefe es Álvaro de la Daga—el único hombre a quien ella amó verdaderamente . . . hasta que el romance se desintegró repentinamente. Pero a pesar de que Álvaro desea vengarse de la mujer que le destrozó el corazón, una pasió ardiente brota entre los dos neuvamente.

Por favor utilice el cupón en la próxima página para solicitar estos libros.

THINK *YOU* CAN WRITE?
We are looking for new authors to add to our list.
If you want to try your hand at writing Latino romance novels,
WE'D LIKE TO HEAR FROM YOU!

Encanto Romances are contemporary romances with Hispanic protagonists and authentically reflecting U.S. Hispanic culture.

WHAT TO SUBMIT

- A cover letter that summarizes previously published work or writing experience, if applicable.
- A 3-4 page synopsis covering the plot points, AND three consecutive sample chapters.
- A self-addressed stamped envelope with sufficient return postage, or indicate if you would like your materials recycled if it is not right for us.

Send materials to: Encanto, Kensington Publishing Corp., 850 Third Avenue, New York, New York, 10022.
Tel: (212) 407-1500.

Visit our website at
http://www.kensingtonbooks.com

¿CREE QUE PUEDE ESCRIBIR?

Estamos buscando nuevos escritores. Si quiere escribir novelas románticas para lectores hispanos, ¡NOS GUSTARÍA SABER DE USTED!

Las novelas románticas de Encanto giran en torno a protagonistas hispanos y reflejan con autenticidad la cultura de Estados Unidos.

QUÉ DEBE ENVIAR

- Una carta en la que describa lo que usted ha publicado anteriormente o su experiencia como escritor o escritora, si la tiene.
- Una sinopsis de tres o cuatro páginas en la que describa la trama y tres capítulos consecutivos.
- Un sobre con su dirección con suficiente franqueo. Indíquenos si podemos reciclar el manuscrito si no lo consideramos apropiado.

Envíe los materiales a: Encanto, Kensington Publishing Corp., 850 Third Avenue, New York, New York 10022.
Teléfono: (212) 407-1500.

Visite nuestro sitio en la Web:
http://www.kensingtonbooks.com